P9-AOY-524

ИЗДАТЕЛЬСТВО «ЭКСМО» ПРЕДСТАВЛЯЕТ

...и снова
Каменская!

ДОЛГОЖДАННЫЙ РОМАН
КОРОЛЕВЫ ДЕТЕКТИВА

Александры
МАРИНИНОЙ

СЕНСАЦИЯ ГОДА!

"ЗАКОН ТРЕХ ОТРИЦАНИЙ"

РУССКИЙ БЕСТСЕЛЛЕР

Александра МАРИНИНА

СМЕРТЬ И НЕМНОГО ЛЮБВИ

МОСКВА 2004

ББК 84Р7
М26

Разработка серийного оформления
художника *С. Курбатова*

Серия основана в 1994 году

Маринина А. Б.

М 26   Смерть и немного любви: Роман. — М.: Изд-во
Эксмо, 2004. — 352 с. (Серия «Русский бестселлер»).

ISBN 5-699-00607-9

ББК 84Р7

© Маринина А. Б., 1997
© Оформление. ООО «Издательство
«Эксмо», 2002

ISBN 5-699-00607-9

Глава 1

Рабочий день быстро катился к концу, а Анастасия Каменская никак не могла привести в порядок свои многочисленные бумажки, записи, статистические таблицы. Но порядок навести надо было непременно, потому что сегодняшняя пятница была последним рабочим днем перед отпуском. И вообще это был последний день ее незамужней жизни. Завтра, тринадцатого мая, в субботу, она, Настя Каменская, выйдет замуж.

Когда три месяца тому назад они с Алексеем Чистяковым подали заявление в загс, шуткам по этому поводу конца не было. Все знали, что Насте скоро исполнится тридцать пять, что с Чистяковым она знакома с девятого класса школы и все эти годы они были вместе, что замуж Каменская не хочет и к семейной жизни интереса не испытывает. Поэтому неожиданное ее решение вызвало у знакомых и коллег шквал вопросов, один другого ехиднее и бестактнее. Некоторые с подозрением оглядывали ее тонкую худощавую фигуру в поисках примет развивающейся беременности, другие уверяли, что Чистяков получил приглашение на работу в Стэнфордский университет и только перспектива спокойной жизни за границей в роли профессорской жены подвигнула Анастасию на столь неожиданный шаг. У третьих, краем уха наслышанных о нескольких сложных ситуациях, в которые попадала Настя, сложилась оригинальная версия, согласно которой та просто стала бояться жить одна.

Но какими бы ни были объяснения, внешне поведение Настиных знакомых было совершенно одинаковым. Они подтрунивали над ней, но не скрывали своего одобрения. В конце концов, давно пора остепениться и стать как все.

Сегодня, двенадцатого мая, накануне свадьбы, все как с цепи сорвались. Не проходило и двадцати минут, чтобы кто-нибудь не позвонил или не зашел в ее кабинет с очередной дурацкой шуткой. Даже серьезный и неулыбчивый Игорь Лесников, позвав ее обедать и получив вежливый отказ, съехидничал:

— Конечно, сегодня можешь и поголодать. С завтрашнего дня у тебя дома будет персональный повар.

Настя не обиделась, потому что прекрасно понимала, на что намекал Игорь. Она была патологически ленива во всем, что не касалось работы. Она действительно не умела готовить, не любила ходить по магазинам, а дома старалась питаться так, чтобы количество грязной посуды было минимальным. Зато Леша был царь и бог не только в математике, но и на кухне. С тех пор как Настины родители разменяли свою большую квартиру на две маленькие и отселили взрослую дочь, Леша взял на себя заботу о здоровье своей подруги, потому что, если бы он не приезжал к ней как минимум раз в неделю готовить обед, она так и питалась бы бутербродами, запивая их немыслимым количеством крепкого кофе.

С огромным удивлением она узнала, что весть о ее предстоящем замужестве достигла не только ее друзей. Собственно, в том, что об этом узнали многие, ничего странного не было, но она не предполагала, что этот факт может интересовать кого-то, кроме тех, кто ее давно знает. Оказалось, она была не права.

Несколько дней назад она приезжала в городскую прокуратуру к следователю Ольшанскому и столкнулась у него в кабинете с человеком, которого сама же разоблачила несколько месяцев назад и который ныне сидел в следственном изоляторе.

— Не повезло мне, — криво усмехнулся тот. — Протянул бы до мая, а там вы меня уже не поймали бы.

— Это почему же? — заинтересовалась Настя. — Куда б вы делись?

— Я бы никуда не делся, а только вы вышли бы замуж, — пояснил кандидат на высшую меру.

— Ну и что?

— И ничего. Вам не до меня стало бы. Это только у старых дев хватка бульдожья, потому что они вообще всех мужиков ненавидят. А у замужних женщин голова другим занята, они уже не работники, а так, отсиживают и зарплату получают. Так что я, считайте, неудачник.

Вернувшись на Петровку, Настя рассказала об этом своему начальнику, полковнику Гордееву.

— Вот! — торжествующе воскликнул он. — А я тебе что говорил?

— А что вы мне говорили? — растерялась она, не понимая, что так воодушевило Виктора Алексеевича.

— А я тебе говорил, что самое грозное оружие сыщика — это его репутация. Не умение стрелять из «пушки», не быстрые ноги, не черный пояс карате, а именно репутация. Ты у меня маленькая тихая девочка, никто тебя не видит и не знает, сидишь в своем кабинетике и аналитические справочки для меня сочиняешь. Верно? А видишь, уголовнички наши тебя обсуждают. Значит, ты им интересна. Значит, ты для них опасна. Если уж они сами это признают, то это самая верная оценка. Запомни, Стасенька, плох тот сыщик, о котором уголовный мир ничего не знает. Потому что раз не знает, значит, не интересуется. А раз не интересуется, значит, не боится. Значит, прошел преступник через руки такого сыщика и не заметил его, не запомнил. Уяснила?

— Да бросьте вы, Виктор Алексеевич, — вяло отмахнулась она. — Какой я сыщик? Смех один. Я аналитик, а не сыщик.

— Ну, смейся, смейся, — добродушно разрешил полковник. — Поглядим еще, долго ли ты будешь смеяться.

Это было четыре дня назад, и тогда Настя Каменская даже не подозревала, насколько прав ее начальник. И сегодня, накануне свадьбы, ей и в голову не приходило, что пройдет меньше суток, и она убедится, что преступники знают не только ее имя и фамилию. Но это случится лишь завтра, а сегодня она сидела в своем кабинете на Петровке, 38 и методично разбирала скопившиеся в сейфе и в ящиках стола бумажные завалы.

Почти в половине восьмого позвонил отчим.

— Ребенок, ты поедешь со мной в аэропорт встречать маму?

Настя замялась. Она не видела мать несколько месяцев, но ведь все равно они завтра увидятся. А ей еще столько всего нужно сделать...

— Понял, — сухо сказал отчим. — Ты опять вся в делах.

— Ну папуля, — умоляюще протянула она. — Мне перед отпуском нужно все хвосты подчистить. Ты же сам знаешь.

— Знаю, — смягчился Леонид Петрович. — Слава богу, у тебя ума хватило отпуск взять. Ладно, поеду один.

— Спасибо, папуля, — с чувством сказала Настя. — Завтра увидимся.

Господи, как же ей повезло в жизни! Отчим, которого она, сколько себя помнила, называла папой, всегда понимал ее с полуслова, потому что сам много лет проработал в уголовном розыске. Начальник, с которым у нее за все восемь лет ни разу не возникало проблем. И Леша, который не только любит ее, но и знает как облупленную, поэтому никогда за все годы знакомства не сделал по отношению к ней ни одного неверного движения. Правда, ей понадобилось немало времени, чтобы понять, что это-то и есть самое ценное в человеческих отношениях, а вовсе никакая не африканская страсть и прочие глупости. Как только эта простая истина открылась ей, она тут же согласилась выйти за Чистякова замуж. Но объяснить это кому бы то ни было оказалось просто невозможным. Внешне все выглядело так, будто она согласилась выйти за него только потому, что он подарил ей компьютер. Даже самый близкий товарищ ее по работе Юра Коротков, и тот не мог ее понять.

— Лешка получил большой гонорар за учебник и купил мне компьютер, не сказав ни слова, — объясняла Настя. — А потом вышел меня встречать на автобусную остановку и стал спрашивать, не хочу ли я поехать куда-нибудь на Средиземное море отдыхать. Ты понимаешь? У меня дома уже стоял распакованный компьютер, а он идет по улице и спрашивает, не хочу ли я эти деньги потратить на поездку.

— А вдруг ты согласилась бы? — недоумевал Коротков. — Захотела бы на море, а он уже деньги потратил. Что тогда?

— Так в том-то и дело, что он был уверен в моем ответе, — горячилась Настя. — Он настолько хорошо меня изучил, что совершенно точно знал, чего я хочу больше. Хотя я ни разу не заикнулась ему ни о том, что мне нужен компьютер для работы, ни о том, что я хочу на Средиземное море. Представь себе, что твоя жена каждый день по утрам дает тебе яичницу, потому что готовить что-нибудь серьезное на завтрак времени нет, а одним чаем ты не обойдешься. Исходя из традиционно имеющихся в доме продуктов, она может предложить тебе либо сосиски, либо яичницу, но сосиски ты терпеть не можешь, поэтому каждое утро ты получаешь свою глазунью. И вдруг ситуация стала другой, набор продуктов кардинально изменился. Яиц больше нет, зато есть йогурты, салат из креветок и крабов, ананасово-банановый десерт, свежие устрицы и барбекю. Она сможет, не задавая тебе ни одного вопроса, совершенно точно выбрать то, что ты захочешь съесть на завтрак? Заметь себе, раньше ей такую задачку решать не приходилось, потому что ничего этого раньше и в помине не было. Ни ты, ни она этого никогда не ели и вкус этих продуктов не обсуждали. Сможет?

— Вряд ли, — покачал головой Коротков. — Да я и сам, наверное, не смогу выбрать. Из того, что ты назвала, я только йогурт ел.

— Ну вот, видишь. Точно так же и Лешка. Он никогда не обсуждал со мной вопрос о том, как бы я захотела истратить три тысячи долларов. У меня таких денег сроду не было, у него тоже, так что и обсуждать было нечего. А когда они появились, он совершенно безошибочно определил, что бы я с ними сделала. Для этого надо не только знать меня, но и чувствовать, как себя самого. Вот тогда я и поняла, что другого такого Лешки в моей жизни никогда не будет.

— Ну конечно, — скептически усмехнулся Коротков, — ни один нормальный мужик не станет терпеть твою бесконечную работу и твою безразмерную лень. Признайся, тебе просто захотелось семейного уюта, но созданного чужими руками, и не пой мне песни про высокие чувства. А то я тебя не знаю!

— Да ну тебя, Юрка, — вздохнула Настя. — Вечно ты все опошлишь.

История с компьютером не убедила никого, но тем не менее все было именно так. И сегодня, в пятницу, около девяти часов вечера, запирая дверь своего кабинета и мысленно прощаясь с ним почти на полтора месяца, Анастасия Каменская подумала, что, пожалуй, не совершает ошибку, выходя замуж.

По дороге к метро она вспомнила, что собиралась купить подарок сводному брату. Александр Каменский, сын Настиного отца от второго брака, тоже собирался вступать в брак и тоже завтра. Он был моложе ее на семь лет и прожил свою жизнь в суматошных делах бизнеса, унылых сухих расчетах и больших долларах. Он был удачно, но скучно женат и не помышлял ни о каких праздниках жизни, пока не встретил удивительную девушку, которая любила его горячо, искренне и совершенно бескорыстно. Саше понадобилось немало времени и усилий, чтобы в это поверить, зато потом он в одно мгновение превратился в волшебника, для которого наивысшим наслаждением было делать подарки и устраивать чудеса. Узнав, что сестра, сыгравшая такую большую роль в его отношениях с Дашей, выходит замуж 13 мая, он пустил в ход все свои способности и деньги, чтобы успеть развестись, и договорился, чтобы его бракосочетание с новой невестой было назначено на этот же день. Конечно, ему хотелось бы, чтобы обе свадьбы состоялись в одном загсе, но тут не помогли никакие связи: регистрировали браки только по месту жительства жениха или невесты. Исключение составлял только Дворец бракосочетаний, где регистрировали всех, но тут Настя стояла насмерть:

никаких Дворцов, никакой помпезности, все должно быть быстро, тихо и скромно.

Его грандиозный замысел состоял в том, что сначала Настя с Алексеем и он с Дашей поедут к десяти утра в один загс, где Саша женится на своей невесте, а сестра и ее жених выступят в роли свидетелей, потом они сядут в машину и поедут в другой загс, где зарегистрируют свой брак Настя с Лешей, а они с Дашей будут свидетелями. После чего дружной толпой они двинутся в ресторан, где уже будут ждать четыре родительские пары, и скромно пообедают.

— Может, не стоит? — сомневалась Настя, которая вообще не собиралась делать из своего бракосочетания вселенский праздник. — Я не думаю, что наш с тобой общий отец будет чувствовать себя хорошо в присутствии двух жен, бывшей и нынешней.

— Ох, Ася, не выдумывай. Столько лет прошло, это уже никого не может взволновать. Наоборот, я уверен, что это — правильный ход. Ты так много сделала для нас с Дашкой, что я не могу не быть на твоей свадьбе и не хочу праздновать свою без тебя.

— Ну и не надо было подстраивать их в один день, — в сердцах сказала Настя. — Сам же создаешь трудности, а потом с героическим рвением все должны их преодолевать. Поженились бы с разницей в неделю, что страшного?

— А праздник? — возмущенно спросил брат. — Весь же смысл в том, чтобы в один день. Такая красивая история! И годовщины потом будем отмечать вместе. Ася, ты живешь совковыми представлениями, ты не понимаешь, какие праздники можно себе устраивать сейчас. Конечно, в этом году мы уже никуда не поедем после свадьбы, Дашке рожать через два месяца, а на будущий год мы можем отпраздновать нашу первую годовщину, например, в Мадриде. Вторую годовщину — в Вене. Третью — в Париже.

Мы будем ездить вчетвером, мы сделаем из этого традицию, красивую традицию, которую будем беречь и поддерживать, а все будут удивляться, ахать и качать головами, потому что ни у кого не будет такого замечательного праздника — брат и сестра и их супруги отмечают свои одинаковые свадебные годовщины.

— Саша, соразмеряй, пожалуйста, свои намерения с моим материальным положением, — раздраженно отвечала ему Настя. — Я не поеду ни в Мадрид, ни в Вену, ни в Париж, у меня никогда не будет на это денег. Твои замашки миллионера меня из себя выводят.

— Иди ты к черту, — хохотал в ответ Александр Каменский, который был так ослеплен любовью, что никому не позволял омрачать им же самим созданный прекрасный мир. — Ты — моя сестра, и я буду возить тебя по всему миру за свои деньги.

Ему удалось настоять на своем, и завтра предстояло отпраздновать сразу две свадьбы. Подарок для Даши Настя купила давно, а вот покупку подарка для брата все откладывала на потом. В результате пришлось заняться этим сегодня вечером.

На Пушкинской площади она села в троллейбус и поехала на Арбат. Ей казалось, что именно там в киоске она видела роскошный офисный набор для делового человека. Медленно двигаясь от киоска к киоску и с трудом преодолевая искушение купить большую банку сырных шариков, Настя вдруг заметила машину, показавшуюся ей знакомой. Спустя секунду она вспомнила, чья это машина, но что-то неприятно резануло глаз. Она сосредоточилась и снова глянула через окно в салон. Там, на заднем сиденье, лежал плащ из ярко-алой лайки с черными вставками. Она хорошо помнила этот плащ, такие в Москве встречались редко.

Настя медленно обвела глазами улицу и увидела небольшое открытое кафе. Владелец автомашины и обладательница дорогого экстравагантного плаща сидели за столиком к ней спиной и о чем-то увлеченно беседовали. Собственно, теперь Насте не было до этого никакого дела, но все же, все же...

Она неторопливо подошла к прилавку, взяла чашку кофе и пирожное и села за соседний столик, стараясь выбрать место так, чтобы не бросаться парочке в глаза и в то же время хорошо слышать, о чем они говорят.

— ...очень жарко. Мои знакомые ездили туда в июле, говорят, что умереть можно с непривычки. Туда нужно ехать попозже, в сентябре, — доносился до нее чуть капризный голосок девушки.

— Но мы же ездили с тобой в прошлом году в июле, — возражал ее спутник. — По-моему, было в самый раз. Ты даже не обгорела.

— Что ты сравниваешь! — презрительно фыркнула девушка. — Мы же были в Коста-Браве, там совсем другой климат. А в Турции в июле мы с ума сойдем.

— Мне говорили, что в Турции есть одно место, самое экологически чистое, так там очень хорошо даже в июле, — не сдавался молодой человек. — Сосны, песок, воздух свежий.

— Что за место? — недоверчиво спросила его подруга.

— Это... как его... Вот черт, забыл, как оно называется.

— Оно называется Кемер, — громко сказала Настя, не поворачивая головы в их сторону.

— Точно, Кемер! — обрадованно подхватил мужской голос.

— Между прочим, подслушивать неприлично, —

с вызовом сказала девушка. — И вмешиваться в чужие разговоры — тоже.

Настя осторожно поставила чашку на столик и повернулась к ним. В первую секунду они ее не узнали. Потом парень резко побледнел, а у девушки, напротив, выступили на скулах красные пятна.

— Я бы на вашем месте не рассуждала о приличиях, — спокойно заметила Настя. — То, что вы сделали, подпадает под статью Уголовного кодекса о заведомо ложных показаниях.

— Вы не докажете! — вспыхнула девушка. — И вообще это неправда.

— Что — неправда? То, что вы в прошлом году ездили вместе отдыхать? То, что вы давно и хорошо знакомы?

— Ну и что? — продолжала упираться та. — Что такого, что мы знакомы?

— Да ничего, — вздохнула Настя. — Просто алиби вашего дружка выглядело очень убедительным именно потому, что вы, случайная прохожая, твердо его опознали как человека, который столкнулся с вами на улице как раз в то время, когда на другом конце города было совершено преступление. А коль вы на самом деле знакомы, то картинка получается совсем другая.

— Все равно, дело уже закрыто, — вмешался наконец молодой человек.

— Как закрыли, так и откроют, — пожала плечами Настя. — Делов-то.

Такого оборота парочка явно не ожидала. Видно, они считали, что если уголовное дело закрывают, то это уже навсегда. Наверное, никто им не объяснял, что дела о нераскрытых преступлениях не закрывают в течение многих лет. Их всего лишь приостанавливают, но в любой момент производство по делу может быть возобновлено.

Настя допила кофе и встала.

— В понедельник я сообщу следователю о нашей с вами трогательной встрече, а уж он пусть решает. Не исключено, что вам повезет, и он не сочтет мое сообщение достойным внимания. Но я вас все-таки предупреждаю.

Парочка молча проводила ее глазами. От разговора у Насти остался неприятный осадок. Она живо вспомнила избитую и изнасилованную девушку, которая на опознании держалась не очень уверенно, потому что из-за испуга и боли плохо запомнила лицо преступника. Зато эта маленькая сучка, ездившая каждый год отдыхать на модные курорты, твердо заявила, что видела этого молодого человека совсем в другом месте. Она его хорошо запомнила, потому что, видите ли, он принадлежит как раз к тому типу мужчин, который ей больше всего нравится. И ведь не солгала, мерзавка, он ей действительно нравится.

Купив наконец подарок брату, она зашла в будку телефона-автомата и позвонила следователю.

— Константин Михайлович, простите, что звоню домой, но завтра у меня будет сумасшедший день. А с понедельника я в отпуске.

— Ничего, ничего, говори.

— Я только что узнала, что у Артюхина было ложное алиби. Девушка, которая его опознала как человека, спрашивавшего у нее дорогу, на самом деле его давняя подружка.

— Ишь ты! — присвистнул Константин Михайлович. — Выходит, они нас изящно надули?

— Выходит, что так. Я их успокоила до понедельника.

— Ладно, Настасья, я понял. Завтра начну проверять, только ты мне скажи, что именно.

— Они в прошлом году вместе ездили отдыхать в

Испанию, в Коста-Браво, в июле. Значит, они знакомы не меньше года.

— Вот дряни. Погоди-ка, — спохватился он, — у тебя же завтра свадьба. Или я путаю?

— Нет, не путаете.

— Так чего же ты...

— Но свадьба-то завтра, а не сегодня. Сегодня я еще работаю.

— Каменская, тебе никогда не говорили, что ты чокнутая?

— Регулярно говорят. Вы будете сто девятнадцатым.

— Слава богу, на свете, кроме меня, есть еще сто восемнадцать нормальных людей. А твой будущий муж тоже из их числа?

— Нет, — улыбнулась она, — он еще более сумасшедший, чем я. Когда приезжает ко мне на выходные, берет с собой свои бумаги и пытается что-то написать.

— Ну, два сапога — пара. Счастливо тебе. А Артюхина я уделаю, как бог черепаху. Ступай под венец и ни о чем не беспокойся.

* * *

Домой она вернулась в двенадцатом часу. Чистяков сидел на кухне и раскладывал пасьянс. Завтрашнее мероприятие его, как и Настю, ничуть не волновало. Может быть, оттого, что он слишком долго ждал этого и за долгие годы успел «перегореть».

— Лешик, ты сердишься? — робко спросила она, переступая порог. — Извини, солнышко, так много дел скопилось, я даже маму встречать не поехала. И еще подарок Саше купить надо было...

— А меня предупредить не надо было? — сердито откликнулся Чистяков. — Ночь на дворе, а тебя где-то носит. Есть будешь?

— Будешь. То есть буду, — поправилась она.

Глядя на уплетающую салат Настю, Леша смягчился. Жива-здорова — и хорошо. Ее все равно не переделать. Да и не нужно, наверное.

* * *

Эля Бартош расстегнула замочек и сняла с шеи очередное украшение.

— Это тоже не годится, — со вздохом сказала она. — Оно слишком яркое и отвлекает внимание от платья. Что у нас еще есть?

— Успокойся, наконец, — раздраженно откликнулась Тамила. — Ты так готовишься, словно это единственное событие в твоей жизни и других уже не будет. Знаешь, что говорил в свое время твой дед профессор Берекашвили? Что в нашей жизни есть только одно событие, которое никогда не повторяется: защита кандидатской диссертации. Человек может написать и защитить хоть пять диссертаций, но только одна из них, самая первая, будет кандидатской, а все остальные — уже докторские, даже если они по совершенно разным специальностям. А замуж можно выходить десятки раз, пока ноги носят. Поэтому не стоит относиться к завтрашнему событию как к слишком серьезному и ответственному. Ну, подумаешь, сходите в загс, после этого поживете несколько месяцев, наспитесь вместе, утолите юношеский голод, потом тебе это надоест до смерти и ты побежишь разводиться.

Эля опустила голову и тяжело села на стул, не обращая внимания на то, что мнет роскошное свадебное платье. По ее щекам тихонько заструились слезы, она шмыгнула носом и отерла лицо ладонью.

— Ну, начинается, — сухо сказала Тамила, аккуратно складывая в коробочки разбросанные по столу дорогие украшения. — Ты такая нервная, моя дорогая, что тебе уже и слова сказать нельзя. Держи себя в руках, иначе людям трудно будет с тобой общаться. Шуток ты не понимаешь, чуть что — обижаешься, начинаешь плакать. И что у тебя за характер такой отвратительный!

При последних словах матери Эля сорвалась с места и убежала в свою комнату. Мать никогда не скрывала своего неудовольствия тем, какого жениха выбрала себе ее девочка. Она, дочь гордого и независимого грузинского ученого и известной писательницы из рода дворян Берсеневых, в свое время вышла замуж за венгра Иштвана Бартоша, сына аккредитованного в Москве дипломата. Зарубежные деловые связи по линии семьи мужа в сочетании с фамильными драгоценностями рода Берсеневых позволили Тамиле Бартош вести достаточно приятный и необременительный образ жизни, блистая на приемах и деловых обедах, сопровождая мужа в поездках сначала якобы к живущим за границей родственникам, а потом — по вполне легальным делам бизнеса. Яркая, раскованная, с породистым горбоносым лицом и густыми иссиня-черными кудрями, высокой грудью и пышными бедрами, Тамила постоянно была в центре внимания и в свои сорок пять не имела недостатка в поклонниках. О том, что значительная часть последних была привлечена отнюдь не ее достоинствами, а исключительно связями и богатством Иштвана, она и не думала. Выросшая в семье элитарной интеллигенции, свободно владеющая немецким и венгерским языками, с детства привыкшая к достатку, любви и всеобщему вниманию, она и по сей день воспринимала свою привлекательность как нечто само собой разумеющееся, что существовало всегда и исчезнет только вместе с ней.

Разумеется, будущий зять представлялся ей вполне определенным образом. И уж никак не в облике добросовестного очкарика-аспиранта, живущего вдвоем с матерью. Ни кола ни двора, ни блестящего будущего. Конечно, Пишта (Тамила, подчеркивая происхождение мужа, даже домашнее уменьшительное имя употребляла по правилам венгерского языка), так вот, Пишта мог бы сделать мальчику хорошую карьеру, взять его в дело, а потом, быть может, и в компаньоны. Но стоит ли? Аспирант отнюдь не выглядел золотым самородком, на обработку которого имело смысл тратить время и деньги. Обыкновенный дурачок, ни деловой хватки в нем нет, ни склонности к финансовой деятельности, ни ловкости и энергичности. Приглядевшись к нему повнимательнее, Тамила решила, что все дело в его невероятной сексуальности, против которой, конечно, не может устоять ее глупенькая молоденькая дочка. Парень был настолько сексуален, что это ощущала даже видавшая виды Тамила. Когда включены столь мощные природные механизмы, любое препятствие только усиливает взаимную тягу, мудро рассудила мать, поэтому пытаться отговорить дочь и отменить свадьбу бессмысленно, этим можно только навредить. Ничего, пусть поженятся, цинично думала Тамила, натрахаются до обморока и отвращения, а потом можно будет потихонечку их развести. Надо только с самого начала выбить из дочкиной головы эту дурь о том, что муж дается небесами раз и навсегда, в нищете и богатстве, в горе и в радости, в болезни и в здравии, пока смерть не разлучит... Ну, и все в таком духе. Пусть Элена уже сейчас, накануне свадьбы, понимает, что событие завтра ей предстоит вполне рядовое, а не исключительное, и таких событий в ее жизни будет еще, бог даст, немало.

Эля вышла из своей комнаты с красными глазами и опухшим лицом. Сейчас на ней было уже не белое роскошное платье, а изумрудно-зеленые переливающиеся лосины и длинный, почти до колен, блузон с серыми и зелеными цветами. Черные густые волосы подняты высоко на затылок и скреплены заколкой, открывая трогательно тонкую, хрупкую шейку, крупные красиво очерченные губы накрашены темной помадой.

— Я пойду к Кате, — с вызовом сообщила она матери, ожидая очередного всплеска ссоры. Уже восемь вечера, надо бы лечь пораньше, чтобы завтра хорошо выглядеть, ведь вставать придется очень рано: к семи часам уже приедет Наташа делать прическу, к восьми прибудет Галя с принадлежностями для макияжа, потом явится маникюрша, а в половине десятого уже надо будет садиться в машину и ехать на регистрацию. Загс открывается в десять, и Тамила настояла на том, чтобы им назначили время сразу после открытия. Ее дочь должна быть первой, а не стоять в очереди вместе со всеми.

— Иди, — равнодушно пожала плечами мать. — Опять ляжешь поздно и завтра будешь выглядеть как маринованная селедка. Мне-то что, ты замуж выходишь, твоя свадьба, а не моя.

Эля молниеносно вылетела из квартиры, хлопнув дверью, чтобы снова не расплакаться. Иногда она люто ненавидела свою мать. И в последние месяцы это «иногда» возникало столь часто, что его с полным правом можно было начать переименовывать в «почти всегда».

Ее задушевная подружка Катя жила в соседнем подъезде. Когда-то девочки учились в одном классе, потом вместе поступали в институт, Катя — с блеском, Эля — с «парой» на втором же экзамене. Теперь Катя училась уже на третьем курсе, а Эля по-прежнему валяла дурака, регулярно ездила за границу то вместе с родителями, то с туристическими группами и делала вид, что изучает историю киноискусства. Тамила, в своей жизни ни одного дня не проработавшая, считала образ жизни дочери вполне нормальным, надо только найти ей подходящего мужа, который сможет поддерживать такое существование на должном уровне.

Катя страшно удивилась, увидев подругу:

— Эля? Что-нибудь случилось?

— Ничего. Зашла потрепаться.

— Накануне свадьбы? — недоверчиво переспросила Катя. — Тебе больше заняться нечем?

— Если я тебе мешаю, я уйду, — вспыхнула Эля. — Я что, не вовремя?

— Да ну что ты, проходи, — успокоила ее Катя. — Просто я очень удивилась. Обычно невесты накануне свадьбы заняты всякими делами, хлопотами, машины, гости, продукты и все такое. А потом до поздней ночи сидят с женихом в темном уголке и мечтают, как завтра в это же время будут делать все то же самое, только уже на законном основании.

— Я не знаю, как обычно ведут себя невесты, — зло сказала Эля. — Ты — моя единственная подруга, а ты замуж пока не выходила.

— Ну, у нас на курсе за три года почти половина девчонок замуж повыскакивала, — засмеялась подруга, — поэтому я на невест насмотрелась. Чай будешь пить?

— Я бы съела что-нибудь, — смущенно призналась невеста.

Катя внимательно посмотрела на девушку.

— Элена, кончай темнить. Ты же только что из

дома, у тебя макияж свежий и на ногах домашние шлепанцы вместо туфель.

— И что?

— Так почему ты голодная? Тебя мать что, не кормит? Или ты опять с ней погавкалась и трусливо сбежала, забыв переобуться?

У Эли задрожали губы, и через секунду она уже снова рыдала на плече у подруги.

— Почему мама его так не любит? Что он ей сделал плохого?

— Эленька, милая, а почему она должна его любить, скажи на милость? Это ты должна любить своего Валеру, вот ты его и любишь. И не требуй от мамы, чтобы ее вкусы совпадали с твоими.

Катя гладила плачущую девушку по голове и с грустью думала о том, что ее доводы, пожалуй, сложноваты для славной, доброй, но ограниченной Элены. С неутихающей болью она снова и снова задавала себе вопрос: что нашел в этой глуповатой девчушке блестящий будущий ученый Валерий Турбин? Он был аспирантом кафедры философии, и Катя познакомилась с ним, когда он пришел в их группу на целый семестр вести семинарские занятия. Турбин сразу выделил способную незаурядную студентку из общей массы третьекурсников, с ней одной он мог разговаривать на том языке, на котором привык общаться с профессорами и доцентами. Взаимный интерес вскоре подкрепился взаимной симпатией, плавно перешедшей во влечение, и кто знает, как бы все обернулось, если бы бездельница Эля не решила потащиться вместе с подругой в институт, чтобы оказать ей моральную поддержку, пока та будет сдавать экзамен по социальной психологии. Катя в аудитории сражалась с вопросами билета в обществе преподавателя, а Элена в коридоре, прислонившись к подоконнику, переживала за нее в обществе молодого аспиранта, который случайно проходил мимо. Вышедшей после экзамена Кате хватило одного взгляда, чтобы понять, что произошло. Но Эля и Турбин списали ее внезапную бледность на перенапряжение и волнение, вызванные экзаменом.

Катя смирилась сразу, по характеру она не была бойцом и не стала поэтому воевать с Элей за место возле Турбина. Рана до сих пор не зажила, но ведь Катя не случайно выбрала для себя институт, где изучала философию, социологию и психологию. Она занималась тем, в чем хорошо разбиралась, что было ей близко, понятно и интересно. И ей удалось развести в своей душе в разные стороны любовь к Валерию Турбину и свою дружбу с соседкой и одноклассницей Элей Бартош. В глубине души она даже немного жалела подругу: ни друзей, ни дела, которое бы ее занимало, ни интересов. При такой жизни романтическая история действительно становится центром существования, помыслов, чувств, и все, что ей угрожает, воспринимается как катастрофа или, по крайней мере, как трагедия. «В моей жизни, — думала Катя, — бог даст, еще будут другие интересные и умные мужчины, а Элька где их найдет? Она же нигде не бывает, ни с кем не общается, ездит по заграницам, но в этих тургруппах в основном женщины собираются, а если мужчины и попадаются, то обязательно или с женой, или с ребенком. Одинокие богачи в турпоездки не ездят. Знакомиться на улице Эля тоже не может, ей с детства строго-настрого внушили, что делать этого нельзя. Конечно, Элька плевать хотела на родительские запреты, но она ведь и сама прекрасно понимает: при том положении, которое занимает ее отец, никто в семье не имеет права рисковать, заводя случайные знакомства.

Эдак собственного убийцу или грабителя в дом приведешь...»

Эля наконец успокоилась, и девушки прощебетали почти до одиннадцати часов. Возвращаясь домой, Эля вытащила из почтового ящика газеты и маленький белый конверт. Конверт был не подписан, и она несколько секунд задумчиво крутила его в руках, размышляя, надо ли его вскрыть самой или отдать родителям. Любопытство победило, она надорвала край и вытащила сложенный в четыре раза листочек бумаги. На нем крупными печатными буквами было написано: «Не делай этого. Пожалеешь».

Глава 2

Настя только-только успела встать под душ, как в квартире раздался звонок. Леша открыл дверь, и на него вихрем налетела Даша с сияющими глазами. Она была на восьмом месяце беременности, поэтому вместо свадебного платья на ней был надет легкий шелковый костюм кремового цвета, состоящий из свободных широких брюк и длинной блузки на кокетке с мягкими красиво спадающими складками. Беременность не испортила ее лица, обрамленного густыми медово-пшеничными волосами; огромные синие глаза смотрели ласково и приветливо, и в умело сшитом костюме она выглядела скорее не как будущая мать, а как очаровательная толстушка.

— Так я и знала, вы еще дрыхнете! Ну ладно, Анастасия известная соня и лентяйка, но ты-то!

— А что я? — удивился Чистяков. — Нам же к десяти в загс, а сейчас еще только восемь.

— А одеваться? А краситься? А цветы покупать? Через час за нами заедет Александр, а у вас с Настей еще конь не валялся.

— Да ладно тебе, — успокаивал Леша будущую родственницу, — успеем. Не волнуйся, тебе вредно.

— Где невеста? — строго спросила Даша.

— Под душем стоит, просыпается.

— Костюм приготовила?

— Я не знаю, — растерялся Чистяков. — Я не спрашивал.

— Так я и знала! Небось даже не удосужилась проверить, все ли пуговицы на месте и не нужно ли его гладить. Иди займись завтраком, а я посмотрю костюм.

Чистяков покорно поплелся на кухню варить кофе, а из комнаты до него то и дело доносились вздохи и причитания Даши.

— Господи, да куда же она засунула ту блузку, которую я ей велела надеть? Она же была где-то здесь... Конечно, юбку надо гладить... Нет, это не невеста, это недоразумение какое-то... Хоть утюг-то есть в этом доме?

Вышедшая из ванной Настя так и застыла, будто окаменела, увидев результаты бурной Дашиной деятельности. Вся одежда из ее шкафа была разбросана на диване и креслах, а посреди комнаты на коленях стояла Даша и, разложив на полу тонкое байковое одеяло, гладила Настину черную юбку.

— Чего ты стоишь, как изваяние? — спросила Даша, не оборачиваясь. — Иди быстро пей кофе и начинай заниматься лицом.

— Может, не надо? — осторожно сказала Настя, которая терпеть не могла краситься, хотя и признавала, что с умело наложенным макияжем становится куда привлекательнее.

— Еще чего! Как это «не надо»? Анастасия, не торгуйся, мы с тобой уже давно обо всем договорились. Я согласилась, что ты не будешь покупать к свадьбе специальное платье, наденешь то, что есть, но уж лицо будь любезна привести в порядок.

Она повернула голову и увидела сестру своего жениха, стоящую босиком и закутанную в длинное махровое полотенце.

— Ну Настя же! — нетерпеливо воскликнула Даша, с остервенением водя утюгом по юбке. — Не выводи меня из себя, шевелись. Мы же опоздаем!

Когда ровно в девять в дверь позвонил Александр Каменский, Настя уже выпила две чашки кофе и в выглаженном костюме стояла перед зеркалом в ванной, нанося на лицо макияж.

— Ася! — крикнул брат из прихожей. — Тебе письмо.

— Какое?

— Не знаю. В дверях торчал конверт. Без надписи.

Настя положила кисточку и вышла навстречу брату. Они расцеловались, оглядывая друг друга насмешливо, но придирчиво.

— Ну как? — спросила Настя. — Гожусь?

— Вполне. А я?

Высокий, худой, некрасивый, Саша сегодня выглядел суперменом из голливудского фильма. То ли костюм его был сшит у по-настоящему хорошего портного, то ли выражение лица изменилось, но весь его облик, казалось, кричал: «Я удачлив, и я могу все. У меня получается все, как я хочу, и никто не может мне помешать».

— Чертовски хорош, — улыбнулась Настя. — Давай письмо.

Она взяла протянутый белый конверт и нетерпеливо вскрыла. На сложенном в четыре раза листочке бумаги печатными буквами было написано: «Не делай этого. Пожалеешь».

Она не сумела справиться с собой, резко побледнела, руки задрожали.

— Что? — озабоченно спросил Александр. — Что-нибудь плохое?

— Не обращай внимания. Ерунда всякая, — ответила она, стараясь не выдать испуга и волнения.

— Ася!

— Сашенька, не бери в голову. Все в порядке. К нашей общей свадьбе это никакого отношения не имеет. Пойди, пожалуйста, на кухню и на пять минут отвлеки Дашу и Лешку, чтобы они не входили в комнату. Мне нужно позвонить.

Она закрыла дверь, схватила телефонный аппарат и набрала номер следователя Ольшанского.

— Константин Михайлович, — торопливо заговорила она, — Артюхин, видно, здорово испугался. Мне в дверь сунули письмо угрожающего содержания. Чтобы я не сообщала следователю, то есть вам, о нашей с ним вчерашней встрече, а то, дескать, пожалею.

— За письмо хваталась?

— Только ногтями и за самый краешек. Я ученая, как собака Павлова. За такие письма никогда пальцами не хватаюсь, это уже на уровне рефлекса.

— Ты где сейчас?

— Пока дома. Через десять минут уезжаю.

— В какую сторону?

— Сначала в Сокольники к десяти часам, а потом, к двенадцати, возвращаюсь в район Измайлова, потом к двум часам едем в центр, в «Метрополь».

— Я подскочу в Сокольники к десяти, отдашь мне письмо. И не дергайся, слышишь, Каменская? Если ты действительно убедила его, что до понедельника ничего предпринимать не будешь, то до понедельника он тебя и не тронет. А за два дня я его достану, он даже пискнуть не успеет. Ну Артюхин, ну сволочь!

Поговорив со следователем, Настя кинулась в

ванную заканчивать макияж. Из кухни до нее доносились оживленные голоса брата и его невесты, которые живо обсуждали, какие цветы больше всего подойдут Насте как свидетельнице и Насте как невесте, какие цветы нужно будет купить для ресторана и уместно ли будет Саше преподнести подарок Настиной матери — первой жене своего отца. Леша участия в обсуждении не принимал, во всяком случае, его голоса Настя не услышала.

Она уже наносила широкой мягкой кисточкой последние штрихи, накладывая на скулы какие-то невидимые румяна, которые должны были подчеркнуть овал лица, когда из кухни вышел брат.

— Ну как? Все в порядке?

— Более или менее, — ответила она, не отрывая взгляд от зеркала. — В Сокольниках возле загса будет стоять голубой «Москвич», постарайся встать около него, хорошо?

— Хорошо. А что это за машина?

— Это машина следователя из городской прокуратуры. Я отдам ему письмо, пусть эксперты поработают, пока я буду бракосочетаться.

Саша встал у нее за спиной, чтобы видеть лицо сестры хотя бы в зеркале и поймать ее взгляд.

— Ася, я задам вопрос, может быть, бестактный, но дай слово, что не будешь врать мне. Или ответишь честно, или вообще не отвечай.

— Ну, даю, — невнятно промычала она, проводя по губам темно-телесной помадой.

— Ты жалеешь, что выходишь замуж? Вот сейчас, в эту самую минуту, ты жалеешь, что тебе нужно ехать в загс, вместо того чтобы самой отвезти это чертово письмо экспертам и сидеть у них над душой, пока не будет результата. Правда? А потом, получив ответ экспертизы, ты бы помчалась еще куда-нибудь и занялась бы поисками того, кто тебе угрожает.

И тебе это гораздо интереснее, чем выходить замуж. Я прав?

Настя медленно завинтила столбик помады обратно в золотистый патрон и, не поворачиваясь, стала пристально всматриваться в зеркальное отражение Сашиного лица. Глаза у него были такие же, как у нее, ну в точности такие же: очень светлые, прозрачные, почти бесцветные. Белесые брови и ресницы, тонкий прямой нос, четко очерченные твердые губы, сильно запавшие щеки под высокими крутыми скулами. Брат и сестра были поразительно похожи, оба худые и высокие, только если Настя была просто невзрачной, то Саша — откровенно некрасивым.

— А почему ты решил, что мне кто-то угрожает? — спросила она медленно.

— Потому что буквы в письме крупные. Пока ты его читала, я тоже успел. Так ты ответишь на мой вопрос?

— Нет. Считай, что я уклонилась от ответа.

— Спасибо.

— За что?

— За то, что врать не стала.

Он повернул Настю к себе и ласково прижал ее голову к своему плечу. Несмотря на то что Настя была на семь лет старше, Саша ухитрялся вести себя с ней так, словно она была его младшей сестренкой, которую надо опекать и о которой надо заботиться.

— Я тебя люблю, Настюша, — тихонько произнес он, касаясь губами ее платиновых волос. — Спасибо тебе за все. Если бы не ты, я бы никогда не был так счастлив, как сейчас. Я бы ничего не понял в Дашке и, наверное, бросил бы ее, как бросал до нее других женщин. Я бы никогда не набрался смелости развестись. Или, что еще хуже, Дашка могла бы погибнуть. Ты ее спасла. Спасибо тебе.

Настя мягко отстранилась и погладила брата по щеке.

— Сашенька, сейчас не время для серьезных разговоров. В конце концов, у нас сегодня праздник, и долой трагизм, гони его прочь из своего голоса и из своих речей. Пойдем, пора ехать, Дарья, наверное, нервничает.

Но Александр не тронулся с места, задумчиво глядя на Настино отражение в зеркале.

— Саша, ты что? В какие мысли углубился?

— Ася, у тебя возникли какие-то сложности. Я не настаиваю, чтобы ты непременно мне все рассказала, но я хочу, чтобы ты знала: ты можешь на меня рассчитывать, что бы ни случилось. Я окажу тебе любую помощь, какую только смогу. И в моей безусловной преданности тебе ты можешь быть абсолютно уверена. Договорились?

— Спасибо, Санечка. Я тронута. Честное слово. А теперь — все, пора ехать.

По залитым солнцем улицам они поехали в Сокольники, в загс, где Александру Каменскому и Дарье Сундиевой предстояло зарегистрировать свой брак. Саша с Настей ехали впереди на его машине, а Леша, пристроившись им в хвост, вез Дашу. Настя сначала пыталась возражать против такого распределения, но Даша авторитетно заявила, что жених с невестой не должны ехать на свадьбу вместе. По пути они несколько раз останавливались возле рынков и станций метро, и Даша придирчиво выбирала цветы для себя и для Насти. Наконец без десяти десять они подъехали к загсу. Голубой «Москвич» Ольшанского уже стоял у входа, выглядя казанской сиротой рядом с двумя новенькими «Саабами», «Мерседесом» и «Ауди».

Сам Константин Михайлович неподвижно сидел в машине, словно бы и не видел, как из подъехавшего автомобиля вышла Настя. Только когда она потянулась к ручке, чтобы открыть дверь его машины, он вздрогнул и повернулся к ней:

— Господи, Каменская, я тебя не узнал! Это ты или нет?

— Конечно, нет, — засмеялась Настя. — Я сейчас сижу на работе, на Петровке. Вы обознались.

Она протянула ему полиэтиленовый пакет, в который было аккуратно завернуто письмо в конверте. В ответ следователь протянул ей темно-бордовую розу на длинном, почти в метр, толстом стебле.

— Это тебе. Голландская. Не пахнет, зато стоять будет долго.

— Спасибо вам, Константин Михайлович.

— И тебе спасибо. Я вашего Олега Зубова поймал, уговорил взять письмо. Так что сейчас еду прямо к нему. Если интересно, позвони вечером, скажу результаты.

Он выглянул в окно и усмехнулся:

— А это что за беременная принцесса? Твоя свидетельница?

— Нет, это невеста моего брата. Мы сейчас их здесь зарегистрируем, потом поедем нас с Лешкой женить.

— Ну вы даете, ребята! А Лешка твой — который из двоих?

— Рыжий.

— А блондин, выходит, брат?

— Брат. Сводный, единокровный, младший, любимый.

— Ну ты гляди, а смотрится прямо как родной, твоя копия. Видать, у вашего общего папеньки гены сильные, все перешибут. Ладно, Каменская, желаю тебе... Ну, сама знаешь чего. Я на слова не мастер, а то, что отношусь к тебе хорошо, уважаю, ценю и даже некоторым образом люблю, ты и сама знаешь. Удачи тебе.

— И вам. Я позвоню вечером, — сказала Настя, вылезая из машины.

Похоже, Александр провел с заведующей загсом мощную подготовительную работу, потому что ждать им не пришлось. Сотрудница, встретившая их у входа, любезно улыбаясь, взяла у них паспорта и предложила невесте и свидетельнице пройти в комнату для невест привести себя в порядок.

— Буквально через три минуты вас пригласят на регистрацию. Если вы желаете после регистрации выпить шампанского, его можно заранее поставить в холодильник.

— А кофе у вас тут нигде нельзя выпить? — вырвалось у Насти.

Эти слова услышала проходящая мимо дородная дама в красивых дорогих очках и с ухоженными волосами.

— Простите, вы — свидетельница Александра Павловича? — обратилась она к Насте.

— Нет, я свидетельница его невесты. А в чем дело?

— Александр Павлович предупредил, что вместе с ним приедет его сестра, которая тоже сегодня выходит замуж. Это вы?

— Да.

— Я так и подумала, — удовлетворенно улыбнулась дама. — Прошу вас и невесту пройти ко мне в кабинет.

Даша, испуганно глядя то на Настю, то на дородную даму, семенила рядом. Почему-то ни Саши, ни Чистякова не было видно, и Насте стало как-то не по себе.

Дама привела их в огромный кабинет, где вокруг большого низкого стола стояли пять кресел, а на самом столе красовалась ваза с розами, открытая коробка шоколадных конфет и бутылка шампанского в ведерке со льдом.

— Прошу вас, проходите, — гостеприимно улыбнулась дама. — Я заведующая, зовут меня Дина Борисовна. Александр Павлович и Алексей Михайлович сейчас подойдут, и вы все вместе выйдете в зал, где будет проходить регистрация брака. Вас зовут Анастасия Павловна, если не ошибаюсь?

Настя молча кивнула, настороженно ожидая продолжения. Дина Борисовна тем временем щелкнула каким-то невидимым рычажком, раздалось бульканье, и через мгновение перед Настей стояла чашка с дымящимся кофе.

— Александр Павлович предупредил, что его сестра скорее всего попросит кофе, — улыбнулась заведующая, — поэтому кофейник я держала в боевой готовности. После регистрации вы вернетесь в этот кабинет и чисто символически отпразднуете вступление в брак. Конфеты, шампанское, бокалы — все к вашим услугам.

«Ничего себе! — подумала Настя. — Сколько же денег Сашка вгрохал в эту заведующую, что она так стелется перед ним и перед нами? Даже имена выучила, и мое, и Лешкино, не поленилась. Но Санька-то, Санька-то каков! Даже про кофе для меня позаботился. Теперь я, кажется, начинаю понимать, что он вкладывает в слова «устраивать праздники». Это значит: делать так, чтобы людям даже в самой малой малости не было неудобно или некомфортно».

Она едва успела допить крепкий ароматный кофе, как появились Саша и Алексей. В ту же секунду распахнулась другая дверь, ведущая из кабинета заведующей в зал для церемоний.

— Александр Павлович, просим вас с невестой и ваших свидетелей на регистрацию.

Даша вдруг растерялась и никак не могла правильно взять свои цветы. Шипы так и норовили зацепиться за тонкий шелк блузки, крупные полураспустившиеся бутоны то закрывали лицо, то чуть не волочились по полу. От досады и волнения у Даши слезы выступили на глазах. Помогла ей Дина Борисовна, тут же подлетевшая к Даше и забравшая у нее букет.

— Давайте-ка его сюда, — сказала она. — Так, теперь поправьте блузочку, волосы, встаньте, как вам удобно. Теперь согните руки так, чтобы они были в естественном положении, чтобы не затекали. Вот, хорошо. Я кладу вам в руки букет, и видите, как славно все получилось. Ничего нигде не цепляется и никуда не падает.

Они торжественно вошли в распахнутую дверь под звуки стоящего в углу струнного квартета. Церемония началась. Настя напряженно всматривалась в находящихся в зале людей, вслушивалась в произносимые слова, следила за временем, то и дело поглядывая на часы. Процедура ей не нравилась. Она представила себе, как будет точно так же стоять с глупым видом посреди большой комнаты, держа в руках неудобный колючий букет роз, а какая-то чужая тетка будет долдонить о том, какой ответственный шаг они с Чистяковым совершают и что отныне... взаимная любовь... ответственность... забота... и прочая, и прочая. Потом медленно, чтобы фотограф успел сделать снимки, надо будет обмениваться кольцами, целоваться, подходить к столу и расписываться в огромной книге. Она поежилась. Если бы она знала, что процесс регистрации брака так мучителен, она бы еще подумала, выходить ли ей замуж. В конце концов, жили же они с Лешкой пятнадцать лет без всякой регистрации, и ничего.

— Объявляю вас мужем и женой... Молодые, обменяйтесь кольцами... Жених, поздравьте невесту... Пройдите, пожалуйста, сюда и поставьте свои подписи... Свидетели, пожалуйста, поставьте ваши подписи...

Наконец все закончилось. Настя поцеловала Дашу и положила ей на руки очередные розы. Потом свою порцию колючего богатства добавил Чистяков. Маленькая Даша совсем скрылась под ворохом цветов, и Алексей, сжалившись над ней, забрал из ее рук все букеты. Они снова оказались в кабинете Дины Борисовны, и Настя с явным облегчением опустилась в кресло.

— Ну как, Александр Павлович, все в порядке? — заботливо спросила заведующая. — Все как вы хотели?

— Благодарю вас, Дина Борисовна, все было на уровне. Присаживайтесь, поднимите с нами бокал, — пригласил он.

Они выпили шампанское, Саша и Алексей — чисто символически, по полглоточка, потому что были за рулем, Даша тоже только губами коснулась золотистой пенящейся жидкости, ибо делала все, чтобы родить здорового ребенка. Настя же, к собственному удивлению, с огромным удовольствием осушила бокал и попросила налить второй. Шампанское было изумительным. «А может быть, подумала она, дело не в шампанском, а в том, что я, как это ни странно, нервничаю. Интересно, из-за чего? Из-за того, что выхожу замуж? Или из-за письма?»

* * *

Из Сокольников в Измайлово они ехали в том же порядке — Саша с Настей, а Чистяков с Дашей.

— Саня, как ты думаешь, можно договориться в

загсе, чтобы нас зарегистрировали без всех этих церемоний?

— Не знаю. А почему ты не хочешь? Тебе не понравилось?

— Если честно, то нет. Не люблю я этого всего. Стоишь посреди комнаты, как корова, и слушаешь какой-то бред... У меня затылок сводить начало, пока вас венчали. Второй раз, да еще в главной роли, я этого не вынесу.

— Хорошо, я попробую договориться, — кивнул Саша.

В загсе они сразу разделились. Настя с Дашей уселись в большом красивом холле, а мужчины отправились договариваться об упрощенной процедуре. Леша активно поддержал Настину идею о том, чтобы попытаться избежать торжественной церемонии, и брату ничего не оставалось, кроме как смириться с причудами сестры.

— Я выйду на улицу, — сказала Настя, когда минут через десять ей надоело торчать в холле у всех на виду.

— Зачем?

— Покурю.

— Я с тобой пойду, — стала подниматься Даша, но Настя коротким жестом усадила ее на место.

— Сиди здесь, никуда не уходи, а то мужчины нас потеряют.

Она вышла на крыльцо и встала в сторонке возле урны. После двух бокалов шампанского это была первая сигарета, и Настя почувствовала, как ее немного «повело», голова закружилась, ноги стали ватными. Но через несколько секунд это прошло, и она стала с любопытством разглядывать выходящих из загса и подъезжающих к нему людей. Из канареечно-желтых «Жигулей» вылез молодой парень, с ног до головы увешанный фотоаппаратурой.

— Вам фотограф не нужен? — спросил он у Насти, проходя мимо.

— Нет, спасибо, — улыбнулась она.

Парень не задерживаясь прошел через стеклянные двери в холл. Настя увидела, как он подошел к Даше, и отметила про себя, что вблизи он выглядит немного старше, чем издалека. Даша тоже отрицательно покачала головой, и фотограф быстро пошел дальше.

Она вернулась в холл, где Даша уже изнывала от нетерпения.

— Ну куда они подевались?

— А ты что, торопишься? — философски спросила Настя. — Сидим, никто нас не гонит, над нами не капает, тепло, сухо. Что еще надо?

— Разве тебе не хочется побыстрее стать женой? — удивилась Даша.

— Да мне как-то безразлично, — призналась Настя. — Я и так пятнадцать лет все равно что жена. Так что после регистрации ничего не изменится.

— Но вы же будете вместе жить.

— С чего ты взяла? Лешка будет жить у себя в Жуковском, ему до работы пять минут пешком. Он и раньше приезжал ко мне в основном на выходные, иногда, правда, и на неделе наведывался, но редко. И дальше будет точно так же.

— Ну все равно, — упрямилась Даша, которая ни за что не хотела уступить и сдаться, признав, что вступление в законный брак — далеко не самая важная вещь в жизни и далеко не самая ценная.

Откуда-то из-за угла вдруг возникли Александр и Леша.

— Все в порядке, девочки, я обо всем договорился, только придется немного подождать, примерно полчасика. Перед нами еще две пары, на каждую по пятнадцать минут, а потом нас пригласят, вручат паспорта со штампами и свидетельство о браке, мы распишемся в амбарной книге — и все. Обещают в две минуты уложиться.

— А кольцами обменяться? — возмутилась Даша.

— В ресторане обменяемся, — утешила ее Настя. — Или прямо здесь, в холле.

— Да ты что! Ну Настя, ну я не знаю...

У Даши от огорчения даже слезы выступили. Ей было только двадцать лет, Саша Каменский был ее первой страстной любовью, она носила в себе его ребенка и вступление в брак с ним считала событием первостепенной важности в своей жизни. И никак она не могла понять, почему Настя и Алексей относятся к своей свадьбе так спокойно, даже прохладно.

Они сидели в холле и терпеливо ждали, пока в торжественной обстановке зарегистрируют две пары. Настя еще раз вышла на крылечко покурить. На этот раз возле урны стоял тот парень-фотограф, который предлагал ей свои услуги.

— Не надумали? — с улыбкой спросил он. — У меня цены умеренные, а качество я гарантирую.

— Нет, спасибо, — снова отказалась она.

— Но почему? — удивился тот. — Такая женщина, как вы, должна любить фотографироваться.

— С чего вы взяли?

— Вы очень фотогеничны. Вас как ни поверни, какой ракурс ни выбери, вы получитесь красавицей. Вы не фотомодель?

— Нет. И не надо мне грубо льстить, меня это настораживает и раздражает.

— Я что-то не понял...

— Вы говорите мне комплименты, которые даже отдаленно не приближаются к действительности, чтобы я решилась воспользоваться вашими услугами фотографа. Вы прекрасно видите, что я не красавица и никогда, ни при каких условиях не смогу ею быть. Но вы надеетесь, что я попадусь на вашу лесть и захочу попробовать пофотографироваться у человека, который, может быть, видит меня красивой и сумеет сделать такой же на снимках.

Фотограф задумчиво посмотрел на Настю и сочувственно покачал головой:

— У-у-у, как вас подкосило. Ну надо же! Такая красавица — и такие комплексы. Это у вас с детства?

Настя почувствовала, как щеки заливаются краской. Она спокойно относилась к собственной невзрачности, никаких комплексов по этому поводу у нее не было, но она терпеть не могла, когда посторонние люди начинали обсуждать ее внешность.

— Вот что, — продолжил фотограф, весело глядя на Настю рыже-зелеными глазами. — Я сейчас сниму вас «Полароидом», через две минуты снимок будет готов, и вы сами убедитесь. Сделаю бесплатно, не волнуйтесь. Я вам покажу мастер-класс.

— Что вы мне покажете? — переспросила Настя, которая уже успела оправиться от смущения.

— Покажу, что я вас не обманываю. Я не буду выбирать самый выгодный ракурс, я сниму вас внезапно и без подготовки, и если снимок получится неудачным — я проиграл.

— Ладно, давайте, — вяло согласилась она. Все равно она успела выкурить только половину сигареты.

— Значит, так. Я готовлю камеру и отворачиваюсь. Вы принимаете любую позу на ваш вкус и считаете вслух. На счет «три» я поворачиваюсь и делаю снимок. Идет?

— Ладно, — безразлично повторила она.

Парень отвернулся, а Настя продолжала задумчиво курить, погрузившись в мысли об Артюхине, ложное алиби которого треснуло по всем швам и который прислал ей сегодня, в день свадьбы, такое мерзкое угрожающее письмо. Когда сигарета догорела почти до фильтра, она спохватилась и быстро произнесла:

— Один-два-три.

Фотограф резко повернулся, на мгновение замер, потом раздался щелчок и по глазам резанула яркая вспышка.

— Вы долго готовились, — заметил он, возясь с камерой.

— Честно признаться, я про вас забыла, — холодно ответила Настя.

— Чем же вы занимались столько времени?

— О своем думала.

— Вы — свидетельница на свадьбе у подружки?

— Нет, я невеста.

— Да не может быть!

— Отчего же?

— В черной юбке и в черной блузке? Невеста, которая выходит покурить на крылечко и болтает с незнакомым мужчиной, вместо того чтобы умирать от восторга и волнения, держа за руку жениха? Да никогда не поверю.

— Ну и не верьте. Так что там со снимком?

— Еще минуточку потерпите, сейчас он проявится. Вы, наверное, не в первый раз замуж выходите? Если так, то понятно ваше спокойствие. Процедура знакомая, и ее последствия, увы, тоже. Верно? — заразительно рассмеялся фотограф.

Настя не выдержала и улыбнулась.

— Ну вот, готово. Так кто из нас был прав?

Настя ошеломленно смотрела на снимок и не верила своим глазам. Неужели это она? Эта изящная молодая женщина в короткой юбке, открывающей великолепной формы длинные ноги, в черной блузке, подчеркивающей белизну кожи, и в элегантном длинном белом пиджаке — это она? С фотографии на нее смотрело классически правильное холодное лицо с высокими скулами, красивым ртом и задумчивыми глазами. Только глядя на снимок, она наконец вспомнила, что потратила сегодня полчаса на макияж, благодаря которому и выглядит вполне пристойно. Она настолько привыкла к своей невзрачной внешности, что чувствовала себя серой мышкой даже тогда, когда на самом деле выглядела чуть ли не звездой экрана.

— Признаюсь, я проиграла. Что с меня причитается в виде штрафа?

— Ровным счетом ничего. Мне достаточно ваших извинений за проявленную вами грубость.

— Извините меня, — искренне произнесла Настя, — вы оказались правы, а я вела себя по отношению к вам как последняя свинья...

Она хотела было добавить еще какие-то слова, но в это время увидела, как Даша делает ей знаки руками. Вероятно, подошла их очередь.

— Простите, — усмехнулась она, — меня призывают под венец.

Она протянула фотографу снимок, но он отрицательно покачал головой.

— Возьмите на память.

Она быстро прошла в холл, где ее уже ждали Алексей и Даша с Александром.

— Нам туда, — показал Леша куда-то вправо, где находилось несколько совершенно одинаковых дверей, различающихся только номерами. — Комната 9.

В комнате 9 сидели две симпатичные девушки, которые в четыре руки выписывали свидетельства о браке и проставляли штампы в паспортах. Одна из них выскочила из комнаты и через полминуты вернулась с огромной книгой.

— Расписывайтесь быстренько, — сказала она,

чуть задыхаясь, — книгу надо срочно вернуть, без нее нельзя начинать следующую церемонию.

Настя с Лешей и их свидетели расписались в книге, и девушка умчалась.

— Фамилию менять будете? — спросила Настю сотрудница загса, оформляя свидетельство о заключении брака.

— Нет, не буду.

— Значит, пишем: присвоить фамилии... мужу — Чистяков, жене — Каменская...

И в этот момент раздался истошный вопль. Кричала женщина, потом к ней присоединились еще несколько женских голосов.

— Даша, посиди здесь, — бросила Настя, пулей вылетая из комнаты в холл.

Александр и Леша кинулись за ней. В холле возле двери в туалетную комнату стояла черно-белая толпа невест и женихов. Настя, выхватив из сумочки служебное удостоверение и подняв его высоко над головой, легко протиснулась сквозь эту толпу, громко повторяя:

— Пропустите, пожалуйста, милиция, милиция, дайте пройти.

На пороге туалетной комнаты она остановилась. На кафельном полу лежала красивая молодая девушка в нарядном подвенечном платье. На груди по белоснежной ткани расплывалось кровавое пятно. Глаза ее были открыты, но неподвижны. Она умерла сразу от прямого попадания пули в сердце.

Рядом с ней на коленях стоял молодой человек в темном костюме. Его лицо не выражало ничего, оно было похожим на маску. Настя поняла, что он находится в глубоком шоке, будучи не в состоянии осознать и принять происшедшее.

Она сделала шаг назад, повернулась лицом к стоящим у нее за спиной людям и уперлась руками в стену по обе стороны от двери в туалет. Привстав на цыпочки, отыскала глазами мужа и брата и скомандовала:

— Саша, Леша, контролируйте выходы. Никого не выпускать. И следите, чтобы Дарья сюда не подходила.

На мгновение ее глаза резанула вспышка фотоаппарата, и слева от себя Настя увидела фотографа.

— Эй, молодой человек, идите сюда, — позвала она.

Парень протиснулся к ней и возбужденно зашептал:

— Вы из милиции, да? Послушайте, позвольте мне сделать снимки. Это мой хлеб, мой заработок.

— Как вы сказали?

— Ну, я не хотел бы, чтобы об этом знали... Понимаете, я вообще-то фотокорреспондент «Криминального вестника», а по субботам в загсах подрабатываю. — Он протянул ей удостоверение. — Позвольте мне сфотографировать место происшествия, ну пожалуйста!

— Ладно, только быстро, — решительно сказала Настя. — Пять секунд вам даю на снимки, потом будете мне помогать.

Парень защелкал затвором, не обращая внимания на возмущенные крики за спиной.

Через толпу пробралась белая от ужаса заведующая, совсем еще молодая женщина с испорченными перекисью мелированными волосами, делавшими ее похожей на давно не стриженную болонку.

— Боже мой, боже мой... — причитала она, всплескивая руками.

— Вы милицию вызвали? — спросила ее Настя.

— Милицию... нет... — пробормотала заведующая.

— Так вызовите, — зло сказала Настя. — Впрочем, нет. Встаньте на мое место и следите, чтобы в туалет никто не входил. Жениха желательно не трогать, пусть стоит как стоял. Вы все поняли?

— Д-да, — запинаясь, пробормотала «болонка».

— Где у вас телефон?

— У меня... в кабинете...

— А кабинет где?

— Через холл и направо... там написано...

Настя пронеслась через холл, успев на бегу бросить взгляд на крыльцо и убедиться, что Чистяков добросовестно несет вахту, что-то терпеливо объясняя только что подъехавшей очередной брачующейся паре и их сопровождающим. Найдя кабинет заведующей, она распахнула дверь, схватила телефонную трубку и набрала номер.

— Дежурный по городу подполковник Кудин, — донесся до нее глуховатый бас.

— Здравствуй, Вася, — сказала она по-домашнему просто. — Это Каменская.

— О, какие люди! — зароктотал Кудин. — Чего тебе неймется в нерабочий день?

— Труп у меня, Вася.

— Адрес?.. Телефон?.. Так, понял... Загс? Ни хрена себе! Сейчас, минутку обожди.

Она услышала, как щелкнул тумблер, и голос Кудина произнес куда-то в сторону: «Дежурная группа, на выезд. Дежурная группа, на выезд».

— Погоди-ка, а ты не сегодня ли замуж-то выходишь? — Голос дежурного по городу снова приблизился.

— Сегодня, Васенька, сегодня. Вот прямо сейчас и венчалась, пять минут назад.

— Ой елки-палки, ну что ты за человек, Каменская? Ты даже замуж выйти не можешь по-человечески, чтобы без трупа.

— Планида у меня такая, видно. Васенька, у меня

к тебе просьба. Ты набери по внутреннему телефон Юрки Короткова, он по субботам имеет обыкновение на работу приходить.

— Ну, погоди... Так, набрал... Коротков? Кудин приветствует. Тебя подружка твоя хочет... Как это какая? Настасья... Ну век воли не видать, зачем я тебя разыгрывать буду. Вот она у меня тут, на городском телефоне... Хочет чего? Сейчас спрошу. Але, Каменская, он спрашивает, чего ты хочешь.

— Пусть с дежурной опергруппой приедет, — сказала Настя.

— Слышь, Юр, она просит, чтобы ты приехал. У нее труп в загсе, я группу высылаю, так что если ты едешь, то давай спускайся быстренько... Приедет, — сообщил он Насте. — Может, еще чего надо? Говори, не стесняйся, сегодня для тебя в виде свадебного подарка любые одолжения сделают.

— Тогда пришли сюда Олега Зубова. Сможешь?

— О, нет, это не смогу. Я еще пожить хочу, у меня дети растут. Его сегодня с утра из горпрокуратуры разыскивали, так ты бы слышала, как Зубов выражался, рвал и метал. Он только после суток сменился, домой хотел ехать, а его перехватили.

— Хорошо, Васенька, присылай ребят. Если что — позвоню.

— Звони, конечно.

Она положила трубку и вышла из комнаты. У самых дверей ее поджидал фотограф.

— Что вы тут делаете? — сердито спросила она.

— Вас жду. Вы сказали, что я должен вам помочь. Вот я и жду ваших указаний.

— Начинайте фотографировать.

— Что именно? Или кого?

— Все и всех подряд. Людей, мебель, интерьер, расположение комнат, центральный вход, черный ход, но главное — людей. У нас только два варианта:

или преступник успел уйти отсюда, или нет. Если успел, то вся затея бессмысленна. Если не успел, то он сейчас здесь.

— Знаете, я почему-то примерно так же и подумал... — начал фотограф и замялся.

— И что же?

— Ну... Я начал фотографировать сразу же, как только услышал первый крик. В эту же самую секунду. Вы не забывайте, я в «Криминальном вестнике» работаю и в таких ситуациях начинаю действовать автоматически.

— Много отсняли?

— Три кассеты.

— Три кассеты? — удивилась Настя. — Вы быстро работаете.

— А вы могли в этом убедиться, — усмехнулся фотограф. — Так мне продолжать фотографировать?

— Обязательно, — кивнула Настя. — Ваша фамилия Шевцов? Антон Шевцов?

— Откуда вы знаете? — удивился фотограф.

— Вы же показывали свое удостоверение.

— Но вы на него даже не посмотрели.

— Это вам так показалось. Все, что нужно, я увидела.

— А вас как зовут?

— Анастасия. Анастасия Каменская. Пожалуйста, Антон, приступайте, и еще слушайте внимательно, кто что говорит. Знаете, невзначай оброненное слово может оказаться очень важным.

Настя вышла на крыльцо, где неловко топтался Лешка, защищая вход от прибывающих женихов и невест. Она понимала, что ситуация складывается пиковая. В случае непредвиденных обстоятельств можно перенести почти любое событие, можно отыграть на следующий день сорванный сегодня спектакль, но отменять свадьбу нельзя. Даже самые холодные и циничные человеческие особи в ночь перед бракосочетанием подводят какие-то итоги, принимают решения, в день свадьбы на них снисходит особый дух, особое состояние, которое нельзя ни отменить, ни перенести на другой день. Приглашены гости, заказан ресторан или стол готовится дома, куплены билеты, чтобы сегодня же вечером уехать в свадебное путешествие... Нет, что угодно, но свадьбы отменять нельзя.

Она решительно вышла вперед и подняла руку.

— Минуточку внимания! Уважаемые дамы и господа! В загсе произошел несчастный случай, поэтому временно, до приезда врачей и работников милиции, доступ в помещение закрыт. Не волнуйтесь, пожалуйста. Вам предлагается на выбор два варианта: либо вы соглашаетесь зарегистрировать брак по упрощенной процедуре, либо, если вы хотите, чтобы все было торжественно, ждете как минимум два-три часа. В любом случае все, кто должен был сегодня зарегистрироваться, смогут это сделать. Через пятнадцать минут работники загса вынесут на улицу столы и документы и начнут регистрацию. Мы приносим вам свои извинения.

Толпа несколько оживилась. От нее отделились мужчина и женщина и подошли к Насте.

— Мы врачи, — решительно сказал мужчина, моложавый брюнет с сильной проседью. — Мы готовы оказать помощь, если нужно.

— Какая у вас специальность? — спросила Настя.

— Я психиатр, это вряд ли вам подойдет, а моя жена — хирург, так что если кто-то ранен или травмирован...

— Очень хорошо, — быстро сказала Настя. — Психиатр — это как раз то, что нужно. Пожалуйста, пройдемте со мной.

Она провела врача сквозь заметно поредевшую

группу людей перед женским туалетом. Жених убитой девушки по-прежнему стоял на коленях перед телом невесты и мерно раскачивался, закрыв лицо руками. Мужчина мгновенно оценил ситуацию.

— Он в шоке. К нему можно подойти?

— Вообще-то нежелательно. На полу могут быть следы. Пока он стоит неподвижно, мне как-то спокойнее. Но я хочу, чтобы вы четко проинструктировали меня, что и как нужно будет делать, когда приедут работники милиции. Я имею в виду, как поступить, чтобы парню не стало хуже. А то ведь он может начать биться головой или еще что-нибудь... Суицидальные попытки, например.

— Я вас понял, — кивнул врач. — Я буду рядом и сам прослежу за ним. На всякий случай надо послать кого-нибудь в аптеку, я сейчас выпишу рецепт, пусть купят лекарство. В случае чего я сделаю ему укол. Шприц здесь найдется?

— Вряд ли. Но у судмедэксперта наверняка с собой есть.

— Отлично.

Мужчина вынул из кармана бумажник, извлек из него чистый рецептурный бланк с печатями и быстро заполнил его. Настя взяла у него рецепт и снова вышла на крыльцо.

— Кто-нибудь может доехать до ближайшей аптеки? — спросила она громко.

Желающие нашлись не сразу. В конце концов к ней подошел молодой кавказец.

— Вайме, это не мужчины, это шакалы, — с тихой яростью произнес он. — Если бы своими глазами не увидел, никогда бы не поверил, хлебом клянусь. Давай рецепт, сестричка.

— Вы тоже женитесь? — спросила его Настя, готовая уже предложить ему регистрацию без очереди за бескорыстную помощь.

— Нет, сестричка, я мимо проезжал, притормозил, чтобы посмотреть, почему толпа возле загса стоит, а тут ты выходишь. А что случилось-то? Плохо кому-то?

— Хуже не бывает, братишка, — в тон ему грустно ответила Настя. — Невесту застрелили.

— Вайме! — У кавказца округлились глаза. — Я сейчас! Я мигом!

Он кубарем скатился со ступенек крыльца, и рев мотора слился с воем милицейской сирены. Опергруппа наконец приехала.

Глава 3

Юрий Коротков сочувственно смотрел на Настю. Лицо ее было напряженным и сосредоточенным и никак не походило на лицо молодой жены в день свадьбы.

— Надо же, какая тебе невезуха подвалила, — приговаривал он, слушая ее рассказ.

— Да что мне, я-то жива-здорова и даже замуж вышла, а вот невесте той... — вздыхала она.

День был по-летнему теплым, и в распахнутые настежь окна врывались звуки музыки, торжественных слов и поздравлений. На улице, прямо перед входом в загс расставили столы и проводили импровизированные бракосочетания. В помещении загса работала оперативная группа и эксперты, людей катастрофически не хватало, потому что опросить нужно было всех, кто присутствовал в загсе в момент убийства, а было их немало, около пятидесяти человек.

— Юра, мне надо уехать, — робко сказала Настя, взглянув на часы. — У нас ресторан заказан, семьи ждут.

— Конечно, без тебя мы не справимся, — пробурчал Коротков. — Езжай, невеста, и не морочь себе голову. Или ты чего-то недоговариваешь?

— Юра, я тебе скажу кое-что, только ты отнесись к этому спокойно, ладно?

— Хорошее начало, многообещающее. Валяй.

— Ты помнишь дело Петричец?

— Изнасилование в Печатниках? Помню.

— Ты помнишь основного подозреваемого Артюхина?

— Это у которого потом алиби оказалось? Помню.

— Вчера выяснилось, причем совершенно случайно, что алиби было ложным. Свидетельница, которая как случайная прохожая подтвердила, что Сергей Артюхин в момент совершения преступления находился в другой части города, оказалась его любовницей, с которой он уже давно знаком. Я предупредила Артюхина, что сообщу о нашей с ним встрече следователю в понедельник. А сегодня утром я получила письмо со словами: «Не делай этого. Пожалеешь».

— А ты, как водится, сделала. Угадал?

— Угадал. Причем сделала это через десять минут. Артюхин об этом знать не мог, поэтому вполне обоснованно считал, что его предупреждение было своевременным. А сегодня в десять утра я на улице встречалась с Костей Ольшанским, и это мог увидеть тот, кому интересно.

— За каким, извини, лешим ты встречалась с Костей?

— Письмо ему отдала, чтобы экспертам передал.

— Балда ты, Аська! Ты хоть понимаешь, что подставилась?

— Теперь понимаю.

— Теперь? Что ты хочешь сказать?

— Я хочу сказать, Юрик, что моя очередь на регистрацию была десятая. Но мы попросили, чтобы нас расписали быстренько, без всех этих церемоний, прямо в комнате у инспекторов. И в назначенное мне время, в 12.15, в свадебный зал пошли не мы с Лешкой, а пара, у которой номер очереди был одиннадцатый. Вернее, не пошла, а только должна была идти. Потому что невесту из этой пары как раз и застрелили.

— Так.

Коротков поднялся с низкого кресла и со стоном распрямил затекшие ноги. Потом подошел к Насте вплотную и встал, возвышаясь над ней угрожающей громадой.

— Мне нравится ход твоих мыслей, — свирепо произнес он. — И после такого оптимистичного вывода ты собираешься куда-то ехать? Ты в своем уме, подруга дорогая? Если девушку убили по ошибке, вместо тебя, то где гарантия, что не будет второй попытки?

— Не пугай меня, я уже и так напугана, но мозги у меня пока что от страха не отшибло. Если убийца метил в меня, но ошибся, значит, это точно не Артюхин, потому что Артюхин знает меня в лицо. Скорее всего, он кого-то нанял. Если убийца успел удрать отсюда сразу же, то он совершенно точно не знает, что я жива. Если же не успел, то он и сейчас здесь, потому что примерно через десять минут после убийства все входы уже были под контролем. А коль он здесь, то уж до ресторана-то я всяко смогу доехать без приключений. Сейчас, когда фамилия потерпевшей на каждом углу произносится вслух, он уже понял, что ошибся, но сделать ничего не может — ни выйти отсюда, ни позвонить Артюхину.

— Не знаю, Ася, — задумчиво покачал головой Коротков. — Я бы на твоем месте не стал рисковать.

— Да и я не стала бы, Юрочка, но ведь нас ждут

в ресторане. Восемь человек, родители Лешки, Дарьи, Саши и мои. Ну как это будет выглядеть, если приедут Саша с Дашей и Лешка без меня, а? Там мама, она специально на мою свадьбу из Стокгольма прилетела, я даже встречать ее вчера не поехала, думала, сегодня увидимся.

— В котором часу вас ждут?

— В два. А сейчас уже без двадцати.

— Ладно, черт с тобой, — вздохнул Коротков. — Тебя не переспорить. Возьми мой пистолет на всякий случай.

— С ума сошел! А не дай бог что случится? Как потом оправдываться будем, что ты мне свое оружие отдал, а я его взяла? Ведь голову оторвут.

— Ну конечно. А не дай бог что случится и тебе защищаться будет нечем? Головы все равно не сносить, что так, что эдак. Бери, мне спокойнее будет.

Настя поискала глазами кого-нибудь из своих. Через открытую дверь одного из кабинетов она увидела Чистякова, беседовавшего с приехавшим следователем. Саши нигде не было видно, зато неподалеку в кресле рядом с искусственной пальмой сидела грустная, всеми забытая Даша. Настю пронзила острая жалость к молодой женщине, которая так готовилась к своему самому главному празднику и которая вместо этого вынуждена была одиноко сидеть и наблюдать милицейскую суету вокруг свадебного трупа.

— Дашуня! — позвала она. — Можно тебя на минутку?

Даша тяжело встала и медленно пошла туда, где сидели Настя и Коротков. Глядя на ее осунувшееся лицо и темные полукружья под глазами, Настя вдруг поняла, что Даша устала и измучилась. Немудрено, попасть в такую передрягу, да еще на восьмом месяце! Ей бы полежать на удобной кровати, открыв настежь окно и задернув шторы, подремать часок, а она с шести утра на ногах, да вдобавок столько эмоций.

— Дашенька, прикрой нас на секундочку, и едем. Где Саша?

— Его какой-то дядька увел.

— Какой дядька?

— Маленький такой, с усами, в клетчатой рубашке.

— Это эксперт, — сказал Коротков. — Сейчас найду твоего братца. Даша, встаньте, пожалуйста, так, чтобы нас с Анастасией не было видно.

Даша послушно загородила их от посторонних взглядов. Воровато озираясь, Настя открыла сумочку, и Коротков быстро сунул туда пистолет, ловко вытащив его из плечевой кобуры.

— Порядок.

Юра быстро прошел в кабинет, где допрашивали Чистякова.

— Михалыч, отпусти человека, у него свадебный обед стынет.

Видя колебания следователя, он добавил:

— Отпусти, отпусти. Это молодой муж нашей Аськи. Если надо будет — из-под земли достанем.

Следователь с явной неохотой прервал беседу. Леша благодарно улыбнулся и вышел в холл, а Коротков помчался дальше, громко выкликая:

— Эксперт Саенко! Эксперт Саенко!

— Он вон там, — откликнулся кинолог, входя в холл со стороны черного хода с овчаркой на поводке.

Через минуту Александр Каменский присоединился к остальным, и в сопровождении Короткова они вышли на улицу.

— Как сядем? — спросила Настя, нерешительно переводя взгляд с Сашиной машины на машину Чистякова. Ей очень хотелось поехать вместе с Лешей, но оставлять брата и Дарью наедине она боялась. Саша знал о полученном утром письме и вполне успешно мог прийти к тем же выводам, что и она сама. Ни в коем случае нельзя было допускать, чтобы он поделился своими соображениями с женой или с Чистяковым.

— Теперь уже... — начала было Даша.

Но Настя, сообразившая, что она сейчас скажет: «Теперь уже можно каждому со своей половиной», быстро прервала ее:

— Не будем нарушать традицию. Как два раза ехали, так и в третий раз поедем. Бог троицу любит.

Даша покорно села в машину к Чистякову, а Настя устроилась рядом с братом.

Некоторое время они ехали молча. Наконец Александр не выдержал:

— Ася, тебе не кажется, что...

— Кажется. И я прошу тебя, Санечка, пусть это будет казаться только нам с тобой. Ты утром обещал мне любую помощь и говорил, что я могу полностью на тебя рассчитывать. Говорил?

— Говорил. Что от меня требуется?

— Во-первых, молчать. Лешка не должен знать об этом, а Дарья — тем более. Они с ума сойдут от страха. Во-вторых, смотри в зеркало заднего обзора, не тащится ли кто за нами. В-третьих... Впрочем, нет. Третьего не надо.

— Почему? Говори, Ася, я все сделаю.

— В-третьих, запомни, что у меня в сумке лежит пистолет. Воспользоваться им я вряд ли смогу.

— Почему?

— Не знаю. — Она пожала плечами. — Растеряюсь, испугаюсь, да мало ли что... Привычки нет.

— Ты хочешь, чтобы им воспользовался я?

— Боже упаси! Ни в коем случае. Просто помни, что он у меня есть. И если что-то произойдет, следи, чтобы сумку у меня не вырвали или я ее сама где-нибудь не бросила. А то с меня станется с перепугу. Кстати, опять же, если что — помни, что сумкой, в которой лежит пистолет, можно достаточно эффективно бить по голове. Я точно не сумею этого сделать, а вот ты справишься.

Они подъехали к ресторану и сразу увидели своих родителей, оживленно разговаривающих у входа. Настя выскочила из машины и бросилась к матери, которую не видела несколько месяцев.

— Мамуля!

— Доченька! Поздравляю тебя! Алеша, иди сюда, дорогой мой!

Надежда Ростиславовна приподнялась на цыпочки и ласково ухватила Чистякова за волосы.

— Молодец, умница, Алешенька, заставил-таки Настю взяться за ум. Я всегда знала, что ты своего добьешься. Молодец!

Несколько минут были посвящены объятиям, поцелуям и поздравлениям. Настя с любопытством наблюдала за Павлом Ивановичем, своим родным отцом, который, казалось, никакой неловкости не испытывал. Похоже, братец Александр был прав, все это было так давно, что уже никого взволновать не может.

Проходя в зал, Настя догнала Дашу, идущую рядом со своей матерью, и тронула ее за руку.

— Дашуня, давай будем делать лицо. Ни к чему волновать родителей. Ладно?

Даша подняла на нее больные усталые глаза и молча кивнула.

За столом Настя сидела напротив отчима, от которого не укрылась ее бледность и напряженное выражение лица. Он некоторое время молча посматривал на падчерицу, потом демонстративно вынул из кармана сигареты и сделал ей знак рукой.

Они вышли в холл, где стояли кресла и урны, сели и закурили.

— Выкладывай, ребенок, — строго сказал Леонид Петрович. — И не вздумай мне врать, что у тебя ничего не случилось.

— В загсе произошло убийство, — просто сказала Настя. — Убили невесту. Пришлось ждать опергруппу, до ее приезда никого из здания не выпускали. Поэтому мы и задержались.

— Это ты своему мужу будешь рассказывать. А мне, будь любезна, говори правду.

— Папа, ну честное слово...

— Ребенок Настя, ты меня огорчаешь, — вздохнул отчим. — Сколько раз я предупреждал, что вижу тебя насквозь. И почему ты никак это не усвоишь? Ну?

— Дай слово, что маме не скажешь, — потребовала Настя.

— Не буду я никаких слов давать, — рассердился он. — Я — старый, жизнью битый сыщик, хоть и нахожусь в последние годы на преподавательской работе, но кому и что говорить — решаю сам. И ты, малявка, мне условия не ставь.

— Не малявка, а молодая жена, женщина семейная, — с улыбкой поправила его Настя.

— Это ты Лешке своему молодая жена, а мне — ребенок. Выкладывай.

— Ну, в общем... Мне один тип угрожает, но это нормально, дело обычное. Из-за этого я немножко нервничаю. Вот и все.

— И все? Это никак не связано с убийством в загсе?

— Никак. Даже и не думай, папуля.

— Значит, связано, — констатировал Леонид Петрович. — Слишком много лишних слов произносишь, это подозрительно. Запомни, ребенок, чем больше слов — тем сильнее подозрения, что за ними скрывается обман. Сама справишься?

— Постараюсь. Но маме не говори, ладно?

— Ученого-то не учи, — усмехнулся он, гася сигарету и вставая. — Пошли праздновать. Да, кстати, тебе в загс нужно возвращаться?

— Не обязательно. Любопытство, конечно, разбирает, но для дела значения не имеет. В конце концов, я с понедельника в отпуске.

— Опять ты врешь, Настасья, — с досадой покачал головой отчим. — Пока мы с тобой здесь сидели, ты на телефон-автомат раз десять поглядела. Жетон дать?

— У меня есть.

— Давай звони быстро и пойдем, неудобно так надолго уходить.

Настя благодарно чмокнула его в щеку и набрала номер заведующей загсом.

— Ну что там? — спросила она без предисловий, когда к телефону подозвали Короткова.

— Ничего нового, — уныло ответил тот. — Фотографа, Шевцова этого, отпустили в лабораторию печатать снимки. К вечеру обещал все сделать. Может, на них что-нибудь увидим. Всех присутствующих проверяем на знакомство с потерпевшей и с Артюхиным. Оружия не нашли. В общем, тяжко. Народу много, но нельзя их держать здесь до бесконечности, всех ждут гости. Придется отпускать.

— Посторонних не обнаружили?

— Нет. Все, кто есть, приехали с брачующимися. Гости, родственники, свидетели. Ни одного подозрительного лица.

— Значит, успел сбежать.

— Значит, успел, — подтвердил Коротков с тоской в голосе. — А тебе как празднуется?

— Кусок в горло не лезет. Ладно, счастливо.

Они вернулись в зал как раз в тот момент, когда Даша и Александр в очередной раз целовались. Настя сразу наткнулась на вопрошающий взгляд Чистякова.

— Ну что там? — тихонько спросил он, невольно повторив те же самые слова, которые сама Настя только что сказала Короткову.

— Где?

— Ты же звонить ходила.

— Как ты догадался?

— А то я тебя не знаю, — усмехнулся Чистяков. — Аська, я человек с нормальной психикой, и преданность работе меня не раздражает. Может, я тебя как раз за это и люблю.

— Да? А я тебя люблю за другое.

— За что же, интересно?

— За то, что ты меня знаешь и не раздражаешься. Давай выпьем.

— Я за рулем.

— Ну просто подними бокал. Я тост скажу.

Настя решительно поднялась с места с бокалом в руке.

— Можно мне несколько слов? Те, кто меня давно знает, наверное, удивляются, с чего это мы с Алексеем решили оформить наши отношения. Поэтому я скажу, чтобы не было недоразумений и недомолвок. Оказывается, я много лет не понимала, что люблю его. Я думала, что он просто очень хороший человек и я к нему привязана. А потом я вдруг поняла, что он — единственный и я его люблю. И как только я это поняла, мы сразу помчались в загс подавать заявление. Вот!

— Что — вот? — подал голос Павел Иванович с другого конца стола. — Не вот, а горько!

— Горько! — подхватили остальные.

Черное и белое, белое и черное. Женихи и невесты, невесты и женихи... О господи, как я вас всех ненавижу!

Я ненавижу всех черных, потому что черное — это зло.

Я ненавижу всех белых, потому что белые меня отвергли.

Я надену черное и буду смотреть на вас, выряженных в белые одежды, копошащихся там, вдали от меня. Ибо вы никогда не приблизитесь ко мне.

Ибо вы меня отвергли...

* * *

Домой они вернулись рано, еще не было семи часов. Первым делом Настя сняла костюм и влезла в уютный, удобный домашний халат. Она очень уставала, когда приходилось носить «приличную» одежду и туфли на каблуках, и чувствовала себя свободно и комфортно только в джинсах, свитерах и кроссовках.

Напряжение ее не отпускало, и она никак не могла сосредоточиться на простых домашних делах. Надо ли готовить ужин, или того, что они съели в ресторане, организму хватит до утра? Приглашать ли на завтра гостей или пренебречь традициями? Где газета с программой телепередач?

Она помнила, что должна что-то сделать, кому-то позвонить, но никак не могла вспомнить, кому и зачем. В ресторане, при гостях и родителях, ей удавалось держать себя в руках, но теперь страх полностью овладел ею. Она понимала, что должна, обязана поговорить с Лешей, потому что если Артюхин в самом деле решил на нее воздействовать, то ее муж находится под такой же угрозой, что и она сама. Но, может быть, Артюхин не замешан в сегодняшнем убийстве Галины Карташовой? Может быть, все это не более чем чудовищное совпадение?

Наконец она сообразила, что собиралась звонить Ольшанскому.

— Должен тебя огорчить, Каменская, — сообщил ей Константин Михайлович. — Артюхина я задержал, а вот пальцев его на письме нет.

— А чьи есть? — глупо спросила она.

— Чьи-то есть, но чьи — неизвестно. Мне Коротков звонил, так что я в курсе твоих приключений в загсе. Мы, конечно, возьмем отпечатки у всех, кто там присутствовал, и сравним со следами на письме. Но это долгая песня.

— А что Артюхин говорит?

— Да что он может говорить? Отрицает все, естественно. Но я его дожму, ты не сомневайся. Я и раньше был уверен, что он виновен в том изнасиловании, только его железное алиби меня смущало. А теперь у меня руки развязаны. Кроме того, сегодня я узнал, что он завязан с транзитом наркотиков.

— Когда вы его задержали?

— Около двух часов дня...

Разговор с Ольшанским облегчения не принес. Чувство опасности не утихало, и Настя решила попробовать отвлечься хоть на что-нибудь. Она вышла на кухню, где Чистяков уже разложил на столе свои книги и углубился в работу.

— Лешик, давай устроим свой собственный праздник. Вдвоем. И напьемся.

Алексей поднял на нее изумленные глаза.

— Асенька, что с тобой? Да ты сама не своя от сегодняшних событий. Тебе отдыхать надо, а не праздновать.

— Глупости. У нас сегодня свадьба. В конце концов, мы с тобой шли к ней пятнадцать лет. Убирай свои книжки и доставай шампанское.

— Ты же не любишь шампанское, — заметил Чистяков с улыбкой, но книги все-таки убрал.

— Но больше ничего нет.

— Кто сказал? Есть твой любимый мартини.

— Откуда?!

— Ну как откуда? Из торговой точки, откуда же еще. Я сам его не делаю.

— Лешик, я тебя обожаю!

Она обняла мужа и крепко прижалась к нему.

После выпитого маленькими глоточками мартини ей стало легче. Ледяные пальцы стали теплыми, бледное лицо слегка порозовело, комок внутри словно разжался, и она смогла глубоко вздохнуть.

— Лешик, какие у нас планы на завтра? — спросила она, расслабленно откидываясь на спинку стула и вытягивая ноги.

— Спать, спать и спать до полного умопомрачения. А там посмотрим.

— Господи, хорошо-то как, — блаженно протянула Настя. — Мы выспимся, а потом ты поведешь меня гулять. Мы будем гулять долго-долго, пока у меня ноги не заноют, потом пообедаем и сядем за работу. Я уступаю тебе компьютер.

— А как же ты? Опять будешь на машинке стучать?

— Мне машинка еще дня два не будет нужна. Я сначала прочитаю книжку полностью, от начала до конца, чтобы «въехать» в стиль автора, в его замысел. И только после этого начну делать перевод. И потом, если я вещь предварительно не прочту, мне любопытство мешает переводить. Мне же интересно, что будет дальше, чем дело кончится, поэтому так и подмывает перестать печатать русский текст и завалиться на диван читать.

— Понятно. Кстати, Асенька, я хотел тебе напомнить, что наше супружество подразумевает и общий бюджет. Ты об этом не забыла?

— Я об этом как-то не думала, — призналась Настя.

— Вот и напрасно. И поскольку заработки у меня бывают довольно приличные, я думаю, тебе нет смысла больше заниматься переводами. Может, договоримся, что это в последний раз?

— Не сердись, Лешик, но — нет. Во-первых, я привыкла так проводить свой отпуск. И во-вторых, мне это нравится и позволяет поддерживать знание языков. А в-третьих, я терпеть не могу просить деньги. Предпочитаю иметь свои.

— Аська, твоя независимость приобретает оскорбительные формы, — рассмеялся Чистяков, но глаза его помрачнели, и Настя поняла, что он обиделся.

Она уже собралась сказать ему что-нибудь ласковое, чтобы сгладить неловкость, но в этот момент зазвонил телефон.

Это был Юра Коротков, и голос у него был странный.

— Ася, ты трезвая? — спросил он первым делом.

— Обижаешь, начальник, — пошутила она. — Ты когда-нибудь видел меня нетрезвой?

— Но у тебя и свадьбы никогда не было. Соображать можешь или не приставать к тебе сегодня?

— Приставай. Есть новости?

— И еще какие. Ты стоишь или сидишь?

— Стою.

— Тогда сядь.

Настя подтащила телефонный аппарат к креслу и уселась поудобнее.

— Ну, села.

— Сегодня в десять утра в Кунцевском загсе застрелили невесту. Я только недавно узнал. Там были ребята из округа, группу с Петровки не вызывали.

— Что?!

— Погоди, Ася, это еще не все. Одна из девушек-невест рассказала, что вчера, накануне свадьбы, она получила письмо в белом неподписанном конверте. Догадываешься, что в нем было написано?

— Не может быть, — прошептала она внезапно охрипшим голосом и судорожно откашлялась. — Ты меня разыгрываешь.

— Ни в одном глазу. Так что оставь в покое своего Артюхина, он к этому никакого отношения не имеет. Тут что-то другое, посерьезнее.

— Юрка, я ничего не понимаю. Два одинаковых письма и два совершенно одинаковых убийства? Оба в один день, в загсах, и оба раза погибли не те девушки, которые получили письма? Этого не может быть. Так не бывает.

— Подруга, ты изменяешь сама себе, — заметил Коротков. — Это же ты постоянно твердишь, что в нашем деле нет таких слов. В жизни бывает все что угодно.

— Ты прав. В жизни бывает все что угодно, — задумчиво повторила она. — Но все должно иметь свое объяснение. Надо только его придумать.

— Правильно. Вот и займись этим.

— А что Шевцов? Сделал фотографии?

— Сделал. Хочешь посмотреть?

— Хочу.

— Когда?

— Давай завтра. Можешь?

— Я-то могу, да боюсь, меня твой новоиспеченный муж прибьет.

— Не прибьет. Приезжай завтра с утра, часам к одиннадцати.

— Ладно. Делаешь из меня камикадзе...

Настя положила трубку и неподвижно застыла в кресле. Одно убийство еще можно было объяснить ошибкой преступника, выстрелившего не в ту жертву. Но два?! Две ошибки в один день — не многовато ли? А если не было никакой ошибки? Если все это не более чем ловкий камуфляж? Тогда следует признать, что одна из потерпевших была именно той жертвой, которую наметил преступник, а все остальное — маскировка, чтобы заморочить голову милиции. Но маскировка, требующая невероятно тщательной подготовки и огромных усилий.

А если все-таки ошибки? Можно ли найти им какое-то объяснение? И если это так, то между ней, Настей, и той второй девушкой, которая тоже получила письмо, должна быть какая-то связь.

Она настолько погрузилась в свои мысли, что не заметила, как в комнату вошел Чистяков.

— Что-нибудь случилось?

— Случилось. Еще одно убийство в загс. Леш, включи мозги, а?

— Включил. Давай вводную.

— Только сохраняй спокойствие, хорошо?

— Постараюсь.

— Представь себе, что вместо Галины Карташовой должны были убить меня. Как ты считаешь, преступник мог обознаться? Мог он принять ее за меня?

— Ася, ты меня пугаешь. Откуда такие чудовищные предположения?

— Неважно. Но я ведь себя со стороны не вижу, поэтому мне трудно судить. Вот ты и скажи мне, есть между мной и этой девушкой что-то общее?

— Я не понимаю...

— Хорошо, я объясню. Сегодня утром я получила письмо с угрозой и считаю, что его написал человек, который знает меня в лицо. В загс я этого человека не видела, но это ничего не означает, потому что я по сторонам не смотрела и его не искала. Если стрелял он, то ошибиться он не мог, он меня знает и в последний раз видел не далее как вчера вечером. Значит, он кого-то нанял и дал ему мое описание. Вот я и спрашиваю тебя, можно ли было нас перепутать, исходя из словесного описания?

— Нет, ничего общего, кроме цвета волос, — твердо ответил Чистяков. — Но ты забыла одну важную вещь, Асенька.

— Какую?

— Сегодня тебя вообще нельзя было узнать по словесному описанию. Дай-ка мне ту фотографию, которую тебе сделали на крылечке.

Настя полезла в сумку и достала сделанный «Полароидом» снимок.

— А теперь подойди к зеркалу. Видишь? В зеркале ты — такая, какой бываешь каждый день. Именно такой тебя и видел тот тип, с которым ты встречалась вчера. Верно? Ну и скажи мне теперь, сильно ты похожа на свою сегодняшнюю фотографию? Можно было тебя узнать по описанию?

— Вот черт! — с досадой бросила она. — Как же я об этом не подумала? Тогда можно предположить, что, не найдя меня по описанию, он выяснил номер моей очереди на регистрацию, нашел тех, у кого была девятая очередь, и узнал, кто идет следующим. Вот и все. Как просто!

— Что — просто? Анастасия, что ты несешь? Тебя хотят убить? — с тревогой спросил Леша.

— Вполне возможно. Да не пугайся ты, его уже задержали. Если, конечно, это он.

— А есть другие варианты?

— Сколько хочешь. Например, убить хотели Карташову, а письма и второе убийство — для отвода глаз. Убить хотели ту девушку, которой прислали точно такое же письмо, как и мне. Или убить хотели ту, которую и застрелили в Кунцеве. Одна из нас четверых — настоящая жертва, а все остальное — спектакль.

— Должен заметить, довольно жестокий спектакль. Ради чего такие усилия?

— Вот и я о том же думаю... Надо повнимательнее присмотреться к семьям этих девушек. И искать среди их окружения человека, который имеет связи с загсами. Ведь узнал же он откуда-то, что все мы сегодня выходим замуж. Или...

— Или что?

— Или это маньяк, зацикленный на убийстве невест. Тогда вообще все мои рассуждения можно отправить псу под хвост.

— Лучше бы это оказался маньяк.

— Почему?

— Потому что если он интересуется только невестами, значит, тебе больше ничто не угрожает.

— Но, Лешенька, милый, если он интересуется невестами, значит, в любой день трагедия может повториться. Нет ничего хуже сумасшедшего убийцы, потому что он непредсказуем. Ты это понимаешь? Пусть уж лучше он охотится за мной.

— Ася, я понимаю другое: я не хочу стать вдовцом. Не хочу, слышишь? Не хочу!

— Не кричи, пожалуйста. Ты прекрасно знал, на ком женишься. Ты прекрасно знал, что мы не в бирюльки играем.

— Я не кричу, я...

Он резко повернулся и вышел из комнаты, хлопнув дверью. Настя расстроенно махнула рукой и уставилась на свое отражение в зеркале.

Ну что, подруга? Сыграла свадьбу? Не зря говорят: нельзя в мае замуж выходить, да еще 13-го числа. Как день не задался с самого утра, как начался с этого дурацкого письма, так и пошло все наперекосяк. И закончилось ссорой с Лешкой. Весело, ничего не скажешь...

* * *

Эля Бартош, которой так и не удалось сегодня выйти замуж и сменить фамилию, рыдала в своей комнате. Ее жених Валерий Турбин подавленно молчал, сидя за накрытым столом в обществе Тамилы и Иштвана, его несостоявшихся тещи и тестя.

— Я считаю, что ничего страшного не случилось, — говорила Тамила, накладывая мужу в тарелку аппетитные куски мяса. — В конце концов, если ваши чувства достаточно крепки, вы можете еще немного подождать. Поженитесь через месяц.

Она не скрывала своего удовлетворения. Сегодня свадьба не состоялась, а там, глядишь, Эля одумается. Не нужен ей, Тамиле, такой зять. И Элечке такой муж не нужен. Поэтому, как только в загсе возникла суматоха, она сразу сделала все возможное, чтобы отговорить молодых регистрироваться.

— Как можно играть свадьбу рядом с покойницей! — возмущенно шептала она мужу. — Пишта, поговори с Валерием как мужчина. Это знак судьбы, Пишта, они не должны вступать в брак. Ты видишь, не только я — все против этого.

Иштван жалел дочку, но в глубине души был согласен с женой. Он ничего не имел против Турбина, но и аргументов «за» у него не находилось. В зяте он хотел видеть помощника в делах, которого можно сделать компаньоном и на которого можно положиться. А этот книжный червь будет работать в госбюджетной организации, получать жалкие копейки и тратить на жизнь заработанные им, Иштваном Бартошем, капиталы.

Было и еще одно обстоятельство, не учитывать которое супруги Бартош не могли. Все уже было готово к переезду на постоянное жительство в Калифорнию. Там налажено дело, найдены партнеры и достигнута договоренность о том, что с 1 января следующего, 1996 года предприятие начнет функционировать. Но без Эли они никуда не поедут, они ни за что не оставят здесь свою девочку. А Эля, в свою очередь, не поедет без мужа. Тамила и Иштван знали, что у Валерия старая больная мать, стало быть, либо придется и ее тащить с собой, либо он никуда не поедет... Если не удалось отговорить дочь от замужества с этим нищим аспирантом раньше, то почти наверняка удастся сейчас. Надо только по-умному подойти к решению вопроса.

— Я думаю, тебе сейчас лучше пойти домой, — сказала Тамила, обращаясь к Турбину. — Эля расстроена, дай ей успокоиться.

— Мне кажется, я должен быть рядом с ней, — возразил Валерий, но не очень уверенно. Он побаивался властной и жесткой Тамилы.

— Я лучше знаю свою девочку. Когда она плачет, никто не должен быть рядом, ей от этого только хуже. Иди, Валерий, иди, завтра увидитесь. Утро вечера мудренее. Иди.

— Тамила Шалвовна, но кто-то же написал Эле это странное письмо.

— Да с чего ты взял, что оно было адресовано Эле? Оно с таким же успехом могло быть предназначено Иштвану или мне. Ты же понимаешь, Иштван занимается бизнесом, у него есть конкуренты и даже недоброжелатели, чтобы не сказать — враги. Конверт не был подписан. Я больше чем уверена, что к Эле это не имеет никакого отношения. Иди домой, Валерий, мы все устали, всем надо отдохнуть.

Она так явно выпроваживала жениха дочери,

что Иштвану стало неловко. Турбин молча пошел к двери, но во взгляде, который он напоследок кинул в сторону Тамилы, была такая неприкрытая ненависть, что обоим супругам стало не по себе.

Проводив гостя, они молча принялись убирать со стола оставшиеся нетронутыми блюда.

— Ты действительно не знаешь, кто написал это письмо? — вдруг спросил Иштван по-венгерски. Он не хотел, чтобы дочь случайно услышала их разговор.

— Конечно, Пишта, понятия не имею, — ответила Тамила, тоже переходя на родной язык мужа.

Однако ей не удалось скрыть от Иштвана торжествующую удовлетворенную улыбку.

— Тебе не кажется все это странным? Письмо оказалось очень кстати, ты не находишь?

— Все к лучшему, Пишта, поверь мне. Все к лучшему. Мы увезем Элечку в Калифорнию и там найдем ей прекрасного мужа. Она способная и красивая девочка, там она сможет сделать себе карьеру. Ну что ей этот философ? Что мы с него будем иметь? Да еще с престарелой больной матерью...

— Тамила, ты жестока. Эля любит его. Ты, конечно, во всем права, но...

— Ах, Пишта, оставь, ради бога!

Тамила поставила в мойку стопку грязных тарелок, подошла к мужу и тесно прижалась к нему, обняв за шею.

— Ну что эта дурочка может понимать в любви, а? Он — самец, высококачественный самец, этого нельзя отрицать, но Эля этого не понимает. В ней играет кровь, ей хочется лечь с ним в койку и не вставать по крайней мере месяц. А что потом, когда она накушается секса до оскомины? Сейчас, когда им удается побыть в пустой квартире только один-два раза в неделю, ей кажется, что слаще этого пирога ничего нет на свете. Но мы-то с тобой знаем, что это не так. Правда, милый? Мы с тобой тоже через это прошли. Подумай о том, какие неприятности нас с тобой ждут, если мы не сможем 1 января запустить производство. Акции уже продаются, и если все лопнет...

— Да, да, конечно, — согласился Бартош. — Мы не можем рисковать, слишком многое поставлено на карту. Но, Тамми, дорогая, меня что-то тревожит.

— Что же?

— У меня неприятное чувство, что это письмо оказалось уж очень кстати. И несчастье, которое произошло в загсе, тоже.

Тамила отстранилась и настороженно посмотрела на мужа.

— Что ты хочешь этим сказать? Ты меня в чем-то подозреваешь? Ты думаешь, это я написала письмо?

— Тамми...

— Негодяй! Да как у тебя язык повернулся! Ты еще скажи, что это я застрелила эту несчастную девушку! Ты — чудовище, Иштван Бартош!

Она замахнулась, чтобы влепить мужу пощечину, но тот ловко уклонился, перехватил ее руку и умелым движением завернул ей за спину. Тамила прикусила губу от боли, со злобой впившись глазами в серые глаза Иштвана, но уже через несколько мгновений ее лицо смягчилось. Да, Тамила Бартош была властной и жестокой дамой, но ее муж был по-настоящему «крутым». Мягкость и интеллигентность полученного в семье западноевропейского воспитания служили лишь обманчивой оболочкой человека, прошедшего хорошую школу российской приблатненной шпаны. В свое время именно это и подкупило Тамилу, которая совершенно потеряла голову от сдержанного рафинированного красавца, который в постели вел себя грубо и разнузданно и рассказывал ей о своих чувствах и сексуальных ощущениях исключительно при помощи нецензурных русских слов, произносимых с очаровательным мадьярским акцентом. И сейчас, стоя с заломленной назад рукой и глядя в холодные глаза Иштвана, она поняла, что муж не только подозревает ее, но и одобряет.

Внезапно что-то мелькнуло в его глазах, рука, только что железной хваткой сжимавшая ее кисть, мгновенно переместилась на ее бедро. Иштван резко притянул жену к себе, приблизил губы к ее уху и прошептал:

— Обними меня. На нас смотрит Эля.

Тамила обернулась. На пороге стояла дочь с опухшим от слез лицом и растерянными глазами.

— Что у вас происходит? Ты так кричала, мама...

— Я разговаривала по телефону с твоей бабушкой Юдит, — тут же нашлась Тамила, сообразившая, что дочь слышала венгерскую речь и все равно не поняла ни слова. — Она звонила из Будапешта, было плохо слышно. Бабушка хотела тебя поздравить, пришлось ей объяснить, что твой жених попал в аварию и сломал ногу, так что свадьба откладывается.

Слезы снова заструились по щекам девушки. Она резко повернулась и убежала в свою комнату.

Глава 4

Вчерашняя ссора оставила саднящий след, и с утра в воскресенье Настя впервые почувствовала неприятный холодок, воцарившийся между ней и Чистяковым. Они ссорились редко, за все двадцать лет знакомства не больше пяти раз, один из которых пришелся как раз на день свадьбы. Отличное начало семейной жизни.

Но как бы там ни было, к приходу Юры Короткова ситуацию надо было сгладить любым способом. Настя выбрала самый простой путь.

— Лешик, — сказала она, допивая вторую чашку утреннего кофе и закуривая третью сигарету. — Прости меня, пожалуйста. Я вчера вела себя неправильно. Я была не права. Прощаешь?

— Куда ж я денусь, — вздохнул Чистяков с видимым облегчением. Он, как и Настя, не любил конфликтов, особенно на пустом месте. — Но ты все-таки не забывай, пожалуйста: я все время помню, где ты работаешь, и все время за тебя волнуюсь. Запомнишь?

— Куда ж я денусь, — передразнила она мужа и скорчила ему гримаску. Конфликт был исчерпан.

Юра Коротков привез с собой толстый конверт с фотографиями. Антон Шевцов действительно постарался: на фотографиях оказались запечатлены все до единого люди, находившиеся в тот момент в помещении загса. Настя разложила снимки на полу в комнате и взяла в руки составленный Коротковым список людей. Женихи и невесты казались все на одно лицо, и пришлось потратить немало усилий, чтобы на обороте каждого снимка указать имена тех, кто на нем изображен. Они провозились почти три часа, когда оказалось, что в списке ровно столько же имен, сколько людей на фотографиях.

— Не сходится, — тревожно сказала Настя. — Имен должно быть на одно больше.

— Почему?

— Фотограф. Его не может быть на снимках, а в списке он есть. Значит, если в списке пятьдесят четыре фамилии, то на фотографиях должно быть пятьдесят три человека. А их тоже пятьдесят четыре. Давай искать, кто лишний.

Они снова кропотливо перебрали все фотографии и нашли ту, которая оказалась не подписана. На ней была изображена женщина лет пятидесяти с сухим изможденным лицом и странно напряженными глазами. Настя была уверена, что не видела ее в загсе.

— Кто это? — спросила она, протягивая снимок Короткову.

— Впервые вижу, — ответил он, вглядываясь в лицо женщины. — Ее там не было. Это точно.

— Она была, — поправила его Настя, — но исчезла. Она была там в тот момент, когда обнаружили труп, потому что Шевцов начал фотографировать сразу же, как только поднялся крик и началась суматоха, и исчезла до того, как перекрыли выходы. Надо немедленно установить, кто она такая. Будем показывать фотографию всем, кто был в загсе, может, она приехала с кем-то из вступающих в брак. Или это сотрудница.

— Нет, — покачал головой Коротков, — сотрудники все были на месте, я проверил. Скорее всего она была с кем-нибудь из молодоженов. Только вот почему она ушла?

— Да мало ли! Вышла воздухом подышать, цветы купить, позвонить. Может быть, ей нужно было что-то взять в машине. Вышла, а обратно войти уже не смогла, входы перекрыли.

— Но она же могла объяснить, ее пропустили бы.

— Она могла испугаться. Или, например, она поссорилась с кем-то из тех, с кем приехала, и демонстративно ушла совсем. В любом случае, Юра, ее надо найти. Вдруг она что-то видела или слышала?

— Найдем, куда денется. Давай еще Лешу спросим, может, он ее видел.

Но Чистяков такой женщины не помнил.

Начать решили с семьей Бартош и Турбиных, ибо рассудили: выстрелить в загсе можно в любую девушку, а вот послать письмо перед самой свадьбой можно далеко не каждой. Для этого нужно знать, что она выходит завтра замуж, и ее адрес. В своем окружении Настя не нашла никого, кто хотел бы расстроить ее свадьбу. Значит, нужно поискать среди знакомых Элены Бартош и Валерия Турбина.

Тамила Бартош встретила Короткова в строгом деловом костюме, всем своим видом показывая, что вообще-то у нее масса дел и ей нужно уходить, но уж ради такого случая она, так и быть, отложит свои заботы.

— Я не думаю, что вам следует уделять этому глупому письму столько внимания, — высокомерно говорила она, неторопливо помешивая ложечкой в чашке из дорогого фарфора, в которой дымился только что заваренный английский чай. — Я полагаю, что угроза была адресована скорее моему мужу, а не дочери.

— Значит, вы уверены, что замужество Элены ни у кого не могло вызвать... ну, скажем, отрицательных эмоций?

— Да что вы! — рассмеялась Тамила. — Кого может интересовать Элино замужество?

— А ревность? Может быть, ее кто-то ревновал?

— Уверяю вас, с тех пор как Элечка познакомилась с Валерием, у нее не было ни одного поклонника.

— А до того?

— До того были какие-то детские увлечения, последнее из которых благополучно закончилось за несколько месяцев до знакомства с Турбиным. Нет-нет, ни о какой ревности и речи идти не может.

— Скажите, Тамила Шалвовна, почему свидетелем со стороны вашей дочери должна была выступать ваша племянница?

— А почему нет? Что в этом плохого?

— Плохого ничего, но, знаете, это не совсем обычно. Как правило, девушки приглашают на эту роль свою ближайшую подругу. Не зря же существует такое понятие «подружка невесты». Разве у вашей дочери нет такой подруги?

Что это? Короткову показалось или по лицу Тамилы действительно пробежало мимолетное облачко?

— Видите ли, все школьные подруги Элены теперь живут своей жизнью, учатся, работают, вышли замуж. Эля ни с кем из них не поддерживает отношений. Скорее даже не она с ними, а они с ней. Сами понимаете, девочка из обеспеченной семьи, ничем серьезным с виду не занята... Их это раздражает.

— Так что же, у вашей дочери нет вообще ни одной подруги? Тамила Шалвовна, я не могу в это поверить.

— Ну... — Она замялась. — Если только Катя.

— Какая Катя?

— Голованова. Она живет в нашем доме, в другом подъезде. Элина одноклассница.

— Они что, поссорились?

— Нет, с чего вы взяли? Они не ссорились.

— Так почему Элена не пригласила ее в загс на регистрацию? По-моему, это было бы вполне естественно.

— Кажется, Эля мне говорила, что Катя в этот день занята. Не то зачет какой-то должна сдавать, не то еще что-то...

— Как ваша дочь отнеслась к полученному письму?

— Ну как... — Тамила снова пожала плечами. — Удивилась.

— И все? Только удивилась? Или испугалась?

— Да нет, я не заметила, чтобы она очень испугалась.

— Где сейчас Элена?

— Уехала с отцом за город. Ей нужно отвлечься, успокоиться.

— Турбин поехал с ними?

— Нет. Они уехали вдвоем.

— Когда они вернутся? Мне нужно побеседовать с вашей дочерью.

— К вечеру, наверное.

* * *

Белое и черное, черное и белое...

Весь мир состоит только из этих двух цветов. Они не дали мне встать в ряды белых, они заставили меня унижаться и просить, а потом отвергли, выкинули грубо и безжалостно, сделав брезгливое лицо. Они сказали, что среди белых могут быть только самые лучшие, самые достойные. Самые белые.

А я?

Разве мой цвет не самый белый? Разве было на мне хоть единое пятнышко? Почему они отвергли меня?

Я знаю, почему.

Потому что они только притворяются белыми. На самом деле души их черны, и руки их черны, и помыслы. На самом деле им не нужны белые, им нужны черные, которые умеют рядиться в белые одежды. А я не умею.

Зато теперь я умею другое. Теперь я умею соединять белое и черное воедино. Кто говорит, что от слияния белого и черного получается серое? Это неправда. Не серое объединяет их.

Их объединяет красное. Цвет крови. Цвет смерти. Перед красным белые и черные равны, ибо нет от него спасения. Красный цвет всех уравнивает.

Алое на белом — убитые невесты.

Потом будет алое на черном...

* * *

Екатерина Голованова пришла из института только около восьми вечера. Коротков терпеливо поджидал ее на лавочке возле подъезда. Он уже побывал у нее дома, разговаривал с матерью и даже видел фотографию, поэтому узнал безошибочно.

— Здравствуйте, Катя, — сказал он, вставая и делая шаг ей навстречу.

Девушка остановилась и с любопытством посмотрела на него. Она была ровесницей Элены, но выглядела старше, возможно, оттого, что в ней не было девичьей грации и легкости, зато были по меньшей мере восемь, а то и все десять лишних килограммов веса. А может быть, дело было в слишком грустных глазах и слишком серьезном взгляде.

— Меня зовут Юрий Викторович, я из уголовного розыска, — представился Коротков. — Я могу с вами поговорить?

— А в чем дело? — испугалась девушка. — Что я сделала?

— Ничего, — как можно приветливее улыбнулся он. — Я хочу поговорить о вашей подруге Элене. Можно?

— Господи, что с ней?

— Да ничего с ней не случилось, не волнуйтесь. Давайте присядем. Или вы хотите пройтись?

Катя задумалась, потом нерешительно переложила сумку в другую руку.

— Я бы погуляла, но у меня книги... Сумка тяжелая.

— Я понесу. Давайте.

Коротков подхватил сумку и удивился ее тяжести. Конечно, девушка не выглядела хрупкой и слабенькой, но вес сумки с книгами был все-таки солидным.

— Как ваш субботний зачет? — поинтересовался он как бы между прочим. — Сдали?

— Какой зачет? — удивилась Катя.

— А разве вы не сдавали в субботу зачет?

— Нет. С чего вы взяли? У нас по субботам вообще нет занятий.

— Извините, значит, я что-то напутал. А где вы были в субботу?

Возникшая пауза Короткову не понравилась. Катя молча шла рядом с ним, поддевая носком туфельки пустую картонную упаковку из-под сока.

— Я жду, — напомнил он. — Где вы были в субботу, Катя?

— Дома. А что?

— И чем вы занимались?

— Послушайте, Юрий Викторович, вы сказали, что хотите поговорить со мной об Эле. А вместо этого интересуетесь, что я делала в субботу дома. Какое отношение это имеет к Эле?

— Самое прямое. Я хочу понять, почему вы не были на ее бракосочетании. Поэтому я и спрашиваю, какие такие неотложные дела заставили вас остаться дома. Ведь Элена ваша близкая подруга. Она приглашала вас поехать в загс?

Катя молча кивнула, упорно продолжая толкать перед собой картонную коробочку.

— Почему же вы не поехали?

— Не захотела.

— Почему, Катя? Пожалуйста, не заставляйте

меня вытаскивать из вас ответы клещами. Совершенно преступление, я собираю необходимую для раскрытия информацию, а вы ведете себя как ребенок. Нельзя же так. Вы взрослый умный человек, вы можете мне помочь, так помогите же.

— Вы, наверное, хотели сказать мне комплимент, — криво улыбнулась она. — Но, знаете ли, иногда лучше быть маленькой дурочкой, чем взрослой и умной.

— Что значит «лучше»? Для чего лучше?

— Выгоднее.

— То есть?

Катя снова умолкла. На этот раз пауза была еще дольше. Наконец она сказала:

— В субботу я осталась дома, потому что не хотела ехать на Элину свадьбу. Этого достаточно?

— Нет, Катя. Этого недостаточно. Я прошу вас объяснить, почему.

— Потому что мне не нравится ее семья. Они очень высокомерные и самодовольные. Я плохо себя чувствую в их обществе. Теперь достаточно?

— Скажите, а жених Элены вам нравится?

— Жених как жених. — Она пожала плечами. — Почему он должен мне нравиться? Пусть он Эльке нравится.

— А в его обществе вы чувствуете себя хорошо, или он такой же, как ее родители?

— В его обществе я себя не чувствую. Никак.

— Почему?

— Потому что я не бываю в его обществе.

— Вы что же, даже незнакомы с ним?

— Почему, знакома.

— Как вы считаете, что он за человек?

Снова неопределенное пожимание плечами.

— Почему вы меня об этом спрашиваете? Спросите у Эли, она его лучше знает.

80

— Спрошу, — пообещал Коротков. — Но я хотел бы услышать ваше мнение.

— У меня нет мнения. Пожалуйста, Юрий Викторович, давайте будем говорить об Эле, а не о ее женихе.

— Вам неприятна эта тема?

— Да нет, просто про Элю я знаю все, а про него ничего сказать не могу.

— Катя, вы знаете, почему не состоялась свадьба?

— Эля сказала, в загсе девушку какую-то убили...

— А про письмо она вам рассказывала?

— Рассказывала.

— Как вам показалось, она была очень напугана этим письмом?

— Очень.

— У нее не возникло мысли отказаться от регистрации брака с Турбиным после этого письма?

— Она же поехала в загс на следующий день...

— Но то было на следующий день. А в пятницу, сразу после получения письма?

— Не знаю. После получения письма в пятницу она мне не звонила. Я узнала о нем только вчера, в воскресенье. Но думаю, что ее мамочка воспользовалась этим посланием и провела с Элькой воспитательную работу. Тамиле Шалвовне Турбин не нравится. Она, наверное, счастлива, что они не поженились.

— А что Тамила Шалвовна имеет против него?

— Не знаю, это вы у нее спросите. Просто Элька всегда ужасно расстраивалась из-за того, что мать ее не одобряет.

— Расстраивалась, но замуж выйти все-таки решилась, — заметил Коротков.

— Она сильно влюблена. Тут уж не до материнского благословения.

— Катя, как вы думаете, кто мог написать Элене это письмо с угрозами?

— Не знаю.

— И никаких предположений?

— Ну... Сама Тамила могла, с нее станется.

— Вот как? Это любопытно. Ваше предположение чисто интуитивное или оно основывается на каких-то фактах?

— Нет у меня никаких фактов. Просто я знаю: Тамила по трупам пойдет, если ей надо.

— А ей надо?

— Не знаю. Может, она не хочет, чтобы Валера вошел в их семью. Знаете, денежные мешки всегда берегут свой клан от посторонних, особенно от нищих посторонних. А Тамила и Иштван — снобы, каких свет не видел.

Валера... Нищий... Любопытно. Особенно если речь идет о человеке, с которым едва знакома. Что-то слишком часто она повторяет «не знаю», хотя должна бы знать. Ведь она с семьей Бартош знакома много лет. Странная девушка эта Катя.

* * *

Голос Антона Шевцова по телефону совсем не походил на голос того энергичного молодого человека, который так напористо уговаривал Настю сфотографироваться на крыльце загса. Он говорил еле слышно, проглатывая слова и делая между ними длинные паузы.

— Да что с вами, Антон? — спросила Настя. — Вы больны?

— Знаете, расклеился что-то... Сердце прихватило. У меня это бывает.

— Ну надо же, — посочувствовала она, — в вашем-то возрасте.

— Это с детства. Знаете, бегаю, прыгаю, ночами не сплю, а потом вдруг прихватывает... Одышка ужасная и слабость. Дохожу до кухни и сажусь отдыхать. Потом встану, газ зажгу и снова отдыхаю. Потом воду в чайник налью... Я тут как-то время засекал: на то, чтобы встать с дивана и поставить на огонь чайник, у меня ушло сорок минут...

— Знакомая картина. У меня так бывало. Я вам очень сочувствую. Ладно, тогда уж не буду вас терзать. Поправляйтесь.

— А что вы хотели?

— Меня интересует одна из ваших фотографий, но если вы болеете... Ничего, это потерпит.

— Какая именно?

— На ней женщина, которая сразу после убийства успела уйти из загса. Ее имени нет в списках, составленных работниками милиции. Я подумала, может, вы что-нибудь о ней вспомните. У вас нет дома этих снимков?

— Нет, я же делал их в лаборатории и в одном экземпляре, чтобы быстрее было. А вы теперь будете заниматься этим делом?

— Не совсем... Я, видите ли, в отпуске с сегодняшнего дня. Так что мое участие в раскрытии убийств чисто номинальное. На уровне детектива-любителя.

— Вы сказали — убийств... — Антон снова перевел дыхание. Насте было слышно, как тяжело он дышит. — Их что, несколько?

— Два. В тот же день двумя часами раньше в другом загсе тоже застрелили невесту. Поэтому меня так интересует эта таинственная женщина. Может быть, в другом загсе ее тоже видели? Я, собственно, хотела попросить у вас негатив, чтобы сделать несколько отпечатков. Но это не столь важно, копии можно сделать и с фотографии. Негативы у вас тоже в лаборатории?

— Да. Если б знал... Взял бы с собой... Я так торопился в субботу, едва снимки высушил — и бежать. Меня ваш коллега ждал, Юрий.

— Спасибо вам, Антон. Извините, что побеспокоила. Лечитесь, выздоравливайте.

Настя положила трубку и откинулась на спинку стула. В который уже раз ей пришло в голову, что ощущение своего рабочего места, своего кабинета почему-то делается совсем другим, когда находишься в отпуске. Стены те же, и окно, и стол, и телефонный аппарат, и сейф, а все равно возникает какое-то странное чувство, что ты здесь чужая и находишься незаконно.

Конечно, она не выдержала и примчалась сюда. Лешка только хмыкнул, когда она робко сказала ему утром, что хочет заехать на работу.

— Давай поезжай. А я с чистой совестью буду работать на твоем компьютере. Я же вижу, как ты ерзаешь. Все равно тебе покоя не будет, Коротков без тебя как без рук.

В отличие от Чистякова полковник Гордеев Настю не одобрял.

— Научись отключаться, — буркнул он, увидев ее в коридоре. — Нельзя быть затычкой в каждой бочке.

Настя собралась было обидеться, но передумала. Ей и без того было чем занять голову.

Итак, два совершенно одинаковых убийства, совершенные с интервалом в два часа. Невесту убивают выстрелом из пистолета «ТТ» калибра 7,62 мм в туалетной комнате загса. Пистолет, по-видимому, с глушителем, потому что выстрела в обоих случаях никто не слышал. Преступник выбирал момент, когда девушка окажется в туалете одна, и стрелял с расстояяния примерно 1,3—1,5 метра. Он достаточно хладнокровен, так как ухитрился в том и в другом случае войти в туалет и выйти из него незамеченным, иными словами — выжидал момент, когда в коридоре никого не будет. Поймать такой момент далеко не просто. Но ему это удалось. Или все-таки не ему, а ей? Может ли мужчина незаметно войти в женский туалет и выйти из него? И еще один вопрос: чтобы поймать момент, когда ситуация складывается наиболее благоприятно, нужно постоянно наблюдать за интересующим тебя местом. Значит, этот человек должен был находиться где-то рядом с тупичком, в который выходит дверь туалетной комнаты. Очень похоже, что стреляла женщина. Поэтому нужно срочно установить личность той немолодой дамы, которая оказалась на фотографии Антона Шевцова.

Настя еще раз перечитала копии протоколов осмотра места происшествия. Похоже, ее рассуждения не совсем точны. Положение трупа указывало на то, что выстрел мог быть произведен от двери, с порога. Оба здания загсов были типовыми, и туалетные комнаты для посетителей спланированы совершенно одинаково. У них был общий вход, ведущий в довольно просторное помещение, предназначенное для курения. А уже из курилки две двери вели в мужской и женский туалеты. Девушка выходит из туалета в общую комнату и видит, как навстречу ей идет человек. Она пугается и отступает назад... Шаг... Еще один... Девушка отступает в женский туалет, человек наступает и, дойдя до порога, производит выстрел. Может так быть? Вполне. Только нужно, чтобы в курилке в это время никого не было. Но в таком случае это вовсе не обязательно должна быть женщина. Это с равным успехом может оказаться и мужчина.

Испугается ли девушка, увидев, что в женскую

туалетную комнату направляется мужчина? Может, и не испугается, но уж точно растеряется. А если идет женщина? Нормально. Почему нужно отступать назад? Одна выходит, другая входит, все естественно. А если это женщина, которая никак не должна здесь оказаться? Которую девушка и не предполагала здесь увидеть? Если у нее искаженное яростью лицо и безумные глаза? Тогда девушка может и попятиться от нее. Особенно если в руках у этой женщины пистолет. Впрочем, пистолет в руках у мужчины — вещь, которая тоже не обещает ничего приятного. Значит, все сначала: или женщина, или мужчина.

И еще письма. Если предположить, что целью преступника было любым путем сорвать бракосочетание, например, Элены Бартош и Валерия Турбина, то логика может быть примерно такой: невеста накануне свадьбы получает письмо угрожающего содержания, а если на нее это не действует, то в загсе совершается убийство, которое уж точно сорвет нормальный ход регистрации браков. Правда, чтобы пойти на такие чудовищные меры, на карту должно быть поставлено очень многое. И совершенно неважно, какую девушку убить. Ту, которая окажется в туалете в подходящий момент. Важно сорвать регистрацию. Но почему? Зачем? Кому это нужно?

И зачем точно такое же письмо прислали ей, Насте? Уж ее-то свадьбу никто не хотел срывать. По крайней мере ей об этом ничего не известно. Ни ревнивых поклонников, ни брошенных Чистяковым женщин, ни имущественных споров — ничего. Выходит, это был заранее продуманный камуфляж. Если свадьба Бартош и Турбина не состоится из-за письма, полученное Настей письмо будет списано на чью-то злую шутку и вскорости благополучно забыто. Если же придется идти на крайние меры, чтобы не допустить к венцу Элену и Валерия, то второе письмо и второе убийство запутают следствие окончательно. Но для того, чтобы все это задумать и проделать, надо быть поистине монстром. Убить двух девушек в день свадьбы с единственной целью — не допустить бракосочетания третьей? В голове не укладывается...

Она уже собралась уходить домой, когда позвонил Коротков.

— Ты еще побудешь на работе? — спросил он.

— Собираюсь уходить. Уже девять часов вообще-то.

— Тогда я тебя перехвачу где-нибудь по дороге. Пошептаться надо.

Они встретились в метро на полпути к Настиному дому.

— Я тебя провожу, — сказал Коротков. — Хочу поделиться впечатлениями.

— О ком?

— О ближайшей и единственной подружке Элены Бартош, некой Екатерине Головановой. Меня, видишь ли, заинтересовал вопрос, почему она не поехала в загс и почему не ее пригласили быть свидетелем на свадьбе у Элены. Все-таки единственная подруга.

— И что оказалось?

— Ложь, круто замешенная на откровенном вранье.

— Гремучая смесь, — заметила Настя с улыбкой. — Рассказывай.

— Значит, так. Девушка Катя делает вид, что с Валерием Турбиным едва знакома, хотя учится она в том же самом институте, где Турбин в настоящее время пишет диссертацию, являясь аспирантом. Совершенно ясно, что Элена познакомилась с ним не в трамвае и не в очереди за билетами в театр, а при непосредственном участии Екатерины. К тому же в разговоре она в какой-то момент расслабилась и назвала Турбина Валерой, хотя до этого мы оба называли его не иначе как жених.

— А что Катя говорит по этому поводу?

— А ничего. Я не стал ей говорить о своих соображениях. Пусть пока врет, брать ее за горло еще время не подошло. Дальше. Во время разговора она мне заявила, что иногда выгоднее быть маленькой и глупенькой, чем взрослой и умной. Как тебе такое высказывание?

— Думаешь, она имела в виду Элену?

— Уверен. Кстати, она объяснила свое отсутствие на свадьбе тем, что ей не нравится семья Элены. И очень злобно отзывалась о матери своей подруги, Тамиле Шалвовне. Сказала, что та по трупам пройдет, если надо. И письмо Элене вполне могла написать она сама.

— Кто? Мать?

— Ну да. Так считает Катя. Якобы Тамиле активно не нравится жених.

— Но если он ей так не нравится, почему она позволила дочери подать заявление в загс? Почему допустила, чтобы дело дошло до регистрации?

— А выяснилось, что дочь ее и не спросила. Ей так хотелось стать женой Турбина, что они подали заявление тайком от родителей и признались им только две недели назад. И еще одна любопытная информация: первоначально регистрация Бартош и Турбина была назначена на 13.30. И только две недели назад Тамила Шалвовна ездила в загс договариваться о том, чтобы их пропустили первыми, сразу после открытия. Нравится тебе такая прыть?

— Ой не нравится, Юрик, ой не нравится, — покачала головой Настя. — В десять утра в загсе народу совсем мало. Удобно для совершения преступления.

— Вот-вот, и я про то же, — подхватил Коротков. — Но у нас с тобой снова нет определенности. С одной стороны — мать Элены, с другой — неизвестная женщина. Кому отдаем предпочтение?

— Ты забыл еще странную девушку Катю.

— Думаешь? — Он с сомнением посмотрел на Настю.

— А чего тут думать? Девушка явно знает Турбина лучше, чем хочет показать. В сочетании с ее нежеланием ехать на регистрацию это дает нам классическую картину ревности. Турбин предпочел ей хорошенькую глупенькую Элену, к тому же дочку богатых родителей. Не обидно ли?

— Что-то у нас с тобой многовато женщин получается. Давай для компании присоединим к ним мужчину. Например, отца Элены.

— А он что? Тоже Турбина не любит?

— Этого я не знаю, но зато его самого не любит Катя Голованова. Она обоих родителей Элены характеризует одинаково: снобы, которые ни за что не допустят проникновения в их клан нищего чужака.

— И во всей этой теплой компании нужно искать ниточки, ведущие к загсам. Тот, кто написал мне письмо, должен был знать, что я выхожу замуж. И знать, какое время мне назначено. Иначе вся затея теряет смысл. Убийство нужно было совершить тогда, когда я буду в загсе, чтобы казалось, что убийца обознался. Если меня и жертву развести во времени, картинка развалится. Согласен?

— Станция «Щелковская», конечная. Поезд дальше не пойдет, просьба освободить вагоны, — проскрипел противным голосом динамик прямо над их головами.

Они поднялись на эскалаторе наверх и пошли к автобусной остановке.

— Как хорошо, тепло, лето скоро, — мечтательно сказала Настя. — Не люблю, когда холодно. Меня все время знобит, как бы ни одевалась. Мне бы жить где-нибудь, где круглый год двадцать два градуса.

— Живи в тропиках, там тепло, — ехидно посоветовал Коротков. — Ты у нас теперь профессорская жена, можешь себе позволить.

— Нет, в тропиках душно. Я духоту плохо переношу, сосуды слабые.

— Ну, подруга, тебе не угодишь. Твой автобус.

Он подождал, пока Настя вместе с толпой пассажиров влезет в автобус, помахал ей рукой и пошел назад к метро.

* * *

Симпатичный черноглазый Михаил Доценко с самого утра торчал в Кунцевском загсе, предъявляя сотрудницам фотографию неизвестной женщины.

— По-моему, я ее видела, — неуверенно произнесла молоденькая работница загса, занимавшаяся оформлением регистрации новорожденных детей.

— Припомните, когда, — с надеждой попросил Михаил.

Ему важно было найти человека, который помнит хоть что-нибудь, хотя бы самую малость. Заставить его вспомнить все будет тогда уже делом техники, которой Миша владел очень неплохо.

— Нет, я не помню, — покачала головой девушка.

— А что вам показалось знакомым? Лицо? Глаза? Прическа? Может быть, платье? — продолжал допытываться Доценко.

— Не могу сказать. Я, честное слово, не помню.

Просто я тогда посмотрела на нее и подумала: что она здесь делает?

— Очень интересно, — оживился он. — А почему вы так подумали?

— Не знаю. Помню, что подумала. А почему — не помню.

— Хорошо, давайте попробуем подойти с другого конца. Если вы увидите здесь молодую женщину с молодым человеком, что вы подумаете?

— Что они пришли подавать заявление на регистрацию брака или на развод.

— А если это будет женщина с ребенком лет пяти?

— Что она пришла оформить перемену фамилии ребенку.

— А если пожилой мужчина пришел один?

— Скорее всего за свидетельством о смерти жены или кого-то из родителей. Мы с вами в угадайку играем?

— А что? По-моему, замечательная игра, — обезоруживающе улыбнулся Михаил. — А если вы увидите здесь древнюю старушку, что вы подумаете?

— Что она потеряла какой-то важный документ и пришла за повторным. Что еще ей здесь делать? Не замуж же выходить. И детей крестить поздновато, — рассмеялась девушка.

— А той женщине вы, выходит, никакой истории не придумали. Почему, например, она не могла прийти за свидетельством о смерти?

— У нее выражение лица было... — Она замялась, подыскивая нужное слово.

— Какое?

— Ну... не такое. Не как у человека, который потерял кого-то близкого. Свидетельства же выдаются только близким родственникам. У них лица совсем другие бывают.

— А у нее какое было лицо?

— Каменное. Знаете, такое безразличное и внутрь себя повернутое. Не расстроенное, не убитое, не радостное... Понимаете, загс — организация особенная. Вы, может быть, не задумывались, но здесь все связано с переменами в жизни людей. Мы же так и называемся: отдел записи актов гражданского состояния. Как состояние поменялось — сразу к нам бегут. А ведь это всегда событие — перемена состояния. Радостное или грустное, свадьба или развод, рождение ребенка или смерть близкого, но это всегда событие. И спокойных, безразличных лиц здесь в принципе быть не может. Вы меня понимаете? А у этой женщины лицо было... Да что я вам объясняю, вы сами посмотрите, она на фотографии точно такая же.

Девушка была права. Лицо изображенной на снимке женщины было отстраненным и странно напряженным, будто застывшим. За свою сыщицкую жизнь Михаил не раз видел такие лица. Это были лица психически больных.

* * *

В квартиру Настя входила робко, ожидая встретиться со смертельно обиженным Чистяковым и готовясь к неприятному объяснению. К ее огромному облегчению, Леша и не думал дуться на нее за то, что вместо медового месяца она снова включилась в работу. В самом деле, смешно говорить о каком-то медовом месяце после пятнадцати лет близких отношений.

Алексей сидел на кухне и раскладывал пасьянс «Могила Наполеона». На плите стояли сковородки под крышками, от которых на Настю потянуло какими-то упоительными запахами.

— Чем пахнет? — весело спросила она, протягивая руку и собираясь снять крышку.

Леша повернулся и шутливо шлепнул ее по руке.

— Не лезь немытыми руками. Любопытным здесь не подают.

— А каким подают?

— Хорошим девочкам, которые сидят дома и стирают мужу рубашки.

— И что мне теперь, помереть от голода? — возмутилась она. — Я уже старая, мне в хорошую девочку перевоспитываться поздно. Как говорят наши друзья-украинцы: «Бачилы очи що купувалы». Не надо было на мне жениться.

— Как это не надо? Ты вникни в мой гениальный замысел: годами воспитывать в тебе привычку не покупать продукты и не готовить еду, полагаясь только на меня, потом заманить тебя под венец и перестать кормить. Ты умираешь с голоду, а я становлюсь твоим наследником. И все это — мое. — Он сделал широкий жест, как бы охватывая им всю квартиру. — Я получаю жилье в Москве, привожу сюда молодую жену, которая как раз и будет хорошей девочкой. А квартиру в Жуковском оставляю родителям. Ну? Не умница ли я? А ты говоришь, жениться не надо было. Куда кусок схватила?! — угрожающе закричал он, видя, как Настя, слушая его, быстро подняла крышку и утащила со сковороды покрытый румяной корочкой кусок жареной телятины. — Положи на место сейчас же!

— Поздно, — прошепелявила она с набитым ртом. — Я его уже ем. Давай-давай, раскладывай свою «Могилу», хорони Наполеона. Моей смерти тебе все равно не дождаться. Тоже мне, профессор-убийца.

Чистяков расхохотался, одним движением смешал разложенные на столе карты и быстро собрал их в колоду.

— Иди руки вымой, мелкая ворюга, и будем ужинать. Я, между прочим, сегодня целую главу в учебник написал. А ты чем можешь отчитаться за проведенный на работе день?

— Мало чем, — вздохнула Настя. — В основном мыслями. Но могу тебя успокоить, мне ничего не угрожает. Попадание в меня оказалось чисто случайным.

Она вымыла руки, переоделась в халат и уселась за накрытый стол. На ужин Алексей приготовил телятину и цветную капусту в сухарях, которую Настя очень любила. Она смела все со своей тарелки с такой скоростью, как будто перед этим голодала целую неделю.

— Еще положить? — спросил Чистяков, с улыбкой глядя на ее пустую тарелку.

— Ой, нет, — простонала она. — Я знаю, каков твой замысел. Я помру не от голода, а от обжорства. Никому не удается впихивать в меня такое количество еды, только тебе. Через год я стану большой и толстой и не буду проходить в дверь.

Она налила себе кофе, но не успела сделать и двух глотков, как зазвонил телефон.

— Спешу тебя обрадовать, — послышался в трубке голос Николая Селуянова, работавшего с Настей в одном отделе. — Только что поступило сообщение из редакции «Криминального вестника». У них взломали фотолабораторию.

— Что пропало?

— Пока неясно. Аппаратура на первый взгляд вся на месте. А что касается негативов и отпечатков, то там сам черт ногу сломит. Учета никакого, как ты понимаешь, нет, все лежит в открытых ящиках и в незапирающихся шкафах. Придется вызвать всех фотографов, чтобы каждый проверил свое хозяйство.

— Вызови в первую очередь Шевцова, — быстро

сказала Настя. — Если его пленки на месте, спокойно отдавай эту кражу отделу Григоряна. Она не наша. Если же пропали негативы Шевцова, забираем дело себе.

— Умная ты больно, — проворчал Селуянов. — Я уж звонил твоему Шевцову, он болеет, ходит с трудом. Как я могу заставить его приехать? На руках его нести, что ли? Он, конечно, сразу заволновался, собрался приезжать, но я-то слышу, как он дышит и разговаривает. Сядет за руль, а в дороге ему плохо станет, еще врежется во что-нибудь. Хотел сам за ним подъехать, потом подумал — нехорошо как-то. Человек болеет, а мы к нему пристаем. Ладно, до завтра дело потерпит, может, утром ему полегче станет.

— Коля, ну что ты как маленький, честное слово! Ну привези туда кого-нибудь, кто видел снимки Шевцова и сможет определить, на месте негативы или их там нет. Это же так просто.

— Ага, — хмыкнул Селуянов. — Сам сообразил. В списке тех, кто видел весь комплект снимков из загса, три человека. Один из них — болезный фотограф Шевцов, второй — Коротков, но его где-то носит, ни дома, ни на работе его нет. Догадываешься, кто третий?

— Коля, Чистяков меня не поймет. Меня и так сегодня целый день дома не было, а после свадьбы только два дня прошло. Нельзя испытывать его терпение. Найди Короткова, ладно?

— Да где ж я тебе его найду! И потом, если он только через час домой явится, будет уже двенадцать ночи. Думаешь, его поймут, если он соберется снова убегать? Не смеши меня. У тебя хоть Чистяков нормальный человек, а какая жена у Юрки — забыла? Она ж его до костей сгрызет. Короче, решай, Настасья: или ты приедешь, или ждем до завтрашнего дня.

— Подожди, не клади трубку, я с Лешкой поговорю.

Она закрыла микрофон ладонью и виновато посмотрела на мужа, который как ни в чем не бывало пил чай с кексом, ничем не выдавая своего отношения к тому, что слышал, хотя понял все прекрасно.

— Лешик, нам с тобой надо бы съездить в одно место.

— Вместе? — поинтересовался он, отправляя в рот очередной кусочек апельсинового кекса.

— Да, вместе. Кто-то взломал фотолабораторию «Криминального вестника», где работает Шевцов. Сам Антон болен, у него что-то с сердцем. Нужно срочно проверить, не пропали ли негативы тех снимков, которые он сделал в загсе. Кроме нас с тобой, этого сделать некому, понимаешь? Только мы с тобой видели весь комплект фотографий, их вчера Коротков сюда привозил.

— Ну что же делать, — спокойно заметил Чистяков. — Надо — значит, поедем. И не выставляй меня, пожалуйста, монстром-домостроевцем перед твоими коллегами.

— Спасибо тебе, солнышко, — с облегчением улыбнулась Настя.

Через сорок минут они уже входили в здание, где находилась редакция газеты «Криминальный вестник». А еще через полтора часа выяснилось, что последних негативов Шевцова в фотолаборатории нет.

Глава 5

Оперативники из Кунцева и с Петровки, объединенные в группу, разделились. Одни отрабатывали версию о том, что истинной жертвой преступления была Галина Карташова, убитая в Измайловском загсе, другая группа занималась личностью невесты, убитой в Кунцеве, Светланы Жук.

Обеих девушек хоронили в один день, в среду, 17 мая. Наблюдения за траурными церемониями не принесли никакой новой информации, кроме убеждения в том, что даже у самого безобидного человека могут быть недоброжелатели, о которых он и не подозревает. Оперативники шли в толпе провожающих, настороженно ловя доносящиеся до их слуха отдельные фразы.

— Если бы Галя не бросила Игоря, ничего бы не случилось...

— Я чувствовала, что до добра этот парень ее не доведет...

— Не надо было Светочке идти на поводу у его родителей. Это они хотели, чтобы свадьба была в мае. А я говорила, что надо подождать до осени...

— Я сердцем чувствую, это Эдик. Я всегда знала, что он не смирился, не отступился, когда она с ним рассталась...

Предстояло найти всех этих Игорей, Эдиков, а также выяснить, почему «этот парень» не доведет до добра... Работа сложная, долгая, кропотливая, а вот нужная ли — большой вопрос.

* * *

Мать Валерия Турбина встретила Короткова неприветливо. Она открыла ему дверь, сухо пригласила в комнату и уселась напротив него, сверля Юрия маленькими злыми глазками.

— Да, я рада, что свадьба не состоялась, — заявила она, не отводя взгляда.

— Но почему, Вероника Матвеевна? Вам не нравится Элена?

— Я ничего не имею против Эли, она славная девушка. Просто я считаю, что моему сыну еще рано жениться. Он не может быть хорошим мужем и не сможет должным образом содержать семью.

— Но Валерию двадцать семь лет. Разве это мало для того, чтобы создать свою семью? — непритворно удивился Коротков, который сам женился сразу после окончания школы милиции, когда ему был двадцать один год.

Реакция Вероники Матвеевны на это невинное замечание озадачила его. Пожилая женщина замкнулась и отвела глаза. Юрий начал лихорадочно соображать, чем он мог задеть собеседницу, что сказал не так. Положение нужно было спасать любой ценой. Он вдруг подумал о том, что для матери двадцатисемилетнего мужчины Вероника Матвеевна, пожалуй, старовата. Ей семьдесят лет. Рожала в сорок три года? Такое нечасто бывает, если только...

— Валерий — ваш единственный сын? — спросил он.

Женщина побледнела, и ее намазанные красной помадой губы стали казаться почти черными на землисто-сером лице.

— Вы пришли говорить о несостоявшейся свадьбе или о моей семье? — сказала она нарочито громко, но голос выдавал напряжение и страх.

— Я просто подумал, что, может быть, ваше отрицательное отношение к женитьбе Валерия связано с тем, что другие ваши дети несчастливы в браке. Нет?

— Нет, — резко бросила Вероника Матвеевна. — Других детей у меня нет. Валерий — единственный сын.

— Расскажите мне о его отце, — попросил Коротков и тут же понял, что попал в очень болезненную точку.

Лицо женщины исказилось до неузнаваемости, пальцы морщинистых рук сцепились так крепко, что, казалось, разъединить их уже не сможет никакая сила, маленькие темные глазки полыхнули ненавистью.

— Я не собираюсь обсуждать с вами человека, который был отцом Валерия. Тем более что его уже давно нет в живых.

Разговор не получался, все время натыкаясь на какие-то невидимые препятствия. Коротков начал нервничать. Мать Турбина явно что-то скрывает, но относится ли это к двум совершенным убийствам и нужно ли упираться, чтобы все-таки заставить ее разговаривать нормально, — неизвестно.

Он огляделся, стараясь выхватить глазами какие-нибудь существенные детали обстановки и общей атмосферы в квартире, которые могли бы дать толчок к дальнейшей беседе, сделав ее более безопасной и в то же время более продуктивной. С первого же взгляда было видно, что живут здесь люди небогатые. Из мебели — ничего лишнего, только самое необходимое, довольно много книг, но Юрий сразу определил, что изданы они были еще во времена «нормальных» цен. Изданий последнего периода, в ярких твердых переплетах и с золотым тиснением, не было совсем. На подоконнике сиротливо примостился старенький черно-белый переносной телевизор, и от него в открытую форточку тянулся кусок проволоки — самодельная антенна.

Коротков достал носовой платок и принялся с усердным видом тереть ладонь, то и дело недовольно морща нос.

— Вы позволите мне вымыть руки? — наконец произнес он с извиняющейся улыбкой и встал.

Вероника Матвеевна молча поднялась вместе с ним и проводила его в ванную. Юра включил воду и начал с преувеличенной тщательностью намыливать руки, исподтишка оглядывая треснутое зеркало над раковиной, дешевенький бритвенный станок «Искра», который продавался лет десять назад и стоил, сколько он помнил, два рубля тридцать копеек. Десять лет назад Валерию было семнадцать, и это, наверное, его первый станок, которым он и пользуется по сей день. Кафельная плитка в некоторых местах отвалилась, эмалированная поверхность ванны вся покрыта желтыми пятнами. Сразу видно, что квартира много лет не ремонтировалась.

— Вы давно живете в этой квартире? — спросил он как бы между прочим, вытирая руки истертым в многочисленных стирках вафельным полотенцем.

— Чуть больше года.

— А до этого?

— До этого мы жили в Марьиной Роще.

Странно, подумал Коротков, Марьина Роща — удобный район, недалеко от проспекта Мира, с хорошим транспортным сообщением, большими магазинами. Зачем было переезжать в эту тесную «хрущобу» без лифта в загазованном промышленном районе?

Он безуспешно бился с хозяйкой квартиры еще час, пытаясь нащупать тему, на которую можно было бы разговаривать с ней, не вызывая острой негативной реакции и в то же время получая хоть какую-то полезную информацию. Но Вероника Матвеевна оказалась трудным собеседником, и перехитрить ее Короткову не удалось.

— Вы не знаете, когда Валерий и Эля поедут на повторную регистрацию? — спросил он уже в дверях.

— Никогда, — отрезала женщина, окидывая его недобрым взглядом.

— В каком смысле?

— В прямом. Я не допущу, чтобы мой сын женился. По крайней мере, пока я жива, этого не произойдет. И я очень надеюсь, что и после моей смерти тоже.

Короткову надоела роль мягкого дипломата, который сам стесняется того, что делает. Он понял, что все это время его сдерживал возраст Вероники Матвеевны, ему казалось, что недопустимо разговаривать в привычном ему жестком тоне с семидесятилетней женщиной. Но ведь погибли две девушки, и еще две, в том числе невеста ее сына, получили угрожающие письма...

— Вероника Матвеевна, — зло сказал он, разворачиваясь и снова входя в комнату, — вы, наверное, не понимаете всю серьезность положения. Совершены два тяжких преступления. Кроме того, есть все основания думать, что есть некто, кто очень не хочет, чтобы свадьба вашего сына и Элены Бартош состоялась. Слова, которые вы постоянно произносите на протяжении всей нашей беседы, заставляют меня думать, что этот человек — вы. Поэтому я вас убедительно прошу, перестаньте отделываться от меня декларативными заявлениями и давайте-ка говорить по существу. Имейте в виду, я не уйду отсюда до тех пор, пока, во-первых, не пойму, почему вы не хотите, чтобы ваш сын женился на Элене, а во-вторых, пока вы не убедите меня, что вы к этим письмам не имеете никакого отношения. Я ясно выразился?

Произнеся эту грозную тираду, Коротков демонстративно уселся за стол, сложил перед собой руки и стал в упор разглядывать хозяйку. Лицо Вероники Матвеевны стало совсем пепельным. Она попыталась выпрямиться во весь свой небольшой рост, но вместо этого жалко привалилась к стене. Короткову было видно, как дрожат ее руки.

— Вы не имеете права, — сказала она прерывающимся голосом. — Я старый больной человек, мне семьдесят лет, а вы врываетесь в мою квартиру и требуете от меня ответов на вопросы, которые я не считаю нужным ни с кем обсуждать. Вам должно быть стыдно. Вы пользуетесь своей молодостью и силой, чтобы заставить меня давать показания. Я не стану с вами разговаривать.

Она повернулась и ушла в другую комнату, оставив Короткова одного. Такого оборота он не ожидал, но растерянности его хватило ровно на две минуты. Через две минуты, собравшись с мыслями, он решительно поднялся и вышел в прихожую.

—Вероника Матвеевна, — сказал он громко в сторону закрытой двери, которая вела в маленькую комнату, — я ухожу, закройте за мной дверь. Мне очень жаль, что разговор у нас с вами не получился, но, честно говоря, вы сами в этом виноваты. Может быть, в следующий раз наша встреча пройдет более удачно.

Он щелкнул замком, открыл дверь и вышел на лестницу. Спустившись на улицу, Коротков внимательно огляделся в поисках двух необходимых ему вещей: телефона-автомата и места, с которого было бы удобно наблюдать за подъездом. Телефон он нашел довольно быстро, и в течение двух часов ему обещали выяснить, почему мать и сын Турбины год назад переехали в неотремонтированную квартиру в экологически неблагополучном районе. После этого он занял место, с которого ему хорошо был виден дом, где живут Турбины, и стал ждать. Ему никогда не приходилось иметь дело с семидесятилетней подозреваемой, поэтому прогнозировать ее поступки было трудно, и Юрий приготовился к длительному ожиданию. Рано или поздно что-нибудь все равно произойдет.

Александр Каменский отнесся к просьбе сестры весьма серьезно.

— Конечно, я знаю фирму «Голубой Дунай», — сказал он, — и Бартоша встречал неоднократно по всяким банковским вопросам. Ты мне поставь задачу, я постараюсь выяснить все, что нужно.

Придя на работу, он первым делом просмотрел так называемую «необязательную» почту: рекламные проспекты, приглашения на презентации и прочие красочные бумажки. В пестром ворохе глянцевых листков он довольно быстро нашел то, что нужно, — компания «Интермед» приглашала сотрудников банка, где работал Александр, на выставку новой продукции, предназначенной для ухода за больными. В числе изготовителей значился десяток фирм, в числе которых был и «Голубой Дунай». Это означало, что на выставке постоянно будут находиться представители «Дуная».

Он позвонил домой, испытывая ни с чем не сравнимое восторженное чувство, набирая номер телефона, к которому еще не привыкли пальцы, и зная, что сейчас услышит голос любящей женщины, будущей матери его ребенка.

— Даня, как ты себя чувствуешь? — заботливо спросил он.

— Отлично, — весело сказала она. — Только очень скучаю. Приходи скорее, ладно?

— У меня есть предложение. Мне нужно посетить выставку продукции, предназначенной для ухода за лежачими больными. И я вот подумал, а не взять ли тебя с собой? Ты же примерно через месяц будешь лежачей больной, вот и присмотришь себе то, что тебе хочется на этот случай.

— Но, Сашенька, это же всего на несколько

дней, — рассмеялась Даша. — Роды — это не болезнь, это естественное состояние женщины.

— Не спорь, Даня, у моей жены должно быть все самое лучшее, даже если это всего на несколько дней. И потом, я должен посмотреть товар и понять, имеет ли смысл вкладывать в него деньги, поэтому мне будет нужен совет. Вот ты мне и посоветуешь. Одевайся, я заеду минут через тридцать.

У входа на выставку их встретил европейского вида менеджер с ухоженными, хорошо подстриженными волосами, в малиновом пиджаке и белоснежной сорочке.

— Банк «Вега», — представился Александр, протягивая менеджеру свою визитную карточку.

— Прошу вас, — приветливо растянул губы в улыбке менеджер, — мы рады вас видеть у себя. Прошу прощения, дама будет вас сопровождать, или вы хотите, чтобы я проводил ее в комнату отдыха?

Александр заметил, что от менеджера не укрылся Дашин выпирающий живот.

— Дама — моя жена и мой консультант, — холодно ответил он. — Она будет смотреть продукцию вместе со мной.

Даша залилась румянцем и виновато посмотрела на холеного менеджера, потом вдруг озорно улыбнулась и смешно наморщила нос. Менеджер едва заметно улыбнулся ей в ответ и пошел вперед, приглашая их следовать за собой.

Они медленно шли из зала в зал, подолгу останавливаясь у каждого стенда и придирчиво изучая грелки самой невообразимой формы, резиновые подкладные судна, поилки с подогревом, ткани с бактерицидной пропиткой, простыни и одеяла, впитывающие влагу. Особенно их заинтересовала продукция фирмы, изготавливающей специальную мебель. В основном это были воздушно-легкие конструкции, состоящие из штативов и плоскостей разных форм и размеров, предназначенные для того, чтобы играть роль письменного или обеденного стола, секретера, шкафа, подставки для телевизора или компьютера, ломберного столика со специальными ящичками для хранения карт и даже с машинкой для их перетасовывания, и так далее. Все конструкции обязательно были на колесиках, и их можно было двигать слабым касанием руки. При нажатии кнопки колеса намертво блокировались, и мебель приобретала необходимую устойчивость.

— Вот, смотри, я куплю тебе такую штуковину, — Саша показал на очередную конструкцию, предназначенную для пеленания младенцев на тот случай, когда мать должна находиться в лежачем положении и не может вставать.

— Ну зачем, Сашенька? — взмолилась Даша. — Ты думаешь, я после родов буду долго и тяжело болеть? Я вообще-то этого не планирую.

— Даня, мы должны быть предусмотрительными, — строго говорил он. — А вдруг ты упадешь, сломаешь ногу и будешь лежать в гипсе, а я целый день на работе? Мало ли что в жизни случается. Пусть у нас будет такая штука.

— Скажи уж честно, что она тебе просто понравилась! — рассмеялась его жена.

Наконец они дошли и до стенда фирмы «Голубой Дунай». Ассортимент был представлен небольшой, но Александр сразу понял, что за этими немногочисленными товарами стоят огромные деньги, потраченные на разработку, и огромные прибыли. Специалисты, работавшие на Бартоша, сумели создать биологически активные ткани, применение которых позволяло решить две основные проблемы лежачих больных: предотвращать развитие пневмонии и бороться с пролежнями. Любая семья, где есть такой больной, захочет иметь белье из этой ткани, сколько бы оно ни стоило. Банкир Каменский сразу же сказал себе, что в производство такой ткани имеет смысл вкладывать деньги — это окупится быстро и многократно. Но брат Анастасии Каменской подумал о другом. Ему нужно было познакомиться поближе с представителем фирмы.

Представителем оказалась очаровательная молодая женщина в зеленом шелковом костюме, скромно стоявшая в углу рядом с круглым низким столиком и мягкими креслами. Поймав взгляд Каменского, она улыбнулась ему и тут же подошла.

— Я могу вам быть полезной? — заученно спросила она. — Меня зовут Татьяна, я представитель фирмы на этой выставке. Фирма «Голубой Дунай» будет рада сотрудничеству с банком «Вега». Позвольте преподнести небольшой сувенир вашей супруге.

С этими словами Татьяна протянула Даше невесть откуда появившийся у нее в руках нарядно оформленный пакет.

— Разве мы знакомы? — удивился Александр. Он мог бы поклясться, что видел молодую женщину впервые.

— Мы не встречались, — снова улыбнулась она, на этот раз не заученной улыбкой, а немного лукавой. — Но как только вы вошли в здание, меня тут же предупредили, что пришел Александр Каменский из «Веги» с супругой.

Она кивнула куда-то назад, и, проследив за ее взглядом, Саша увидел радиотелефон.

— Вас предупреждают обо всех серьезных клиентах? — догадался он.

— Ну разумеется. Иначе грош была бы мне цена, если бы я об этом заранее не позаботилась. Так и Рокфеллера можно проглядеть. Если я хочу привлечь в нашу фирму солидные капиталы, я должна и готовиться к этому серьезно. Вы согласны?

Все трое расхохотались и уселись в мягкие кресла вокруг столика. Татьяна тут же позвонила кому-то, и через минуту им принесли кофе и напитки.

— Как поживает господин Латышев? — поинтересовался Александр, сделав большой глоток холодного апельсинового сока со льдом. — Помнится, мы с ним встречались на открытии новой киностудии по производству рекламных фильмов.

— Он в порядке. Правда, у него небольшая личная драма, но, я думаю, он справится с этим.

— А что случилось?

— Девушка, на которой он собирался жениться, выходит замуж за другого. Банальная история, не правда ли? Наверное, на свете нет мужчины, который хотя бы раз не пережил такое. И по-моему, от этого еще никто не умер.

Татьяна говорила с улыбкой, словно рассказывала забавный анекдот.

— И кого предпочла неверная возлюбленная? Кого-нибудь еще более богатого? Или еще более красивого?

— О, вы не поверите, но, насколько я знаю, ее избранник совсем не из этого круга.

Каменский насторожился. Марата Латышева, коммерческого директора «Голубого Дуная», он видел несколько раз на различных деловых и рекламных сборищах, тот производил впечатление очень уверенного в себе и благополучного бизнесмена, достаточно ловкого, для того чтобы процветать, достаточно подлого, для того чтобы добиваться своего любыми способами, и достаточно хитрого, чтобы это не афишировать.

— А невеста? — спросил он, поставив на стол

тяжелый стакан и доставая сигареты. — Достойна ли она того, чтобы так по ней убиваться?

— Не сочтите меня сплетницей, — Татьяна сделала ханжескую мину, — но поскольку, я полагаю, вы достаточно хорошо знаете господина Латышева, то вам скажу: невеста — дочь самого Бартоша. Марат очень на нее рассчитывал.

— Да что вы говорите! — всплеснула руками Даша, которую муж, конечно, не посвятил в поставленную перед ним задачу, но которая была достаточно умна и сообразительна, чтобы догадаться об этом уже по ходу дела. Она ничего не знала ни о втором убийстве, ни об Элене Бартош, получившей странное письмо, но поняла, что Саша не зря потащил ее на эту выставку и не случайно завел беседу с хорошенькой Татьяной, хотя на представителей других фирм даже и не посмотрел. Раз Саша старается разговорить девушку, значит, ему надо помочь.

— Как же так! — продолжала Даша, округлив глаза. — Марат — такой мужчина, да любая девушка должна быть счастлива выйти за него.

Она не только никогда не видела этого Марата, но и не слышала о нем, но ведь Саша спросил Татьяну, не является ли новый жених еще более красивым или еще более богатым. Этого «еще более» оказалось вполне достаточно для того, чтобы Дарья уловила мысль на лету. А случайно оброненное Татьяной имя Марат позволило ей построить фразу таким образом, что создавалась видимость не только осведомленности, но и хорошего знакомства.

— Впрочем, не зря говорят: выйдешь замуж в мае — будешь всю жизнь маяться, — заметила Татьяна. — Свадьба не состоялась, так что у Марата снова появилась надежда.

— Ну, это глупости, — решительно ответила Даша, прочно перехватившая инициативу в разговоре на типично женскую тему, за что муж ей был бесконечно благодарен. — Мы тоже поженились в мае, да еще тринадцатого числа, и будем жить долго и счастливо. И умрем в один день, в точности по Грину.

На лице у Татьяны отразилось такое изумление, будто она увидела корабль с пришельцами из космоса.

— Вы поженились тринадцатого мая? В прошлом году?

— Нет, в этом. В прошлую субботу.

— Не может быть!

— Да почему же?

— Да потому, что дочка Бартоша должна была выйти замуж как раз в прошлую субботу. Надо же, какое совпадение! Подумать только!

Расчет Даши был прост и именно поэтому точен. Есть очень немного вещей, которые независимо от обстоятельств и по совершенно непонятным причинам вдруг располагают незнакомых людей друг к другу. Одной из них являются совпадения. Находясь в другом городе, ты можешь случайно встретить живущего в соседнем доме человека, который в это же время по счастливому совпадению оказался в этом же месте, и завязать с ним прочную дружбу, хотя до этого ты много лет встречался с ним каждое утро на автобусной остановке и даже не здоровался. Или в купе поезда разговориться с попутчиком и обнаружить, что вы в разное время учились в одном и том же институте. Или выяснить, что у вас дни рождения совпадают...

— Вы сказали, свадьба не состоялась. А почему? — участливо спросила Даша, всем своим видом выказывая сочувствие отсутствующему здесь Марату Латышеву.

— Вы не поверите! В загсе произошло убийство. Представляете, какой кошмар! Конечно, приехала милиция, стали всех допрашивать. Слезы, крики. Какая уж тут свадьба!

Даша хотела было что-то сказать, но наткнулась на предостерегающий взгляд мужа и оселась. Она поняла, что должна о чем-то промолчать, но не могла догадаться, о чем именно, поэтому предпочла перевести разговор с несостоявшейся свадьбы на самого неудачливого жениха.

— Но, мне кажется, сам Бартош должен был приветствовать намерение Марата жениться на своей дочери. Разве нет? Лучшего зятя трудно пожелать.

Сашино лицо расслабилось и смягчилось, и Дарья поняла, что повела разговор правильно. Она совершенно не понимала, о чем идет речь, не знала людей, о которых говорила, и сосредоточила все внимание на том, чтобы не ляпнуть что-нибудь не то. Интересно, кто такой этот Бартош? А Латышев? Хорошо бы еще выяснить, как зовут эту дочку, которая так и не вышла замуж, чтобы картина полной осведомленности выглядела более достоверной. От страха все испортить ее при каждом слове кидало в жар.

— Скажу вам по секрету, у Марата была подруга, она работает у нас в отделе рекламы, так вот она мне рассказывала, что Марат давно подбивал клинья под Элену, еще с тех пор, как она окончила школу. Иштван на все мероприятия приводил жену и дочь, и Марат просто не отходил от них. Тамиле он ужасно нравился. Это была ее идея — выдать Элену замуж за Латышева. Уж чего только она не делала, даже отправила дочку отдыхать на Балатон, к свекрови, а в сопровождающие ей наладила Марата, потому что он, дескать, хорошо говорит по-венгерски, а Эля языка не знает и ей там будет трудно.

Тамила. Элена. Иштван. Господи, да что же это за имена! Не запутаться бы в них. Иштван — это, наверное, и есть сам Бартош. Элена — дочка. А Тамила? Жена Бартоша, что ли?

— И что же, Марат был сильно увлечен? — спросила Даша с самым невинным видом, внутренне сжимаясь от ужаса перед возможной непоправимой ошибкой. Татьяну понесло, она явно забыла, что разговаривает с женой банкира, и видела перед собой только молодую женщину, с которой можно посплетничать об общих знакомых.

— Да что вы! — махнула она рукой. — Марат — бабник, каких свет не видел. Но деньги! Положение в фирме! Если бы он стал зятем босса, место в совете директоров ему было бы обеспечено. И потом, не забывайте, Бартоши — семья очень состоятельная, их деньги восходят еще к прадеду Иштвана. Бартош — это надежно. Это гарантия. У них деловые связи по всему миру, не то что у нынешних нуворишей, которые, кроме Турции, Греции и Кипра, ничего не видели. На протяжении почти ста лет семья Бартош не знала ни одного падения, она все время двигалась только вперед и делалась все богаче и богаче.

Саша внезапно расхохотался. Он понял, что болтливость Татьяны была лишь ширмой для умелой рекламной кампании. Она вела свою партию очень по-женски, облекая ее в видимость пустой невинной болтовни, граничащей с бабскими сплетнями, но кто умеет слушать — тот услышит: фирма «Голубой Дунай» — это надежная фирма, в нее можно вкладывать деньги, потому что ни разу с этой фирмой не случалось ничего непредвиденного, ни разу она не теряла своих позиций и не разорялась. Более того, почти вековой опыт коммерческой деятельности выработал у представителей клана Бартошей определенную культуру бизнеса, принятую в западных кругах и позволяющую успешно вести дела в развитых странах Европы и Америки. Ай да Татьяна, ай да болтушка! Кто всерьез воспримет такую информацию, если ее с умным видом будет излагать хорошенькая женщина? А вот если создать впечатление случайных проговорок во время разговора ни о чем, то тот, кто услышит их, будет считать, что получил тщательно скрываемую и оттого еще более ценную информацию, позволяющую правильно оценить перспективы инвестирования. Более того, тот, кто услышит, будет считать себя ужасно умным и догадливым, будет гордиться собой и любить себя за смекалку и хитрость. И, следовательно, сам того не замечая, будет благосклонно относиться ко всему, что ему после этого предложит представитель фирмы. Черт возьми, «Голубой Дунай» держит на работе толкового психолога! Надо будет поразмыслить об этом применительно к своему банку, подумал Каменский.

— Милые дамы, давайте поговорим о делах, — наконец вступил он в разговор, узнав все, что требовалось для сестры. — Как скоро вы планируете начать производство антипролежневых тканей, если мы инвестируем, скажем, полмиллиарда долларов?

Татьяна вмиг стала серьезной, тут же перед ней появился маленький переносной компьютер «Notebook», и ее пальцы проворно забегали по клавишам.

— Предоставите ли вы право нашему банку экспортировать продукцию, которую мы будем закупать у вас на суммы в рамках нашей доли прибылей? Если да, то в какие страны? Есть ли у вас заключение патентной палаты?

Каменский, снова превратившись в делового человека, медленно диктовал Татьяне вопросы, ответы на которые он хотел бы получить, прежде чем вынести вопрос вложения денег на совет директоров банка.

Даше стало скучно, она тихонько встала и снова принялась разглядывать красиво оформленные стенды.

Через час Настя Каменская связалась с Николаем Селуяновым.

— В вашей компании появился еще один фигурант, — сообщила она ему. — Некто Марат Латышев, коммерческий директор фирмы «Голубой Дунай». Ему ну о-очень не хотелось, чтобы Элена Бартош выходила замуж за Турбина. Он сам собирался стать ее мужем.

— Откуда узнала?

— Не твое дело, — отшутилась она. — Но сведения точные. А где Коротков?

— Поехал к матери Турбина и пропал.

— То есть как пропал?!

— Да не пугайся ты, я не в том смысле. Он поехал к ней, потом позвонил и просил выяснить, когда и сколько раз они меняли место жительства. Я обещал ему справку через два часа. Два часа давно прошло, а от него ни слуху ни духу. Может, он к Люсе закатился?

— Посреди рабочего дня? Он что, сумасшедший? — недоверчиво переспросила Настя.

Вообще-то предположение Селуянова не было лишено оснований. Три года назад Коротков в очередной раз влюбился, но почему-то прочно и надолго. Может быть, дело оказалось в том, что Людмила сама в прошлом работала следователем и поэтому понимала Юру так, как не понимала ни одна другая женщина, включая и его жену. С ней можно было обсуждать служебные проблемы и получать квалифицированные советы, ее можно было попросить о помощи и быть уверенным, что она сделает все как надо. А может быть, все дело было в том, что Людмилу Коротков любил, а во всех остальных женщин только влюблялся. Но как бы там ни было, встречаться с ней посреди дня, сказав, что уехал на задание, он бы не стал. Коротков был человеком дисциплинированным и если собирался устроить себе передышку посреди работы, беготни и суматохи, то обязательно ставил в известность кого-нибудь, кто мог бы его прикрыть. Обычно это бывала Настя, которая на вопросы своего начальника Гордеева, срочно разыскивающего Короткова, делала честные глаза и отвечала, что он только что звонил и сказал, что выезжает оттуда-то и оттуда-то и через час будет на месте, после чего звонила по оставленному Юрой телефону и говорила: «Час пошел, выезжай». И, кроме того, у Людмилы были не только двое сыновей, но и муж в придачу, поэтому их встречи всегда были сопряжены с массой сопутствующих условий, включая отъезды строгого супруга из Москвы и наличие свободной квартиры.

— Как появится, пусть позвонит мне, ладно? — попросила Настя.

— Передам, — пообещал Селуянов.

— По краже из фотолаборатории есть что-нибудь?

— Пока ничего. Все фотографы перебирают свои коробки, ищут, может, у кого-нибудь еще негативы пропали.

— Пустое занятие. Уверена, что пропали только негативы Шевцова. Ну и шустрый преступничек нам попался!

— Нам! — ехидно передразнил ее Николай. — Сказала бы «вам». Отсиживаешься в отпуске, а мы тут бегай, понимаешь, задравши хвост. Правильно тебе Вася Кудин сказал: «Ты даже замуж не можешь по-человечески выйти, чтобы без трупа».

— А не надо было меня заставлять замуж выходить, — отпарировала она. — Сами же все уши прожужжали, а теперь попрекаете. Женщину с фотографии в розыск объявили?

— А то. Уже штук двадцать сигналов проверили, пока все не те попадаются. Слушай, — оживился Николай, — а давай воспользуемся «Криминальным вестником». Они нам теперь лучшие друзья. Пусть опубликуют снимок и объявление о розыске.

— Ну вот, Коленька, можешь же, когда хочешь. Постарался — и ценную мысль родил.

— Только ты сама с ними договаривайся.

— Это почему?

— А когда мы вчера ночью в лаборатории пленки искали, там был один тип, который с тебя прямо глаз не сводил, так ты ему понравилась. Так вот, чтоб ты знала, это был заместитель главного редактора. Тебе и карты в руки.

— Не выдумывай, Селуянов. Скажи честно, что тебе звонить неохота.

— Мне не звонить, мне просить не хочется. А тебе проще, ты же можешь через своего знакомого Шевцова все провернуть. Ну, Ася? Договорились?

— Что с тобой сделаешь, — вздохнула она.

Антон Шевцов явно шел на поправку. Сегодня голос его был гораздо бодрее, одышки почти не чувствовалось. Он с готовностью вызвался позвонить заместителю главного редактора и договориться о публикации фотографии и объявления.

— Никаких проблем, Анастасия, уверяю вас, — говорил он. — В конце концов, это же наш профиль, наша специальность. Я вам сразу же перезвоню, как только договорюсь с ним.

Он действительно перезвонил буквально через полчаса.

— Все в порядке, — радостно сообщил он. — Замглавного с удовольствием сделает все, как вы просите. Но у него встречная просьба лично к вам.

— Какая?

— Интервью нашему корреспонденту о событиях в загсе.

— Ни за что, — тут же отказалась она. — Это же тайна следствия.

— Вы не поняли, Анастасия. Речь не идет о том, чтобы вы рассказывали об этом как работник милиции, который знает больше, чем все остальные. Он хочет взять у вас интервью как у свидетеля, который просто оказался на месте происшествия. То, что вы работаете в уголовном розыске, даже не будет упомянуто. Ведь, кроме вас, там было еще полсотни человек, вот вы и расскажите, как все было, точно так же, как это мог бы рассказать любой из них.

— Но ведь и вы там были, — возразила она. — Вот вы и расскажите.

— Не получится, — засмеялся Антон. — Я — штатный сотрудник газеты, у меня брать интервью не положено. Мне же нельзя выписать гонорар. А вам можно.

— Мне не нужен никакой гонорар.

— Вам-то, может, и не нужен, а кто заплатит за место, отведенное под фотографию и объявление? У нас ведь ни одного миллиметра бесплатного нет, мы — издание коммерческое. Так вот, чтобы не требовать с Петровки оплату, мы опубликуем ваше интервью, выпишем вам гонорар, вы его получите и отдадите обратно в кассу как оплату газетной площади под снимок и объявление. Теперь понятно?

— Хитро! Что ж вы такие корыстные? Даже в раскрытии убийства бесплатно помочь не можете?

— финансовая дисциплина, ничего не поделаешь. Так вы согласны?

— Куда ж я денусь, согласна.

— Тогда я дам ваш телефон нашему корреспонденту, он с вами созвонится и договорится о встрече. Может быть, мы даже все вместе встретимся, он будет с вами беседовать, а я — фотографировать. Я завтра уже на работу выхожу.

Поговорив с Шевцовым, Настя стала мысленно перебирать события той субботы, чтобы заранее определиться, о чем можно и нужно рассказать, а о чем следовало бы промолчать. Не исключено, что газета с интервью попадется на глаза преступнику, и из этой ситуации нужно выжать все, что можно.

* * *

Юрий Коротков пересаживался из автобуса в автобус уже в третий раз, следуя за Вероникой Матвеевной Турбиной. Она вышла из дома минут через сорок после того, как Коротков ушел от нее, и теперь он тащился за ней, сам не зная, куда и зачем. Маршрут был длинным и сложным, но женщина, по-видимому, знала его хорошо, так как ни разу не замешкалась в задумчивости и ни у кого не спрашивала дорогу. Направлялась она в район Люберец, и Коротков недоумевал, почему она не воспользовалась электричкой, а ехала в душных, набитых автобусах с бесконечными пересадками.

Наконец она подошла к дому, который, очевидно, и был целью ее поездки. Юра подождал некоторое время после того, как она зашла в подъезд, потом осторожно приоткрыл дверь и заглянул внутрь. В ноздри ударил резкий запах кошек, мочи и перегара. Обшарпанные стены, испещренные изысканной нецензурщиной и похабными рисунками, могли бы порадовать глаз этнографа будущего века, ибо давали полное представление как о принятой в наше время ненормативной лексике, так и об уровне развития графической символики. Он на цыпочках поднялся по лестнице до самого верхнего этажа, разглядывая двери квартир, которые, судя по количеству прилепившихся на косяках кнопочек звонков, почти все были коммунальными. Проходя мимо каждой квартиры, он настороженно прислушивался, стараясь уловить голоса, которые выдавали бы, что в дом только что пришел гость. Но ему не повезло. Ничто не указывало на то, в какую именно квартиру пришла Вероника Матвеевна.

Коротков спустился вниз, вышел на улицу и направился в местное отделение милиции.

Глава 6

Вероника Матвеевна с ненавистью смотрела на одутловатое красное лицо сидящего перед ней мужчины. Он был значительно моложе ее, хотя испитое морщинистое лицо и наполовину прореженные зубы добавляли ему добрый десяток лет.

— Принесла? — сиплым тенорком спросил он, не отрывая глаз от ее сумки.

— Принесла, — сухо ответила она. — Хоть бы ты помер скорее, Паша. Сил моих больше нет.

Мужчина злобно скривился и попытался демонстративно фыркнуть, при этом из беззубого рта его вылетели капельки слюны. Одна капля попала на рукав платья Турбиной. Вероника Матвеевна с нескрываемой брезгливостью отерла платье.

— Чё ты морду-то воротишь, чё воротишь, — запел Паша отвратительным блатным голоском. — Я вон какого парня тебе заделал, а ты теперь крависси. Небось когда делала его, не брезговала.

— Заткнись, — грубо оборвала его старуха. — Скажи лучше, где ты в субботу был.

— А ты чего, приезжала, что ли? Не застала меня? Здесь я был, где ж мне быть-то, как не здесь. Ну,

118

может, с мужиками в лесочке сидел, а так-то я всегда здесь, ты ж знаешь.

— Как я могу тебе верить, Паша, — устало вздохнула Вероника Матвеевна. — Ты же совесть свою давно пропил и мозги тоже. Скажи честно, ты это сделал?

— Что сделал? — непритворно удивился тот. — Ты о чем?

— Ты ездил в субботу в Москву?

— Да не ездил, сколько можно повторять. Чего прицепилась-то? В субботу же Валерка женился, да?

— Не женился он, Паша. И слава богу, что не женился.

— А чего так? Невеста из-под венца сбежала?

— Не твое дело. А только я так тебе скажу: внуков-уродов мне не надо. Пусть лучше никаких не будет, чем такие, как ты.

— Ой-ой-ой, — снова затянул Паша отвратительным голосом. — Какие мы нежные. Можно подумать. Сын-то вон какой ладный вышел, и внук получится не хуже. Себя-то вспомни! Ты, что ли, красавицей писаной была? Или, может, умницей-разумницей? Старой девой тебя взял, кому ты в сорок два года была нужна со своей рожей да кривыми ногами. А я был на двадцать лет моложе и здоровее на столько же. Если чего и есть в Валерке хорошего, так от меня, не от тебя же. Не зря на него такая девка позарилась.

— Какая такая? — вмиг осипшим голосом спросила Вероника Матвеевна. — Ты-то откуда знаешь, какая девка?

— Видал, — нагло ухмыльнулся Паша, снова выставляя напоказ редкие гнилые зубы. — Попка у нее — будь здоров. И сиськи ладненькие такие, ух, конфеточка! Сам бы ее...

— Паша, ты же мне обещал... Побойся бога... —

забормотала Турбина. — Я и так все делаю, что ты просишь, деньги тебе ношу, только не трогай мальчика.

— Да что ты заладила — не трогай, не трогай. Мой сын. Захочу — и трону. Ты мне не указ, старая развалина. Мне о себе подумать тоже надо. Ты помрешь не сегодня завтра, кто меня содержать будет? Сын родной. Вот так-то.

Он откинулся на расшатанном ветхом стуле и самодовольно уставился на Веронику Матвеевну. Она с горечью смотрела на него и вспоминала тот злосчастный день, когда... А теперь она делает все возможное, чтобы сын никогда не узнал, какой у него отец. Она носит ему деньги, отказывая себе и Валерию в самом необходимом, отрывает жалкие крохи из и без того нищенского их бюджета и каждый день с ужасом ждет, что это испитое уголовное ничтожество явится к сыну. То, что он видел Элю, означает, что он все-таки подбирается к Валерику. И если сын женится на девушке из состоятельной семьи, этот страшный день придет: Павел не упустит своего. О господи, хоть бы он умер!

— Ладно, давай деньги и можешь выметаться отсюда, — благодушно разрешил Паша. — Или ты еще чего-нибудь хочешь?

— Хочу, — неожиданно резко ответила Вероника Матвеевна. — Хочу рожу твою поганую никогда не видеть, ублюдок.

— Ты полегче, — окрысился он. — У самой-то рожа... Сдохнешь — вот и не увидишь больше. Давай поспешай к могилке, сделай себе облегчение. Я уж по старой памяти сам лично тебя обмою да в последний путь обряжу, не забыл еще, как это делается.

— Лучше б ты имя мое забыл и адрес, сволочь. Все жилы из меня вытянул, всю жизнь отравил! Господи, за что же мне такое наказание!

Женщина заплакала, с ненавистью глядя на отца своего мальчика и не закрывая лица руками. Она желала себе смерти и в то же время боялась умирать. Ведь когда она перестанет жить, сын такого удара не перенесет.

* * *

Участковый, на территории которого находился дом, куда вошла Вероника Матвеевна Турбина, оказался симпатичным молодым пареньком с белесыми ресницами и мальчишеской улыбкой. Коротков терпеливо дожидался его почти два часа, пока тот пришел после обхода участка.

— Коля, мне нужны сведения о лицах, проживающих в этом доме, — сказал Коротков, протягивая участковому бумажку с адресом.

— Обо всех? — уточнил Коля. — Там все квартиры коммунальные, жильцов много.

— Туда вошла женщина, Турбина Вероника Матвеевна. Я хочу знать, к кому она могла приходить. Может быть, ты мне навскидку скажешь?

— Турбина, Турбина... — задумчиво повторил Николай. — Нет, такой фамилии я не помню. Надо смотреть каждого.

Он достал из сейфа папку, из которой извлек длинный список жильцов интересующего их дома. Ни одна фамилия в этом списке внимания не привлекала.

— Сделаем проще, — предложил участковый. — Сейчас пойдем с поквартирным обходом, быстренько выясним, к кому сегодня приходили гости, а там уже проще будет. Вы со мной пойдете?

— Нет, — покачал головой Коротков. — Турбина знает меня в лицо, я только сегодня с ней беседовал. Ты уж давай один, ладно?

— Лады. Она из себя какая?

— Пожилая женщина, семьдесят лет, маленькая, худая, волосы седые, забраны в пучок. Одета в темно-синее платье, сверху — серый плащ. Да, еще косынка на шее, светлая такая.

Юра остался в отделении милиции, а молоденький участковый отправился рассказывать жильцам дома душераздирающую историю о том, как сегодня на улице ограбили девушку и преступник скрылся вот как раз в этом подъезде. Вернулся он примерно через полтора часа и сообщил Короткову, что пожилая женщина навещала дважды судимого алкаша Павла Смитиенко. Они тут же взяли в паспортном столе данные на Смитиенко, но ничего интересного не обнаружили. Что общего могло быть у него с пожилой женщиной?

— Что у тебя есть на этого типа? — спросил Коротков.

— Пьянь, — поморщился Николай. — Не работает, поддает каждый день.

— А на какие шиши, если не работает?

— Ну вы и спросили! — засмеялся тот. — Это раньше, когда статья была за тунеядство, можно было докапываться, кто на какие деньги пьет. А сейчас это никого не интересует, законом не возбраняется.

— Ты мне про законы-то не рассказывай, я их не хуже тебя знаю. А ты как участковый должен знать, кто у тебя на территории чем дышит.

— Да вы что, Юрий Викторович, — возмутился Николай, — у меня других забот нет, что ли? Я с семейными дебоширами-то еле-еле управляюсь, чтобы не перебили друг друга в случае чего, да с киосками этими как на пороховой бочке живу, от разборки до разборки. А Смитиенко безвредный мужик, пьет только, но вреда-то от него никакого.

— А ты откуда знаешь, есть от него вред или

нету? Ты же им не занимаешься, — поддел Коротков.

— Раз у меня нет сигналов на него, значит, и вреда нет, — рассудил улыбчивый участковый.

— Бить тебя, Коля, некому, — вздохнул Юра. — А с небитого с тебя толку не выйдет. Запомни: на кого сигналов нету — те и есть самые опасные. Ладно, бывай.

Он вернулся на Петровку уже поздно вечером. В отделе никого не было, но на столе его дожидалась справка о том, когда и сколько раз Вероника Матвеевна Турбина меняла место жительства. Справка эта Короткова озадачила. Выходило, что она с рождения и до шестидесяти лет постоянно жила в одном и том же месте, а потом в течение десяти лет переезжала четыре раза, причем каждый раз новая квартира оказывалась хуже и меньше предыдущей. Любопытно, с чего бы это?

* * *

Марат Латышев и в самом деле производил впечатление завидного жениха. Рослый, уверенный в себе красавец, удачливый в делах, он однажды уже был женат, но примерно год назад развелся и теперь был свободен для многочисленных матримониальных посягательств на свою персону. Селуянову было трудно разговаривать с ним, потому что Латышев относился к тому, к сожалению, часто встречающемуся типу людей, которые считают деньги надежным щитом, позволяющим прикрываться от любых нежелательных событий.

— Прежде чем я буду отвечать на ваши вопросы, — высокомерно говорил он, — я хотел бы понять, в связи с чем вы их задаете.

— В связи с событиями, происшедшими в ми-

123

нувшую субботу во время регистрации брака дочери Бартоша.

— И какое я имею к этому отношение?

— Видите ли, — терпеливо объяснял Селуянов, — у нас сложилось впечатление, что кто-то хотел сорвать свадьбу. Поскольку вы хорошо знаете самого Бартоша, его дочь и все их окружение, я надеюсь, что вы поможете нам пролить свет на совершенное преступление.

— Каким же образом, позвольте спросить?

— Ну, например, расскажете, были ли у Элены поклонники, которые сами хотели бы жениться на ней. Или, может быть, у самого Бартоша есть враги, которые по той или иной причине были не заинтересованы в том, чтобы его дочь выходила замуж. Ведь может такое быть?

— Бред какой-то. Кому может помешать Элина свадьба?

— Вот я и надеюсь, что вы мне это подскажете.

— Вряд ли я могу быть вам полезен. Я не знаю ничего такого, что могло бы вас заинтересовать.

— Неужели? — скептически усмехнулся Селуянов. — Давайте все-таки попробуем. Например, не знаете ли вы, почему Бартош отказался заключать контракт с турецкой фирмой «Наза»?

— Боже мой, ну какая связь... При чем тут «Наза»?

— И все-таки почему?

— Послушайте, вы же из отдела борьбы с убийствами, а не из ОБХСС...

— ОБХСС давно уже нет. Теперь он называется ОБЭП, отдел борьбы с экономическими преступлениями, — поправил Селуянов.

— Ну все равно, пусть будет ОБЭП. Я не уполномочен обсуждать с кем бы то ни было условия заключения сделок. Это коммерческая тайна.

— А вы и не обсуждайте, — миролюбиво согласился Николай. — Мне будет достаточно, если вы скажете, что вас условия не устроили. Так почему все-таки контракт с «Назой» не состоялся?

— Вы же сами ответили на свой вопрос: нас не устроили их условия.

— А что, «Наза» изменила свои первоначальные условия?

— С чего вы взяли?

— Пока ни с чего. Я вас об этом спрашиваю.

— А я вас не понимаю, — раздраженно ответил Латышев, вытаскивая сигареты. — Какие-то домыслы пустые.

— Насколько я знаю, переговоры с «Назой» начались в январе, дело быстро продвигалось к заключению контракта, а внезапно в конце апреля дело застопорилось. Так что произошло?

— Я не уполномочен...

— Конечно, конечно, — перебил его Селуянов, — это коммерческая тайна. Это я уже слышал. Но я подумал, что, если бы условия «Назы» с самого начала оказались неприемлемыми для вас, вы бы не тратили три месяца на согласования. Чем же вы занимались три месяца, если в конце концов все пошло насмарку?

— Какое это имеет отношение к событиям в загсе?

— Наверное, никакого, — пожал плечами Селуянов. — Но я хочу понять, а вдруг имеет? А?

— Уверяю вас, не имеет.

— Хорошо, пойдем дальше. Ваша фирма в течение 1993 года заключила восемнадцать контрактов, в течение 1994 года — двадцать один. А в этом году за четыре с половиной месяца — ни одного. Вы можете как-то это прокомментировать?

— Никаких комментариев, — сухо обронил Латышев. — Я вам все уже объяснил про коммерческую тайну.

— Значит, вы считаете, что это в порядке вещей?

— Вас не должно касаться, что я считаю.

— Но ведь вы — коммерческий директор фирмы...

— Ну и что? У меня есть мнение по этому вопросу, но я не собираюсь высказывать его каждому встречному.

«Дожили, — с тоской подумал Селуянов. — Вот уже и работник уголовного розыска, раскрывающий два убийства, первый встречный. Дальше что?»

— А у меня складывается впечатление, что фирма «Голубой Дунай» сворачивает свою деятельность в России. Опровергните меня, если можете.

— И не собираюсь. Вы вольны думать все, что вам угодно. Даже если вы правы, фирма никаких законов этим не нарушает.

— Скажите, а где вы были в минувшую субботу?

— Я был дома, — быстро ответил Латышев, ни на секунду не задумавшись.

Этот ответ Селуянову совсем не понравился.

— Кто-нибудь может это подтвердить?

— Разумеется. Я был с женщиной, могу назвать ее имя, она подтвердит.

Алиби, составленное женщиной, Селуянову не понравилось еще больше. Цену таким алиби он знал хорошо.

— Мне сказали, что одно время вы усиленно ухаживали за Эленой Бартош. Это правда?

— Ну и что? Что в этом противозаконного? И вообще, это было давно.

— Ну какая разница, давно или недавно. Было?

— Допустим.

— Вы собирались на ней жениться?

— С чего вы взяли?

— Я просто спрашиваю. Так собирались?

126

— Ничего подобного. Я просто ухаживал за красивой девушкой.

— За дочерью вашего шефа, — с невинным видом уточнил Селуянов. — Значит, жениться на ней вы не собирались?

— И в мыслях не было.

— А Тамила Шалвовна думала иначе.

— Меня не интересует, что думала Тамила Шалвовна.

— А что думала Элена, вас тоже не интересует?

Латышев запнулся. Его лицо медленно каменело прямо на глазах у Селуянова.

— Я не понимаю, к чему все эти расспросы, — наконец медленно произнес Марат. — То, что было между мной и Эленой, не имеет никакого отношения к событиям в загсе.

— Значит, вас не интересует, что думала Элена по поводу ваших с ней отношений?

— Нет.

— Странно. Вообще-то она была уверена, что вы хотите жениться на ней.

— С чего ей быть уверенной в этом? Глупости!

— А с того, что вы делали ей предложение. И она, между прочим, его приняла. Вы об этом забыли?

— Да мало ли что может померещиться моло-денькой свистушке!

— А кольцо ей тоже померещилось?

— Какое кольцо?

— Которое вы подарили ей, когда отдыхали вместе на Балатоне. Элена страдает галлюцинациями?

— Послушайте, не делайте вы проблему на ровном месте! Да, мы ездили вместе на Балатон к ее бабушке, да, мы все ночи проводили вместе, да, я подарил ей кольцо. И что из этого? Я нормальный, хорошо воспитанный человек, и если девушка спит со мной, я считаю нормальным сделать ей подарок.

— Такой дорогой? Кольцо с тремя бриллиантами?

— У вас совковое представление о том, что такое «дорого» и что такое «дешево». — К Латышеву вернулось его прежнее высокомерие. — По моим доходам такое кольцо не было слишком дорогим.

— Значит, вы ни капли не переживали, когда Элена собралась замуж за другого?

— Ни одной секунды.

— Хорошо, — вздохнул Селуянов. — Давайте я запишу имя вашей подруги, с которой вы провели субботу.

— Сделайте одолжение. Ольга Емельянцева, сотрудница нашей фирмы. Она работает в отделе рекламы.

* * *

Белое и черное, черное и белое...

Мой мир с самого детства сужен до этих двух понятий. Можно или нельзя. Плохо или хорошо. Добро или зло. Нет середины, нет полутонов, нет привходящих обстоятельств и неоднозначных решений. Только «да» и «нет». И никаких «может быть».

Мне пять лет... Родители о чем-то громко спорят, мне кажется, что они ссорятся. Отец называет маму сукой, и я тут же подхватываю незнакомое слово, которое так легко произносится.

— Сука! Мама — сука! Мама — сука! — радостно кричу я в восторге от того, что новое слово быстро запомнилось и удобно легло на язык.

Ссора тут же прекращается, все внимание переключается на меня.

— Это очень плохое слово, — строго выговаривает мне мама. — Его нельзя произносить. Ты поступаешь плохо.

— Значит, папа тоже поступил плохо? — резонно спрашиваю я.

Мама растерянно умолкает, но тут в воспитательный процесс вступает отец. Он откашливается и делает серьезное лицо.

— Видишь ли, котенок, — говорит он, почему-то глядя на маму, а не на меня, — бывают ситуации, когда... Одним словом, не все так просто... Никогда нельзя точно сказать...

Но мне пять лет, и меня не устраивает шаткий и непредсказуемый мир, в котором «никогда нельзя точно сказать». Я — ребенок, и я хочу определенности. Моя детская боязливость требует уверенности в том, что мама с папой будут всегда, и всегда будет моя уютная постелька, и плюшевый заяц возле подушки, и сказка на ночь, и яблочный сок по утрам, и бабушкины пироги по субботам. Я хочу знать точно, что, если буду каждый день чистить зубы, говорить «спасибо» и «пожалуйста» и слушаться, меня будут хвалить, а когда начну капризничать или что-нибудь сломаю — меня накажут. Но если бывают разные ситуации, и не все так просто, и никогда нельзя сказать наверняка, то, может быть, меня будут наказывать за хорошее поведение и начнут хвалить за плохое? Мой пятилетний мозг не в состоянии справиться с такой задачкой. И я начинаю злиться.

Мне восемь лет... Родители взяли меня с собой в кино, и я вместе с ними смотрю на экран, где отпетый преступник, сбежавший из тюрьмы, кого-то спасает и погибает. Мама украдкой вытирает слезы, но я не могу понять, что ее так расстроило.

— Мам, тебе что, жалко его? — спрашиваю я, когда мы выходим на улицу, в теплый ароматный весенний вечер.

— Конечно, солнышко, — кивает мама.

— Но ведь он же преступник, — горячо возмущаюсь я. — *Он же из тюрьмы сбежал. За что же его жалеть? Умер — так ему и надо.*

— *Видишь ли, детка,* — снова заводит папа свою обычную песню, — *не все так просто. Нет людей абсолютно плохих и абсолютно хороших. Он, конечно, преступник, но ведь он спас девочку, не дал ей погибнуть, значит, он все-таки хороший человек. Не всегда можно определенно сказать...*

Но меня это не устраивает. Я хочу иметь твердые ориентиры, чтобы не заблудиться и не потеряться в мире взрослых. Я хочу знать точно, какие люди считаются хорошими, а какие — плохими.

Я хочу знать точно, что можно делать, а чего делать нельзя, за что всегда похвалят и наградят, а за что — сурово накажут. Я ищу это знание, собираю его по крупицам, задавая родителям тысячи и тысячи вопросов, но они никак не поймут, что мне нужно, и продолжают туманно и расплывчато объяснять мне, что не все так просто и что бывают ситуации, когда...

В конце концов я начинаю постигать мир самостоятельно, без их помощи. Я читаю книжки и смотрю кино про милиционеров и преступников, про разведчиков и шпионов, про «красных» и «белых» и делю мир на два цвета. Полутона меня тревожат, неопределенность пугает, неоднозначность решений вызывает ужас. Я их ненавижу.

В одиннадцать лет меня сбивает машина, и я с сотрясением мозга попадаю в больницу. Впервые в жизни мама не целует меня на ночь, а по утрам я не получаю свой стакан сока. А ведь мне казалось, что так, как было раньше, будет всегда. И теперь я пристаю к врачам с вопросом: когда меня отпустят домой? Я буду терпеть столько, сколько надо, но я хочу знать точно: когда.

— *Видишь ли, деточка,* — говорит мне врач с бородкой и в очках, — это зависит от многих обстоятельств...

И дальше опять все те же слова, которые я слышу от родителей. Я начинаю сходить с ума, я закатываю истерики, требуя отпустить меня домой. В конце концов врачи не выдерживают и выписывают меня на строгий постельный режим, взяв с мамы клятвенное заверение, что она будет тщательно следить за моим состоянием.

Я радуюсь, что я наконец снова дома, в своей комнате, в своей постели, с мамой и папой, со своими любимыми книжками. Я очень хочу скорее поправиться, поэтому обещаю себе выполнять все, что наказывал мне доктор: лежать в комнате с зашторенными окнами, как можно меньше вставать, не читать, не смотреть телевизор, шесть раз в день принимать лекарства. Но мне только одиннадцать лет, и я, конечно, не могу целый день лежать, погрузившись в мысли. Родители уходят на работу, а я отдергиваю штору и читаю. После обеда ко мне приходят одноклассники, и я вскакиваю и дурачусь вместе с ними. Но пить лекарства не забываю, это, пожалуй, единственное, что я выполняю в точности. После возни с друзьями у меня кружится голова, а иногда начинается рвота, но я скрываю это от мамы, и когда она приходит с работы и заботливо спрашивает, как я себя чувствую, я как ни в чем не бывало вру, что все прекрасно, с каждым днем все лучше и лучше. На самом деле я чувствую себя все хуже и хуже, но боюсь сказать об этом, потому что не хочу снова попасть в больницу.

Однажды моя ложь все-таки открывается: мама приходит с работы в неурочное время, как раз в тот момент, когда я стою, склонившись над унитазом и содрогаясь в мучительных спазмах рвоты. Мама собирается вызвать «Скорую», но я рыдаю, умоляя ее не делать этого, бьюсь в истерике и теряю сознание, зай-

дясь собственным криком. Мама меня жалеет. Поэтому она просто берет отпуск за свой счет и начинает меня выхаживать дома. Под ее надзором я веду себя как полагается и действительно через какое-то время иду на поправку.

С тех пор прошло много времени, и теперь только осень и весна напоминают мне о том, что когда-то у меня было тяжелое сотрясение мозга. В ноябре и апреле я плохо себя чувствую: у меня сильно болит голова и почти всегда плохое настроение. Я легко раздражаюсь и начинаю злиться по всякому поводу, а потом долго плачу и жалею себя. Но это проходит.

* * *

Сотрудник отдела по борьбе с тяжкими насильственными преступлениями Николай Селуянов женщин не любил. И точно так же он не любил алиби, подтверждаемые женщинами, особенно если эти женщины были женами или подругами подозреваемых. Он считал всех женщин лживыми предательницами, и разубедить его в обратном давно уже никто не брался, с тех самых пор, когда жена Николая бросила его, забрала двоих детей и укатила с новым мужем в Воронеж. Развод он переживал долго и тяжело, а разлука с детьми оказалась для него и вовсе непереносимой. Обвиняя жену в собственных страданиях, он весь свой гнев и негодование переносил на тех женщин, с которыми его сталкивала работа.

Поэтому, когда Марат Латышев сослался на Ольгу Емельянцеву в подтверждение того, что в день, когда были совершены два убийства, он безотлучно находился дома, Селуянов ему не поверил. Он ни минуты не сомневался, что подружка молодого бизнесмена подтвердит все, что угодно, а Латышев казался Николаю фигурой весьма и весьма подозрительной.

У него были свои способы проверки и опровержения алиби, которым он не доверял. Способы эти далеко не всегда одобрялись его начальником полковником Гордеевым, но Николай упрямо делал по-своему, с легкостью перенося систематические выволочки и нагоняи руководства. Он относился к той категории людей, для которых важен только результат, а переживаемые в процессе его достижения отрицательные эмоции значения не имеют.

Для осуществления задуманного ему нужен был хороший фотограф, и он, долго не раздумывая, позвонил Антону Шевцову.

— Я покажу тебе девушку, а ты должен сделать несколько ее фотографий на улице. Потом я дам тебе другие фотографии, и ты мне сделаешь фотомонтаж. Сумеешь?

— Без проблем, — весело отозвался Шевцов, который к пятнице уже чувствовал себя совсем хорошо и снова носился сломя голову по редакционным заданиям.

Он без труда отыскал сотрудницу фирмы «Голубой Дунай» Ольгу Емельянцеву и «проводил» ее до дома, сделав около десяти снимков: на улице, на остановке троллейбуса, в магазине, на аллее, возле подъезда. Девушка была хорошенькой, но не очень фотогеничной, Шевцов наметанным глазом сразу это определил и постарался выбирать такой ракурс, при котором Ольга получалась бы на фотографиях как можно привлекательнее. Один снимок показался ему наиболее удачным: Ольга покупала бананы у уличного торговца, и Антону удалось поймать момент, когда она, протянув руку, брала сдачу. Вероятно, ей показалось, что продавец имеет гнусное намерение ее обмануть, и она пыталась в уме быстренько подсчитать, действительно ли тот вес бананов, который он ей назвал, «тянет» ровно на десять тысяч рублей. Во всяком случае, лицо у нее было в тот момент напряженным и даже как будто испуганным.

С Селуяновым они встретились в тот же вечер и вместе отправились домой к Николаю, который в маленькой кладовке, примыкающей к кухне, оборудовал крошечную фотолабораторию, продолбив стену и проведя туда воду.

— Ого! — не сдержал удивления Антон, оглядывая нехитрое, но содержащееся в идеальном порядке оборудование Селуянова.

— Приходится выкручиваться, — пожал плечами Коля. — Без хитрости у нас ничего не получается. Это только Аська наша умеет раскрывать преступления, оставаясь честной, но для этого нужно быть Аськой.

— Аська — это Каменская? — уточнил Шевцов.

— Угу, она самая.

— А почему у нее получается, а у тебя — нет? Она что, особенная?

— А черт ее знает, — улыбнулся Селуянов. — Она, наверное, актриса хорошая. Умеет говорить правду так, как будто врет, вот ей и не верят. Эффект тот же самый получается, а упрекнуть ее не в чем.

— Это как же? — заинтересовался фотограф. — Я что-то не понял.

— Да проще пареной репы. Например, ты приходишь домой, а жена тебя спрашивает: «Ты обедал?» На самом деле днем ты ездил к своей любовнице и прекрасно пообедал у нее, но ты почему-то прячешь глаза и невразумительно блеешь: «Что? Ах, да... Да, обедал... Обедал, конечно, ты не беспокойся». Все. Эффект достигнут. Твоя благоверная пребывает в полной уверенности, что ты, бедненький, целый день на ногах, в бегах, ни поесть, ни попить

134

тебе некогда. Она тебя жалеет и любит. То есть ты ей соврал, сказав при этом чистую правду. Понял?

— Ловко, — рассмеялся Антон. — А почему у тебя так не получается?

— Не знаю. Способностей, наверное, нет. И соображаю туго. Аська ситуацию на лету сечет и моментально подстраивается, а я только спустя несколько часов соображаю, как можно было разговор повернуть да какую мину скорчить... Ну, у меня зато свои хитрости есть. Тебя кормить или сразу к делу приступим?

— Совместим. Пока пленка будет проявляться, можно перехватить чего-нибудь, если тебе не сложно. Потом второй перерыв сделаем, пока снимки будут сохнуть.

Фотографии получились на славу, но Антон понял это только тогда, когда Селуянов показал ему те снимки, с которыми нужно было «монтировать» Емельянцеву. По замыслу оперативника, в итоге они должны были получить фотографии, на которых Ольга была запечатлена в момент встречи с несколькими разными мужчинами, которые передавали ей какие-то небольшие пакеты. Поэтому кадр с протянутой за сдачей рукой оказался как нельзя более кстати. Кроме того, Емельянцеву нужно было «переодеть».

— А какова идея? — спросил озадаченный Шевцов. — Для чего мы это делаем?

— Для обмана, конечно, для чего ж еще, — отшутился Селуянов. — В нашем деле закон простой: не соврешь — правды не добьешься. Давай еще по кофейку дернем, пока сохнут снимки.

— Нет, я буду чай, если можно, — попросил Антон. — Мне кофе совсем нельзя.

— А что у тебя? Чем болеешь-то?

— Ишемическая болезнь сердца.

— Да ну? Ты вроде молодой еще, — удивился Коля.

— Это с детства. Да ты не смотри на меня как на калеку, — рассмеялся фотограф, — я привык. Меня с этой ишемической болезнью и в армию взяли, два года оттрубил, как у вас говорят, от звонка до звонка. Даже работать почти не мешает. Прихватывает примерно раз в два месяца, отлежусь три-четыре денечка — и все. Не смертельно.

Селуянов заварил свежий чай, нарезал бутерброды, достал из шкафа бутылку с коньяком, потом неуверенно посмотрел на гостя.

— Тебе, наверное, и этого нельзя?

Антон отрицательно покачал головой.

— Нельзя. Но ты пей, если хочешь, меня это не ломает.

— Точно? — обрадовался Коля. — А то неудобно как-то: я буду пить, а ты — смотреть.

— Да я всю жизнь смотрю и как пьют, и как танцуют всю ночь напролет, и как с девушками развлекаются. Привык.

— А сам — ни-ни?

— Боюсь, — признался Шевцов. — Только курю, ничего не могу с собой поделать. Но от всего остального приходится отказываться. Хочется пожить подольше.

— Это правильно, — одобрительно кивнул Коля, доставая рюмку и наливая в нее коньяк. — Твое здоровье.

Он залпом выпил прозрачную коричневую жидкость, поймав на себе удивленный взгляд гостя.

— Чего так смотришь? Коньяк залпом пью? Думаешь, спиваюсь?

Антон пожал плечами и осторожно отпил из чашки дымящийся чай.

— Ты один живешь? — вместо ответа спросил он.

— Один. Жена сбежала, не вынесла тягот милицейской семьи.

Селуянов быстро налил себе вторую рюмку и так же одним махом опрокинул в себя.

— Ты сам-то не женат?

— Нет еще, — улыбнулся Антон.

— Собираешься?

— Пока нет.

— А чего тянешь?

— Материальную базу создаю, — пошутил фотограф. — Представь себе, я женюсь, рождается ребенок, а у меня сердце не выдерживает. Жена-то рассчитывала, что проживет со мной долго, что я помогу ребенка вырастить и на ноги поставить, а я вдруг помираю и оставляю ее с малышом на произвол судьбы. Получается, вроде как я ее обманул и предал. Поэтому я должен обязательно иметь средства, чтобы после моей смерти они ни в чем не нуждались, хотя бы какое-то время.

— Чего ж ты себя хоронишь раньше времени, — с упреком произнес Селуянов, выпивая третью рюмку. — Может, ты лет до семидесяти проживешь.

— Может, — согласился Антон. — А может, и нет. И если я женюсь, то должен быть спокоен за свою семью. Тебе, наверное, странно все это слышать, но у сердечников вообще психология другая. Здоровым людям нас не понять.

— Ладно, ты на меня не обижайся. И не смотри на меня волком, больше пить сегодня не буду. Три рюмки — моя норма на каждый вечер. Без них спать не ложусь. Все, смотри: бутылку убираю.

Он действительно убрал бутылку обратно в шкаф. Лицо его расслабилось и порозовело, глаза заблестели.

— Слушай, Антон, давай-ка поговорим про кражу

из вашей фотолаборатории. Замок, как я понимаю, у вас там игрушечный стоит?

— Да кому мы нужны-то с нашими фотографиями и пленками? Там сроду никогда ничего не запиралось. Ты же видел, в комнате стоят металлические шкафы, иногда ребята там аппаратуру оставляют, но редко. Знаешь, каждый себе камеры сам выбирает, это же наша профессия, поэтому мы их и покупаем сами, и ремонтируем, в руки никому не даем. И потом, чем «горячее» снимок — тем лучше, вот мы с камерами и не расстаемся, а вдруг по дороге кадр интересный подвернется. Но если кто-то оставляет аппаратуру в сейфе, то запирает и опечатывает. А все остальное так по всей комнате валяется, сам видел. Кто угодно может зайти и взять, не возбраняется.

— Ну и порядочки у вас, — с осуждением покачал головой Николай.

— Так ведь ничего секретного там нет...

— Сегодня нет, а завтра — украли. У кого-нибудь еще пропали пленки?

— Ребята говорят, еще двух пленок не досчитались, но они такие же безобидные, как и мои. У одного — прошлогодняя, с ежегодного праздника «Московского комсомольца», а у другого — свежак, с брифинга в вашем ГУВД. Может быть, вору как раз она и была нужна, там все ваше новое начальство сфотографировано. Как ты думаешь?

— Все возможно, Антон, все возможно. Пошли посмотрим, чего у нас с тобой получилось.

Они аккуратно сняли с веревки прищепки, которыми были закреплены еще чуть влажные отпечатки. С фотографий на них смотрели Ольга Емельянцева и двое мужчин с весьма выразительной внешностью. Мужчины передавали ей пакеты, а Ольга, напряженно и испуганно улыбаясь, их брала.

Завтра Селуянов при помощи этих фотографий

быстро выяснит, где же на самом деле был Марат Латышев в момент, когда в загсах погибли две девушки-невесты.

* * *

Вероника Матвеевна услышала телефонный звонок еще на лестнице. Она торопливо вытащила ключи, отперла дверь и кинулась к надрывающемуся телефонному аппарату.

— Добрый вечер, Вероника Матвеевна, — услышала она в трубке приятный мужской голос.

— Здравствуй, Марат.

— Как ваши дела?

— Потихоньку. Ко мне из милиции приходили.

— Ко мне тоже. Спрашивали про субботу.

— И что ты сказал?

— Сказал, что дома был, с Ольгой. А у вас спрашивали?

— Нет. Кому старуха нужна? И в голову не придет меня подозревать. Да и не в чем. Тебе сложнее.

— Это верно, — усмехнулся в трубку Марат. — Что же, Вероника Матвеевна, будем надеяться на лучшее. Может быть, нам с вами еще повезет. Вы мне ничего интересного не скажете?

— Кажется, завтра после обеда Валерик и Эля собираются на дачу.

— Да? — оживился Латышев. — Это хорошо. Это радует.

— Чего ж хорошего? Думаешь, нам хватит месяца, чтобы их отговорить?

— Будем пробовать, Вероника Матвеевна. Если они уедут на дачу, я тоже туда подъеду, испорчу им всю обедню. Вы уж простите меня, придется вашего сына немного поунижать в глазах любимой девушки. Двух недель нам с вами не хватило, но теперь еще есть время. И не забудьте, как бы дело ни повернулось — я ваш должник.

— Спасибо тебе, Марат, — вздохнула женщина.

— Не за что. Вам спасибо.

. Вероника Матвеевна не спеша разделась и стала готовить себе нехитрый ужин. Для Валерия еда была уже приготовлена — две аппетитные отбивные с жареным картофелем. Себе она не могла этого позволить, хорошее мясо покупалось только для сына и расходовалось экономно. Сама Турбина варила какие-нибудь макаронные изделия подешевле и ела их, посыпав сахаром и добавив капельку бутербродного маргарина. Ничего, подумала она, откидывая в дуршлаг кипящую вермишель, вот решится дело — и Марат даст денег, как обещал. Много денег. Их хватит на то, чтобы откупиться от негодяя Пашки и более или менее прилично содержать дом. Господи, как ей надоела эта вечная нищета!

Глава 7

Ольга Емельянцева за всю свою жизнь имела дело с милицией всего два раза: когда получала паспорт и когда прописывалась в новой квартире. Поэтому к визиту невысокого лысоватого оперативника с Петровки отнеслась с любопытством и одновременно с некоторой боязнью. Он явился без предупреждения, как снег на голову, и Ольга в который уже раз мысленно похвалила себя за привычку поддерживать в квартире идеальный порядок не от случая к случаю, а постоянно и ходить дома не в халате и распустехой, а в элегантном домашнем костюме. Привычка эта появилась у нее с тех пор, как Марат начал ухаживать за дочерью Бартоша. Если раньше их свидания заранее планировались, то ухаживание за Эленой обернулось тем, что Марат Латышев никогда не мог знать, в какой день и в какое время у него образуется «окно», чтобы заглянуть к своей давней подружке. Его визиты стали нерегулярными и всегда неожиданными, и Ольга, втайне надеявшаяся на продолжение отношений, взяла за правило быть готовой к приходу Марата 24 часа в сутки.

Оперативник, назвавшийся Николаем Селуяновым, вежливо попросил разрешения присесть и разложил на столе перед Ольгой несколько фотографий.

— Скажите, пожалуйста, кто эти люди, с которыми вы встречались? — начал он.

Девушка внимательно посмотрела на снимки. Женщина, запечатленная на них, была поразительно похожа на нее, ну просто один к одному, но одежда на ней была другая, у Ольги никогда не было таких юбок и костюмов.

— Я их впервые вижу, — удивленно ответила она, поднимая глаза от фотографий.

— Ну как же, Ольга Дмитриевна, вас же сфотографировали вместе с ними, а вы говорите — впервые видите, — мягко упрекнул ее Селуянов. — Зачем же так откровенно лгать? Ведь это вы, никаких сомнений.

— Да нет же, — начала горячиться Емельянцева, — это не я.

— Как же не вы? Вы посмотрите как следует, лицо-то ваше.

— Эта женщина очень похожа на меня, но это не я, — упрямилась Ольга. — И вообще, что все это значит?

— А это значит, Ольга Дмитриевна, что вы в течение только одного дня, тринадцатого мая, встречались с двумя преступниками, которые находятся в розыске за систематический сбыт наркотиков. И у меня есть все основания думать, что вы им в этом деле помогаете. Вот, взгляните-ка, вот этот мужчина — Валентин Кирюхин, ранее трижды судимый, и вы берете у него пакет с героином. А потом, два часа спустя, вас сфотографировали с другим преступником, по кличке Федот. Не станете же вы мне рассказывать, что этого не было, правда? Фотографии-то — вот они, перед вами.

— Но я вам клянусь, честное слово, я впервые вижу этих людей! — В панике Ольга чуть не кричала. — Это какая-то ошибка, это чудовищная ошибка, женщина на меня очень похожа, но это не я! У меня и одежды-то такой нет, вот...

Она вскочила со стула, метнулась к шкафу и рывком распахнула дверцы.

— Пожалуйста, посмотрите, у меня нет таких вещей, какие на ней надеты. Ну посмотрите же!

Она, казалось, готова была силой тащить Селуянова к шкафу и демонстрировать ему свои эффектные туалеты. На глазах у нее выступили слезы, и Николай понял, что давления уже достаточно, теперь можно протянуть ей руку помощи.

— То есть вы хотите сказать, что наши сотрудники обознались? — неуверенно спросил он. — Лицо-то как две капли воды похоже.

— Конечно, обознались, — горячо подхватила Ольга спасательный круг. — Сходство и в самом деле удивительное, одно лицо. И волосы такие же. Но одежда-то не моя, вы посмотрите! Я такое вообще не ношу.

— Ну, это все разговоры, — снова отыграл назад Селуянов. — Ношу — не ношу, это не доказательство. Может, у вас этой одежды и вправду дома нет, но это сейчас, а в субботу, тринадцатого, очень даже была, да сплыла. А по лицу сходство абсолютное, так что я склонен думать, что это все-таки вы помогаете преступникам в сбыте наркотиков. Ольга Дмитриевна, если вы мне сейчас все про них расскажете, я гарантирую вам освобождение от уголовной ответственности за пособничество. Ну как, договорились?

Емельянцева снова впала в панику.

— Боже мой, что же мне делать? — расплакалась она. — Ну как мне доказать, что это не я? Не я это, вы понимаете? Не я!!!

— Вы были в субботу, тринадцатого мая, в парке Горького? — спросил Николай, вертя в руках один из снимков.

— Нет! Не была! Я там уже сто лет не была! Что мне там делать?

— А где вы были, позвольте спросить?

— До одиннадцати я была дома, потом ходила на рынок, покупала овощи и мясо, потом готовила обед. Ко мне в субботу приходили гости...

— Так, давайте по порядку, — остановил ее Селуянов. — Кто может подтвердить, что до одиннадцати утра вы были дома? У вас кто-нибудь был?

— Нет, — растерялась Ольга, — я была одна.

— Может быть, вам кто-нибудь звонил?

— Звонил? Да, конечно, звонила мама, я с ней разговаривала минут пятнадцать, и еще звонила подруга, которую я вечером ждала в гости с мужем.

— В котором часу это было?

— Мама звонила, когда я только встала, часов в девять, наверное, а Аня попозже. Да-да, я помню, я как раз спросила у нее, какие продукты нужны для овощного рагу, она мне все продиктовала, и я сразу же стала собираться на рынок.

— Значит, в районе половины одиннадцатого? — уточнил он.

— Да, примерно.

— Хорошо. А на рынке вас кто-нибудь видел?

Кто-нибудь может подтвердить, что вы после одиннадцати часов действительно были на рынке, а не в парке Горького, где встречались с Кирюхиным?

— Конечно, конечно, — заторопилась девушка, — вы знаете, у нас рынок рядом, три минуты пешком, поэтому из нашего дома и из соседних люди там постоянно встречаются. Сейчас я вспомню, кого из соседей видела на рынке в субботу...

Она наморщила лоб, но уже через полминуты лицо ее прояснилось.

— Муж с женой с пятого этажа, Федоровы. Они клубнику покупали. Я потому и запомнила, что она же еще очень дорогая, а они покупали сразу три килограмма. Я подошла к ним и в шутку спросила, зачем им столько, перепродавать, что ли? А они мне объяснили, что у их сына день рождения и он пригласил человек десять одноклассников, а торты с пирожными всем уже смертельно надоели, вот они и хотят подать детям на десерт клубнику со сливками. Вы спросите у них, они подтвердят. Они наверняка помнят, как я к ним подходила. Они даже угостили меня клубникой.

— Спрошу, — кивнул Селуянов. — Что еще можете вспомнить? Кто вас видел, с кем разговаривали?

— Еще... — Она снова задумалась. — Еще я заходила в гастроном за майонезом и соусом, и там у кассирши сдачи не было с пятидесяти тысяч, я минут десять около нее стояла, пока она сдачу насобирала, а она все ворчала, что несут крупные купюры, всем на сдачу не напасешься. Но я не знаю, вспомнит ли она...

— Какая именно кассирша и какой гастроном?

— Гастроном на соседней улице, называется «Елена-плюс», там две кассирши, одна молоденькая такая, лет восемнадцати, а вторая — постарше, у нее на голове прическа сложная какая-то. Вот у той, которая постарше, сдачи не было.

— В котором часу вы были в гастрономе?

— Погодите... Да, точно, она ворчала, что сейчас надо на обед закрываться, а я стою у нее над душой со своими деньгами. Склочная такая баба! — фыркнула Ольга.

— Обед у них с часу до двух?

— Да. Значит, было, наверное, без десяти час или без пяти.

— Хорошо, — снова кивнул Селуянов, — пошли дальше. Куда вы направились после гастронома?

— Я заходила в булочную, там перерыв с двух до трех, так что я успевала. А потом вернулась домой.

— Кто может это подтвердить?..

И так далее, вплоть до позднего вечера. Емельянцева старательно перечисляла людей, с которыми общалась в течение дня, а Селуянов молча кивал, с удовлетворением отмечая, что если Латышев и просил ее составить ему алиби, то от страха она об этом и не вспомнила.

— Ладно, Ольга Дмитриевна, если вы говорите правду, то выходит, что наши сотрудники приняли вас за другую женщину из-за феноменального внешнего сходства. Мы, конечно, будем проверять каждое ваше слово, поэтому возьмите, пожалуйста, листок бумаги и напишите объяснение: подробно изложите все, что вы делали тринадцатого мая, и укажите фамилии и номера телефонов или адреса людей, которые могут подтвердить ваши слова.

Через полчаса Селуянов вышел из квартиры Ольги Емельянцевой и из ближайшего же автомата позвонил Марату Латышеву, назначив ему встречу на Петровке.

Дача Бартоша была расположена в живописнейшем месте по Киевской дороге, возле Переделкина. Латышев хорошо знал, как лучше и быстрее туда проехать, поэтому над маршрутом почти не задумывался, всецело погрузившись в невеселые мысли. Ну надо же, как эта дурочка его сдала! Совсем мозгов нет.

Он не ожидал от визита на Петровку никаких неприятностей, но по выражению лица Селуянова сразу понял, что жестоко ошибся.

— Я снова задам вам вопрос, — начал Селуянов с места в карьер, — где вы были в субботу тринадцатого мая?

— Я уже говорил, я был дома.

— Кто может это подтвердить?

— И это я вам говорил: Ольга Емельянцева, сотрудница нашей фирмы.

— Вынужден вас разочаровать, — вздохнул Селуянов, — Емельянцева этого не подтверждает. Вот, ознакомьтесь.

Марат взял протянутый ему листок и быстро пробежал глазами ровные строчки, написанные четким разборчивым почерком Ольги. Вот идиотизм! Ведь он же ее просил... Что ж она, забыла? Или решила таким подлым образом расквитаться с ним за Элю? Но это же несправедливо. Сколько раз, приходя к ней, он замечал по еле заметным признакам, что у нее бывает и другой мужчина или даже другие. Разве он когда-нибудь устраивал ей сцены за это? Разве упрекнул хоть раз или пытался уличить в неверности? Нет и нет. Он всегда вел себя по отношению к ней как мужчина, а она позволяет себе чисто бабские выкрутасы. Ну и что ему теперь делать? Каяться и сочинять новую ложь?

— Я был дома, — упрямо произнес Латышев. — Да, я солгал вам насчет Ольги, она не была у меня в тот день. Но все равно я был дома.

— Один?

— Да, один.

— А зачем надо было приплетать сюда Емельянцеву?

— Вы же требовали, чтобы кто-нибудь подтвердил.

— А подтвердить никто не может, конечно, — скептически усмехнулся Селуянов. — Послушайте, Латышев, мне почему-то кажется, что вы были в то утро возле Кунцевского загса. Я ошибаюсь?

— Ошибаетесь, я там не был.

— Там видели вашу машину. Вы можете как-нибудь это объяснить?

Марат помертвел. Черт возьми, кто мог его видеть? Ведь машину он оставил довольно далеко от площади, на которой находится загс. И кажется, из его знакомых никто в этом районе не живет. Кто же мог видеть?

— Почему вы думаете, что это была именно моя машина? — он старался говорить спокойно, но получалось у него не очень хорошо.

— Потому что зеленый «Форд», госномер Т 308 МК, зарегистрирован в ГАИ как машина, принадлежащая именно вам, Латышеву Марату Александровичу, 1969 года рождения. Ваши комментарии?

— Никаких комментариев. Это ошибка.

Марат говорил то, что считал нужным говорить, но чувство у него было такое, будто пол под ногами горит. Признаваться нельзя, иначе вскроется его близкое знакомство с матерью Турбина и начнутся ненужные разговоры. Вероника Матвеевна попросила привезти ее к загсу. Ее на регистрацию, конечно, не позвали, а ей очень нужно было там быть. Она, конечно, не сказала Марату, зачем, но он и без того догадался, хотя и промолчал. Нет, признаваться никак нельзя, но и не признаваться в такой ситуации тоже нельзя. Надо срочно что-то придумывать.

— Да нет, Марат Александрович, не ошибка, — говорил ему оперативник тихо и как будто даже укоризненно. — Так что уж давайте выбирать одно из двух: либо вы были рядом с тем местом, где совершено убийство, либо давали свою машину тому, кого наняли сорвать бракосочетание Элены Бартош. Так что вы выбираете?

Марат долго собирался с духом. Выхода не было. Он постарался быстро настроить себя на роль страдающего, покинутого любовника. Но все-таки какая же сволочь засекла его машину в Кунцеве? Найдет — ноги поотрывает.

— Да, я был там, — наконец произнес он с глубоким вздохом. — Был. Ну и что?

— Действительно, ну и что? — согласно кивнул Селуянов. — Ну были — и были. Зачем надо было это скрывать и приплетать сюда еще несчастную Емельянцеву? Хоть ее пожалели бы, ведь заставили девушку врать, да еще так неумело. Так что вы делали тринадцатого мая в Кунцеве, Марат Александрович?

— Вам не понять, — сухо откликнулся Латышев. — Вас когда-нибудь женщины бросали?

— Еще как, — усмехнулся Николай. — И что из того?

— И вы спокойно отходили в сторону, смирялись, переставали надеяться?

— Поконкретнее, пожалуйста, господин Латышев, если можно, — поморщился оперативник. — Мы говорим о вас в данный момент, а не обо мне.

— Я надеялся. Вы понимаете? Надеялся, до самой последней минуты ждал, что случится чудо, что Эля

148

одумается и вернется ко мне. И даже в день ее свадьбы я продолжал надеяться, поэтому и приехал туда, в Кунцево. Смотрел издалека, как они выходят из машины, как входят в загс. И все не верил, что это конец. Хотел увидеть своими глазами, как они будут выходить оттуда уже супругами. Думал, пока не увижу — не уеду. Пока не увижу — буду надеяться. Вот, собственно, и все.

— А почему вы сразу мне этого не рассказали?

— А вы сами рассказали бы кому-нибудь о таком? — ответил Марат вопросом на вопрос. — Это же слабость, сладкие слюни. Не по-мужски как-то.

— Ну что ж, вам виднее. Скажите, а ваша подруга Емельянцева знает, где вы были тринадцатого мая? Вы же должны были объяснить ей свою странную просьбу.

— Какую просьбу? — не понял Латышев.

— Солгать и составить вам алиби. Как вы ей это объяснили?

— Никак, — равнодушно откликнулся он. — Попросил, и все.

— И ее это устроило?

— Вполне. Ольга мне доверяет...

От разговора с Селуяновым остался неприятный осадок. Марат понял, что Николай ему не верит, хотя виду и не подает, кивает согласно, поддакивает сочувственно. Но ведь не докажешь ничего. Ну соврал, ну Ольгу приплел, но покаялся и признался. Иди пойми, врет или нет.

Марат проскочил поворот на дорогу, по которой можно было подъехать к даче со стороны ворот, и проехал чуть дальше. Он хотел заехать со стороны калитки, через которую ходили напрямик к озеру.

Заглушив двигатель, он аккуратно запер машину и достал ключ от замка, на который запиралась калитка. Дача была обнесена высоким забором, и замок на калитке был отнюдь не игрушечным. Латышев шел через заросли малины, глубоко вдыхая вкусный прохладный воздух и привычно оглядывая огромный участок. В последний раз он был здесь в конце прошлого лета, когда не было еще этого хилого философа, когда позади был упоительный месяц на Балатоне, а впереди — вхождение в клан Бартошей. Тогда он приезжал сюда совсем с другими чувствами и смотрел на кирпичный двухэтажный особняк совсем другими глазами. Глазами будущего собственника. Он уже тогда знал, что Бартош затеял переезд в Калифорнию, и готов был на все, чтобы уехать с ним. Даже если для этого придется жениться на его дурочке дочке. Хотя хорошенькая, спору нет, но дура непроходимая. С ней двух слов сказать не о чем. То ли дело Ольга, с которой он мог после занятий любовью часами разговаривать, оставаясь в постели. Но Ольга — не тот вариант, на который можно делать ставку. На ее плечах он в рай не въедет. А на Эле — запросто. Тамила, женщина прямая и циничная, еще год назад сказала ему:

— Имей в виду, Маратик, уезжает только наша семья, а не вся фирма вместе с персоналом. Ты можешь уехать с нами только в качестве зятя. Больше никак. И забудь о том, что Пишта высоко ценит твои способности. Это здесь, в России, то, что ты умеешь, — на вес золота. А в Штатах это может делать любой начинающий менеджер.

В первый раз Марата такие разговоры покоробили, даже обидели. Он пришел в «Голубой Дунай» мальчишкой, заканчивал школу, а по вечерам приходил в офис мыть полы и протирать мебель, в пять утра вскакивал, чтобы к восьми часам, перед самым началом уроков, успеть забросить сумки с продуктами, купленными на рынке. Начал с мальчика на побегушках, потом поступил в институт на вечернее отделение, а днем работал у Бартоша, осваивал на практике экономические премудрости, стоял за спиной у бухгалтеров, пытаясь разобраться в тонкостях баланса, носился по всему городу, пристраивая рекламу и отыскивая покупателей, выполнял массу поручений, сначала мелких, а потом все более серьезных. Он боготворил Иштвана, считал его своим наставником и искренне полагал, что жизнь его, Марата Латышева, отныне навсегда связана с «Дунаем». Правда, это не помешало ему два года назад прочитать в глазах Тамилы недвусмысленный намек. Намек был понят правильно, и ожидаемые от него действия совершены на хорошем уровне и с должной долей тактичности. Супруга шефа осталась довольна и, надо отдать ей должное, свиданиями не злоупотребляла. Они встречались с тех пор регулярно, но не часто, примерно раз в месяц.

Когда Тамила начала настойчиво рекомендовать ему в жены свою дочь, Марат расценил это как желание закрепить подле себя молодого любовника. Но, познакомившись с Эленой поближе, он понял, что Тамила руководствуется не столько своими сексуальными желаниями, сколько стремлением пристроить девочку в хорошие руки. Она трезво оценивала весьма невысокие умственные способности Элены и боялась, что та приведет в семью что-нибудь уж совсем неподходящее, став жертвой охотников за состоянием. Что ж, так оно и случилось в конце концов. Марат винил в этом только себя: не надо было тянуть, надо было сразу после возвращения с Балатона тащить девчонку в загс. Но уж очень не хотелось. Бартош постоянно хвалил его, называл своей правой рукой, подчеркивал высокое положение Марата в фирме, и он, глупец, надеялся, что Бартош без него не уедет. Еще как уедет!

Эля носила подаренное им кольцо, и Латышев

считал, что никуда она от него не денется. Принципиальное согласие девушки было получено, а пожениться они всегда успеют, можно прямо накануне отъезда. Самое главное, думал он, чтобы Эля не узнала про предстоящий отъезд. Иначе все может сорваться. Во-первых, она обязательно начнет об этом рассказывать, и тут же отыщутся желающие занять его, Марата, место. А во-вторых, эти же самые желающие, добиваясь своего, вполне могут объяснить девчонке, что и сам Марат добивается того же с той же целью — уехать вместе с богатым тестем. А если среди них найдется доброжелатель, который захочет покопаться поглубже, то вылезет на свет божий связь Латышева с матерью Эли. Тогда и говорить больше будет не о чем.

Он помнил, как прибежал тогда к Тамиле, и она полностью согласилась с его аргументами. Но все-таки она была неверояно циничной особой.

— Давай называть вещи своими именами, дорогой, — сказала она, лениво потягиваясь под тонким одеялом. — Не о таком муже для Элечки я мечтаю. Для жизни в России ты — идеальный вариант. Молод, но старше ее, хорош собой, преуспеваешь. И меня вполне устраиваешь. Лучше тебя я здесь вряд ли что-нибудь найду для нее. Но Калифорния — это совсем другое, согласись. Для тамошней жизни ей нужен совсем другой муж, и я уверена, что смогу его подобрать. Весь вопрос в том, чтобы благополучно увезти ее отсюда. Нужно продержаться еще полтора года. За это время она не должна ни выйти замуж, ни забеременеть. Ты меня понял? Поэтому я делаю ставку на тебя. Сделай ее своей женой — и до отъезда я буду спать спокойно. Потом мы возьмем тебя с собой, в Штатах ты дашь ей развод, и я займусь устройством ее жизни. Услуга за услугу — ты сохраняешь мне Элю, а мы вывозим тебя отсюда. Кстати, дорогой, а почему ты не можешь уехать сам? Денег не хватает? Ты же прилично зарабатываешь у нас.

Бог мой, она так и говорила: у нас. Не «в фирме», не «у Иштвана», а «у нас». Поистине, Тамила Бартош никогда не следила за своей речью, позволяя собеседнику полностью обозревать весь спектр ее истинных представлений и намерений. И даже человека, который когда-нибудь станет мужем ее единственной дочери, она называла не иначе как «что-нибудь». Что-нибудь неподходящее. Что-нибудь приличное.

Но вопрос о деньгах Марату не понравился. Их у него действительно не было. То есть были, конечно, и вполне достаточно, чтобы купить билет в Штаты и жить какое-то время в приличной гостинице. Но и только. А ведь для того, чтобы сразу купить хороший дом и открыть собственное дело, деньги нужны совсем другие. ТАКИХ у него не было. Они могли бы быть, если бы... Если бы он не играл. Он ничего не мог с этим поделать. Он давал себе слово, он клялся, зарекался, мучил себя, но снова и снова шел играть. Но в фирме Бартоша об этом никто не должен был знать, иначе его выгнали бы в три секунды.

В тот раз они с Тамилой пришли к единому мнению: нужно скрыть от Элены близкую перспективу отъезда. Тамила пообещала тщательно следить за тем, куда и с кем ходит ее дочь, и контролировать все ее знакомства. Да не уследила все-таки. Хотя кто мог ожидать таких непредсказуемых последствий от вполне невинного похода вместе с подружкой в институт на экзамен...

К сожалению, Тамила узнала о предстоящей свадьбе слишком поздно. Приступ бешенства прошел довольно быстро, уступив холодному трезвомыслию. В этот раз уже она сама примчалась к Марату.

— Этот парень плохо на нее влияет, — заявила она. — Он понимает, что никакими законными путями мы не можем им помешать. За оставшиеся две недели я не успею предпринять ничего, чтобы его скомпрометировать и заставить Элю отвернуться от него. Она влюблена как кошка и слышать не хочет о том, чтобы подождать со свадьбой. Остается только надежда на то, что мне удастся их быстренько развести. Ты мне должен будешь помочь в этом.

Они уже тогда составили вместе целый план, в соответствии с которым молодых супругов можно будет рассорить намертво, чтобы оформить развод до середины декабря. Теперь, когда регистрация брака перенесена на месяц, можно попытаться использовать это время с толком. Все-таки надеяться на развод глупо, а вдруг сорвется? Если молодой муж узнает про отъезд, его клещами от Эли не оторвешь, и никакие ссоры тут не пройдут, он на провокации поддаваться не будет, любое дерьмо сожрет, да еще и спасибо скажет. Самое главное — не давать им быть наедине. Слава богу, Эля пока не беременна, так не надо искушать судьбу. Береженого бог бережет.

Латышев наблюдал за домом, сидя на скамеечке под развесистым дубом. Он видел Элю и ее жениха, которые на веранде пили кофе, и знал совершенно точно, что они его не видят. Он много раз проверял: из дома эта скамеечка не видна, она надежно скрыта густой листвой, хотя и находится совсем близко. Наконец он встал и неторопливо поднялся на крыльцо.

Ему не были рады. Ни Эля, ни Турбин даже не старались это скрыть, и хотя Эля восприняла его появление как что-то совершенно естественное, просто немножко несвоевременное, как раннее возвращение родителей с работы, когда у тебя в комнате молодой человек, то Турбин видел в Марате соперника и нервничал. Латышев явно демонстрировал, что он на этой даче свой, бывал здесь неоднократно, знает, что где лежит, и даже имеет свой комплект ключей от дома, ворот и гаража.

Эля, одетая в длинную легкую юбку с шестью высокими разрезами и шелковую майку-топ на тонких бретельках, оказалась с приездом Марата в довольно пикантной ситуации. Он видел, что и одежда ее, и позы, которые она принимала, были рассчитаны на то, чтобы показать больше, чем спрятать. Все это делалось, конечно же, для Турбина, но выходило, что и для Марата. То и дело она ловила на себе насмешливый взгляд Латышева, скользящий то по ее обнажившейся в разрезе полной ноге, то по ложбинке между грудями, которая открывалась каждый раз, когда девушка чуть наклонялась вперед. Эля ловила его взгляды и смущалась, а Турбин — Марат видел это — наливался яростью.

— Эленька, подай, пожалуйста, сахар, — попросил Марат.

Когда она подала ему сахарницу, он взял ее так, чтобы задержать руку Эли в своей руке.

— А где кольцо? — спросил он, поставив сахарницу на стол и продолжая одной рукой удерживать ее за запястье, а другой — ласково поглаживая ее ладонь.

Эля смешалась.

— Кольцо? — пролепетала она, в то же время укоризненно глядя на Латышева.

— Боже мой, деточка, неужели ты думаешь, что наш с тобой роман является тайной хоть для кого-нибудь! — с усмешкой воскликнул Латышев, даже не глядя на Турбина, словно его здесь и не было. — Так где все-таки кольцо? Почему ты перестала его носить? Оно же тебе так нравилось.

Марат играл не по правилам, но ему не было

противно. Он боролся за свою жизнь, сытую, обеспеченную, красивую. И ради этого он готов был унизить эту глупенькую девчушку, у которой не хватает ни интеллекта, ни жизненного опыта, чтобы достойно выйти из сложившейся ситуации и поставить Марата на место. Ольга бы на ее месте знала, что делать. Латышев буквально услышал спокойный голос своей подруги, произносящий: «Я носила твое кольцо ровно столько, сколько ты мне нравился. А теперь я собираюсь замуж за другого, ты больше не являешься моим любовником, поэтому я больше не ношу кольцо, которое ты мне подарил. У тебя есть ко мне претензии?» Против этого возразить было бы нечего. Но то — Ольга, а это — Элена. Элена так ответить не может.

— Вы представляете, — внезапно обратился он к Турбину, — эта глупышка думает, что вы обидитесь, если она будет носить это кольцо. Я надеюсь, вы не считаете, что вы были ее первым мужчиной?

— Я бы не хотел обсуждать этот вопрос, — сухо ответил Турбин. — Эля станет моей женой, и мне совершенно безразлично, что происходило с ней в незапамятные времена.

— Вот видишь! — торжествующе улыбнулся Марат, снова поворачиваясь к Эле и не отпуская ее руку. — У твоего приятеля правильный взгляд на вещи. Из прошлого женщины нужно извлекать полезный опыт, а не повод для трагедии. Верно?

— И какой же опыт, по-вашему, я должен извлечь из того факта, что вы когда-то были близки с Элей? — по-прежнему сухо спросил Турбин.

— Вы можете спросить меня, как нужно за ней ухаживать, что нужно ей дарить, где ей нравится отдыхать, какие гостиницы она предпочитает, какие рестораны, курорты, казино. А я вам все расскажу, ничего не утаю, честное слово, — рассмеялся Марат. —

И вам удастся избежать тех ошибок, которые в свое время сделал я.

— Например?

Марат с удовольствием отметил, что его план удается: Турбин втягивается в разговор на невыгодную для себя тему.

— Например, я повел ее в бутик Балансиага, она полдня примеряла платья и шубы, подбирала к ним аксессуары, а в результате так ничего и не выбрала. Оказывается, она терпеть не может стиль Балансиага, считает, что он ей не подходит, но не хотела меня расстраивать и не сказала об этом сразу. Мы убили несколько часов на этот бутик, вместо того чтобы заниматься любовью или загорать на пляже. А выяснилось, что нашей девочке нравится Версаче.

С этими словами Марат обнял стоящую рядом Элю за талию, крепко прижал к себе, а потом стал вертеть как игрушку, поглаживая то по спине, то по животу.

— Наша девочка, оказывается, не носит строгие элегантные костюмы, потому что наша круглая попка не влезает в узкие юбки, а наш пышный бюст теряет всю свою привлекательность, когда его затягивают в пиджак. Да, Эленька? Поэтому наша красавица предпочитает все свободное и сексуальное, чтобы доступ к телу был всегда открыт. Ну-ну, не красней, детка, в том, что девушке нравится секс, нет ничего плохого. В твоем возрасте это нормально, не нужно этого стесняться. Я надеюсь, твой приятель соответствует твоим запросам?

Марат умышленно уже во второй раз назвал Турбина не женихом, а приятелем. Это тоже было одним из кирпичиков того здания, которое он начал возводить, приехав сюда. Показать Эле, что не воспринимает Турбина как реального соперника, не ревнует к нему, не видит в нем серьезной опасности.

Тогда Эле легче будет вернуться к нему, потому что он, Марат, не считает ее связь с Турбиным изменой. Просто их отношения на какое-то время прервались, и не прервались даже, а временно приостановились, а дальше все снова будет по-прежнему. У нее не должно быть чувства вины, она слишком молода и глупа, чтобы с этим справиться.

— Марат, перестань, — со слезами в голосе попросила Эля, пытаясь вырваться из его крепких рук.

— Да почему же? — искренне удивился Латышев, еще крепче прижимая ее к себе. — Я же о тебе забочусь, дурочка. Да, кстати, — он снова повернул голову в сторону Турбина, — имейте в виду, Эля любит жить в пятизвездных отелях. Ей очень нравится, что там каждый день меняют не только белье и полотенца, но и купальные халаты, при этом халаты и полотенца, заметьте себе, подобраны в тон. И еще, выбирайте гостиницы не с полным пансионом, а только с завтраком и обедом, и чтобы непременно шведский стол. Никаких европейских завтраков, у нее по утрам аппетит зверский, если, конечно, вы ночью как следует стараетесь. Ну, я надеюсь, вы будете стараться?

Он мерзко ухмыльнулся и подмигнул Турбину, который при этих словах сделался пунцовым от злости.

— Так вот, — продолжал Марат как ни в чем не бывало, — на завтрак она любит много фруктов и обязательно горячее блюдо, например пасту.

По лицу Турбина пробежала тень недоумения, и Марат с удовольствием отметил, что Валерий явно не понял насчет пасты. Думает, наверное, что это какое-то полужидкое-полугустое блюдо, вроде шоколадной пасты, которую мажут на хлеб. Что ж ты гордый такой, Турбин, не знаешь — и не спрашиваешь. Я бы тебе объяснил, что паста — это банальные макаронные изделия. Сейчас я тебе еще больше горяченького подолью.

— И если она попросит вас принести ей тарелку пасты, не совершайте ту же ошибку, которую совершал я в первые три дня: не приносите ей ничего длинного и тонкого, которое соскальзывает с вилки. Выбирайте компактную форму, округлую или в виде раковин. Так, про завтрак я, кажется, все сказал. Теперь обед. Обедать наша девочка предпочитает в рыбных ресторанах, имейте это в виду. Когда будете выбирать гостиницу, обязательно спросите, есть ли неподалеку хороший рыбный ресторан, иначе вам придется возить ее на такси. Хотя, впрочем, это тоже не проблема. Опять-таки поскольку Элечка у нас существо застенчивое и может постесняться вам сказать, я вас предупреждаю: ей нельзя давать ничего сырого с острым соусом. Только вареное или жареное. Устрицы по-китайски ей нельзя категорически, у нее жуткая аллергия. Омары заказывайте в португальском соусе, а форель выбирайте не речную, а из горного озера.

— Ну, Марат, перестань, пожалуйста, — снова жалобно подала голос Эля.

— Мы не собираемся жить в пятизвездных гостиницах и питаться в рыбных ресторанах, — вступил Турбин, терпение которого наконец лопнуло. — Так что ваши мудрые советы не вполне уместны.

— Как — не собираетесь? А как же вы собираетесь жить?

— Как жили до сих пор, так и будем.

— Это вы так жили, — ответил Латышев, особо упирая на слово «вы». — Поэтому лично вы можете продолжать жить так, как привыкли. А Эля жила совсем по-другому, и вам теперь придется обеспечивать ей такой уровень жизни, к которому она привыкла с детства. Иначе неприлично. Вы сумеете это сделать?

— Да ты что, Марат, откуда у Валеры такие деньги?

Эле все-таки удалось вырваться из цепких объятий бывшего любовника, и теперь она сидела на маленьком диванчике и пыталась устроиться так, чтобы со стороны Латышева разрезы не оголяли тело.

— Он же не коммерсант, а научный работник, — продолжала она, найдя приемлемую позу и постепенно успокаиваясь. — Они с матерью живут только на его аспирантскую стипендию и ее пенсию.

— Прелестно, — хмыкнул Латышев. — И как тебе видится ваша дальнейшая совместная жизнь? Ты сядешь третьим номером на эти нищенские копейки? Или пойдешь работать?

— Ну зачем ты так, Марат, — укоризненно сказала она. — Нам родители помогут. Перестань говорить гадости.

— Родители? С чего ты взяла, голубка моя, что они вам помогут? Только с того, что до сих пор они тебя содержали? Так должен тебя разочаровать, после венчания вы не получите ни гроша.

— Но почему? — удивилась Элена. — У всех моих знакомых родители помогают детям. И внукам помогают. Всем деньги дают. Почему ты говоришь, что мама с папой нам не помогут?

— Потому что, родная, твои родители — люди европейской культуры, а не российской, как твои вшивые знакомые. А в европейском понимании дочь, которая выходит замуж, уходит вместе с мужем строить собственную семью и собственный дом. Там женатые дети никогда не живут вместе с родителями и тем более никогда не рассчитывают на их помощь. Это не принято. Это неприлично. До тех пор, пока ты не замужем и живешь с родителями, они тебя кор-

160

мят, одевают и отправляют отдыхать. Между прочим, если тебе интересно, скажу, что наш с тобой роскошный отдых на Балатоне оплатил полностью я сам, из собственного кармана. Потому что если я тебя люблю и хочу ехать с тобой на дорогой курорт, то все расходы — это моя проблема, а не твоих родителей. А уж когда ты станешь чьей-то женой — ну, тогда извини. Все только за счет мужа.

— Ты нарочно так говоришь, — упрямо возразила Эля. — Я не верю, что папа не будет давать мне денег. Он обязательно будет помогать. Поэтому перестань, пожалуйста, нас пугать.

— Да я не пугаю, что ты, милая, — расхохотался Латышев, — я просто объясняю тебе то, чего ты не знаешь. Может быть, тебе нравится жить в нищете? Так ради бога, живи и радуйся. То, что твой приятель привык так жить, я уже понял. А ты-то, ты-то? Ты за последние пять лет хоть раз покупала продукты в обыкновенном гастрономе? Ты, например, любишь крабовые палочки, да не наши, отечественные, за три с половиной тысячи, а импортные, двенадцать тысяч за упаковку. Ты покупаешь две коробочки и садишься смотреть телевизор. Через полчаса обе коробочки пусты, я это видел сто раз. Двадцать четыре тысячи ты съела за полчаса, и не вместо обеда или ужина, а просто так, как чашку чая выпила. Для бюджета твоих родителей и для моего это слезы, и говорить не о чем. А для твоего приятеля и его мамы-пенсионерки? На весь их месячный доход ты можешь десять раз посмотреть телевизор. Тебя устроит такая жизнь?

— Послушайте, Марат, — заговорил Турбин, — вы уж позвольте нам самим разобраться с нашей жизнью. В конце концов, крабовые палочки можно и не есть, но это мы будем решать вдвоем с Элей, а не втроем с вами.

— Конечно, палочки можно и не есть, — покладисто согласился Латышев, — можно носить обноски, можно ездить на метро, а отдыхать у родственников в деревне, где деревянный сортир на грядках и нет горячей воды. Все можно. Вопрос только в том, нужно ли. Ради чего, ради какой сверхценности Эля должна менять свои привычки и свой образ жизни, к которому она приучена с самого детства? Эленька, детка, скажи мне, старому и глупому, что это за ценность такая? Во имя чего ты собираешься приносить жертвы?

— Мы любим друг друга, — сказал Турбин, поняв, что Эля совсем растеряна и ничего толкового сказать не может, чтобы оборвать наконец издевательства Латышева. — И ради этого можно пойти на любые жертвы.

— Согласен, — снова кивнул Марат. — В таком случае я хочу, чтобы Эля мне объяснила: чем то чувство, которое она испытывает к вам, отличается от того, которое она испытывала ко мне, причем совсем недавно, буквально за неделю до того, как познакомилась с вами. Объясни мне, Эленька, будь так добра: что такого ты чувствуешь по отношению к нему, чего не чувствовала ко мне. А, детка?

— Прекратите, наконец, издеваться над ней, — зло произнес Турбин, — вы же видите, она не может вам ответить, и вообще на этот вопрос никто ответить не может. Есть любовь и есть все остальное, и если найдется человек, который сможет сформулировать это различие и дать универсальное определение любви, ему дадут Нобелевскую премию.

— О, в вас заговорил философ, — обрадовался Латышев, — что ж, давайте займемся философией, раз уж с экономикой у нас не получается и считать деньги вы не хотите, особенно чужие. Эля нам с вами ответить не может, тогда ответьте вы. Что в вас есть такого, ради чего она должна пойти на жертвы? Обеспечить ей нормальную жизнь вы не можете, вы приведете ее в квартиру к старенькой маме. Может быть, вы понимаете ее лучше, чем остальные? Может быть, она — сложная страдающая натура, которая много лет не находит понимания у окружающих, и вдруг появились вы, с которым ей легко? Нет? Может быть, вы гениальный ученый, открывший новое направление в философии, и она ценит и любит вас именно за это? Восхищается вами и вашей ролью в науке? Простите меня, Валерий, но наша с вами девочка за всю жизнь прочитала полторы книжки и вряд ли сможет оценить должным образом ваш вклад в науку.

— Вы пытаетесь вычленить составные элементы из интегрального понятия, — снисходительно улыбнулся Турбин. — Как философ могу вам сказать, что это занятие бесперспективное.

— Прелестно. Значит, остается одно. И это меня радует.

— Что вы имеете в виду? — насторожился Турбин.

— То же, что и вы. От вас бабы млеют. И вам как философу, — он насмешливо улыбнулся при этих словах, — должно быть стыдно и противно, что девушка любит в вас только самца с твердым большим членом. Мы с вами только что выяснили, что ничего другого в вас она не видит. Вы, вероятно, сложная и интересная личность, и наверняка найдется женщина, и не одна, которая увидит в вас именно это и любить вас будет именно за это, а не за то, что вы способны заставить ее испытать оргазм.

— Прекратите, Марат, вы переходите всякие границы!

— Отнюдь, я просто трезво оцениваю ситуацию. Да, я в плане секса хуже вас, но вы, опять-таки как философ, не можете не понимать, что секс создает восемьдесят процентов браков, но не удерживает и не скрепляет ни одного. Ни одного, я это подчеркиваю. Потому что максимум через год происходит насыщение, и если за этот год супруги не стали близкими друзьями, то никакие многократные оргазмы и никакие феерических размеров пенисы брак не спасут. Вот и задайте себе вопрос: что будет с вами через год? Год вы благополучно протрахаетесь, и если вы не будете выпускать Элю из постели, она, может быть, и не заметит, в каком убогом жилище обитает и какой гадостью вы ее кормите. А потом?

— А потом она привыкнет жить так, как всегда жил я, — спокойно ответил Турбин.

— Вы ошибаетесь, — возразил Латышев. — Все не так однозначно. Чтобы сохранить ваш брак, вам нужно за год сделать две вещи — стать Эле близким другом и приучить ее к нищете. Если вы собираетесь весь год посвятить плотским утехам, то эту задачу не решите, у вас на нее не хватит ни сил, ни времени. Если же пренебречь сексом, то год она не продержится. Так что, выражаясь вашими же словами, дело бесперспективное.

— Я не понимаю, чего вы добиваетесь, Марат. Вы явились сюда, как к себе домой, стали оскорблять Элю, втянули меня в какую-то бессмысленную дискуссию о любви и браке. Зачем? Вы хотите, чтобы Эля бросила меня и вышла замуж за вас?

— Конечно. Я этого хочу и совершенно этого не скрываю. А добиваюсь я только одного: чтобы Эля увидела перед собой одновременно двух любящих ее мужчин и посмотрела на них обоих трезвыми, незамутненными глазами. И пусть она, глядя на них, сделает свой выбор, пусть решит, кого ей предпочесть. Того, от которого она не может получить ничего, кроме интенсивного и, вероятно, затейливого секса. Или того, который может дать ей благополучие, тот уровень жизни, к которому она привыкла, поездки, наряды, рестораны, который может обеспечить ее привычное безделье, потому что не заставит ее идти работать, а для домашних дел наймет домработницу, который будет дарить ей драгоценности и украшения. Единственный недостаток этого второго кандидата — он не так силен в постели. Но уже через несколько месяцев Эля поймет, что это не только не самое главное, это вообще не имеет никакого значения.

— Типичные рассуждения импотента, — фыркнул Турбин. — Отрицание ценности того, в чем сам не силен. Это ваша собственная теория или вы где-то это вычитали?

«Отлично, — подумал Латышев, — все-таки я вынудил этого сопливого интеллигента перейти на взаимные оскорбления. Он долго держался, надо отдать ему должное, но теперь дело пойдет быстрее, он теряет контроль над собой. Да, теперь я понимаю, почему Тамила не успела рассорить их за две недели. Он по темпераменту флегматик, и в беседе с ней он никогда не допустил бы ничего такого, что уронило бы его в Элиных глазах. Тамиле не пристало вести с ним разговоры о сексе, точно так же как она не могла при нем говорить обо мне, потому что Эля расценила бы это как предательство с ее стороны. А мне все это можно, я не выдаю ничьих секретов, я говорю о себе и своих чувствах».

— Вы противоречите сами себе, — спокойно заметил он. — Мужчина, который не может ничего, кроме как трахаться, начинает отрицать ценность всего остального. Знаете, кто уверен в том, что секс — это главное? Нищие неудачники, которые больше ничего не смогли в жизни сделать. Вот и утешают себя тем, что в постели они — гении, а все остальное неважно. Вы же философ, стало быть, должны понимать, что сексуальность — не продукт цивилизации, она заложена в человеке от природы, и гордиться своими анатомическими данными и физиологическими возможностями так же глупо и недостойно настоящего мужчины, как, например, гордиться густыми волосами или красивыми глазами. Этим может гордиться женщина. А настоящий мужчина ценен только тем, чего достиг, чего добился, что сумел сделать, создать, изобрести. Так вот, Валерий, мне есть чем гордиться. А вам?

Марат перевел взгляд на Элю, которая сидела замерев, как кролик перед удавом, и боялась пошевелиться. По ее лицу было видно, что она никак не может уловить суть спора, поэтому не может понять ни приводимых соперниками аргументов, ни оценить правоту кого-то из них. Нужно было, как говорят в научных кругах, снизить уровень дискуссии.

— Элечка, я обращаюсь к тебе. Я не настаиваю на том, чтобы ты принимала решение прямо сейчас, это решение трудное и болезненное. Но прежде чем ты его примешь, я хочу, чтобы ты все взвесила. Наш с тобой роман длился год. Твои отношения с ним, — он кивнул на Турбина, — длятся только пять месяцев. Мы с тобой гораздо больше привязаны друг к другу, потому что знаем друг друга дольше. Это тебе понятно?

Эля послушно кивнула, как примерная ученица, которой объясняют теорему на уроке геометрии.

— Мое финансовое положение таково, что я могу обеспечить тебе нормальное существование. А что касается секса, то вспомни Балатон. Разве ты была недовольна мной? У нас все получалось, и нам было очень хорошо. И потом, в Москве, нам тоже было хорошо. А теперь представь себе, что ты первый раз в жизни ешь персики. Они такие вкусные, что ты съедаешь сразу три килограмма, и тебе кажется, что ты можешь без остановки есть их тоннами. Но уже на пятом килограмме тебе становится дурно. Назавтра ты смотреть на них не можешь. А через месяц ты начинаешь относиться к ним совершенно спокойно, с удовольствием ешь, когда тебе их приносят, и даже не вспоминаешь о них, когда их нет на столе. То же самое происходит и с сексом. Это тоже понятно?

Она снова кивнула, и только тут до Турбина дошло, что происходит на его глазах.

— Вы ведете себя как подонок, — взорвался он. — Перестаньте давить на нее. Вы пользуетесь тем, что она внушаема и безропотно вас слушает. Убирайтесь отсюда!

— Элечка, мне уехать?

Та снова кивнула. Из глаз ее катились слезы, но она их не замечала, глядя куда-то мимо сидящих по обе стороны от нее мужчин.

— Хорошо, детка, я уеду, хотя видит бог, как мне этого не хочется. Твой приятель назвал меня импотентом и подонком, а значит, недалек тот день, когда он назовет тебя дурой и сукой. Если человек в принципе способен на оскорбление, то оскорбление любимой жены — только вопрос времени. И еще одно. Знаешь поговорку: «Бог дал — Бог и взял»? Она говорит о том, что все, что в человеке от природы, может в любой момент исчезнуть. Густые волосы могут начать выпадать. Красивое лицо может быть обезображено в результате несчастного случая. Даже жизнь может внезапно оборваться. А вот то, что человек сделал, порой живет веками. И то, чему он научился сам, уже не пропадет, потому что это не Бог дал и взял обратно, а человек сам сделал, сам добился. Завтра твой приятель заболеет тяжелым гриппом, и его сексуальная привлекательность значительно ослабеет. Что останется? Нищета и скука. А если это случится со мной, то останется все по-прежнему. Вспомни, Элечка, сколько раз случалось, что у меня не было сил, а ты все равно оставалась довольна.

Марат не спеша поднялся, налил себе в чашку остывший кофе из кофейника и стоя выпил, исподтишка наблюдая за Элей и Турбиным. У Эли выражение лица было подавленное, у Турбина — злое. Сейчас, пожалуй, уже можно оставить их одних, когда пройдет первый шок, они пустятся в длинные разговоры. Если Турбин начнет хаять Марата, каждое лыко будет в строку, каждое резкое слово в его адрес, не зря же Марат бросил эту фразу про оскорбления, знал, что говорить. Чем грубее будет Турбин, тем больше Эля будет убеждаться в правоте Латышева. А если Турбин проявит мягкость и интеллигентность, то его аргументы до Эли не дойдут: она в тонкой материи не сильна, понимает только простые фразы и знакомые слова. Марат это давно заметил.

Глава 8

Квартира, оставшаяся у Селуянова после развода, была огромной и неухоженной. Жена не стала делить жилплощадь, так как с самого начала было известно, что ее будущий новый супруг является в Воронеже довольно крупной шишкой и с квартирными делами у него все в большом порядке. Николай выбрал себе сферу обитания — большую комнату и кухню, где старательно поддерживал порядок и чистоту, а на оставшиеся две комнаты и просторную прихожую просто махнул рукой. Сюда частенько наведывался Юра Коротков, который жил в крошечной двухкомнатной квартирке вместе с женой, сыном и парализованной тещей и который, проведя несколько часов в тишине и покое просторных селуяновских хором, немного оживал и набирался сил. Самой большой удачей он считал те вечера, когда жена, среагировав в очередной раз на какую-нибудь мелочь, устраивала скандал и вынуждала терпеливого Короткова пулей вылетать из квартиры, хлопнув дверью. В такие вечера Юра бегом бежал к метро и уже через пятьдесят минут входил в тихую обитель своего товарища и коллеги. Неубранную, с клоками пыли, шаловливо перекатывающимися под ногами при каждом движении воздуха, с отрывающимися кое-где обоями, но зато спокойную и надежную. Квартира Селуянова была единственным местом, где Юра мог выспаться. Может быть, играло свою роль и то, что Николай, как только заканчивались зимние холода, постоянно держал все окна открытыми, из-за чего воздух в квартире всегда был свежим и прохладным, а дома у Короткова из-за опасений, как бы парализованная теща не заболела пневмонией, форточки открывались только на 15 минут в сутки для «гигиенического проветривания». Каждый, у кого в доме был парализованный больной, знает этот специфический тяжелый запах лекарств, мочи и вечно влажного белья, которое сохнет по всей квартире в самых неподходящих местах. У себя дома Юра вставал по утрам с тяжелой головой, злой и невыспавшийся.

Сегодня Юре повезло. Когда он утром стал собираться на работу, жена в очередной раз подозрительно спросила, куда это он намылился в субботний день. Удивительным было то, что за последние четыре года Юра не пробыл дома ни одной субботы, но каждый раз его сборы на службу сопровождались подозрительными вопросами и нелицеприятными выводами из коротких вежливых ответов. Супруга со вчерашнего дня была в скверном настроении, поэтому заставить ее сказать заветные слова, открывающие Короткову путь к вожделенному селуяновскому дивану в пустой комнате перед открытым окном, большого труда не составило. Чем грубее и грязнее были слова, которые произносила жена, тем «сильнее» и «глубже» мог себе позволить обидеться Юрий.

— Я чувствую, ты была бы рада, если бы я умер и больше тебе не мешал, — сухо сказал он, открывая входную дверь и подхватывая на плечо ремень своей сумки. — Ночевать буду на работе или у Кольки, отдохни от меня, может, поймешь наконец, что нельзя третировать людей до бесконечности.

Субботний день прошел в бегах и хлопотах, Николай занимался Маратом Латышевым и его алиби, а Юра посвятил часть дня Екатерине Головановой, чье поведение ему не нравилось и казалось подозрительным. Конечно, маловероятно, чтобы она одна совершила два таких сложных и заранее подготовленных убийства, но выступить инициатором она вполне могла. Вместе с кем же, интересно? С родителями Элены? С матерью Турбина? С брошенным любовником Маратом Латышевым?

Другая часть дня ушла на странную Веронику Матвеевну Турбину, которую на седьмом десятке внезапно одолела охота к перемене мест. Конечно, суббота была не самым удачным днем для таких исторических изысканий, потому что в мае уже начался дачный сезон и застать кого-нибудь дома было трудновато. Но все-таки кое-какие наметки у него появились.

Домой к Селуянову они приехали вместе, встретившись на середине дороги. По пути зашли в большой универсам и накупили кучу продуктов. Правда, покупал в основном Коротков. Так бывало всегда, когда он приходил к другу в гости с ночевкой. Первое время Коля еще пытался разыгрывать гостеприимного хозяина и готовить ужины для Короткова, но Юра быстро пресек кулинарные тренировки Селуянова.

— Коля, меня дома кормят такой едой, на которую я смотреть не могу. И дело не в том, что Лялька плохо готовит, просто у нас четыре рта на две не очень большие зарплаты, и ей приходится экономить. Конечно, я бы на те же самые деньги питался совсем по-другому, но разве я могу ей хоть слово сказать поперек? У нее на все один ответ: когда будешь приносить в дом столько денег, сколько Иванов, Петров или Сидоров, вот тогда и будешь мне указывать, как тебя кормить и какие продукты покупать. Что я могу ей возразить? Что я не виноват, потому что во времена моей молодости получать юридическое образование и работать в милиции было престижно и почетно, а изучать цивилистику, хозяйственное и финансовое право означало обречь себя на скучное монотонное прозябание на должности юриста предприятия? И что двадцать лет назад, когда я выбирал вуз, нельзя было предположить, что все изменится с точностью до наоборот? Что все финансисты, экономисты, плановики, бухгалтера, цивилисты, которых двадцать лет назад, мягко говоря, за людей не считали, сегодня окажутся хозяевами жизни и миллионерами, а мы, гордость и элита, окажемся на обочине, оплеванные и обосранные всеми, кому только не лень. Короче, Коля, если ты будешь пускать меня к себе поспать, я буду сам готовить еду. Пальчики оближешь.

Селуянова это устраивало.

Нагрузив полные авоськи какими-то немыслимыми соусами, приправами, овощами, названий которых Селуянов даже никогда и не слышал и представления не имел, как их готовить и с чем есть, и которые Юра покупал по одной-две штучки, они быстрым шагом двинулись к Колиному дому.

— Чем пахнет у тебя из сумки? — спрашивал невысокий Селуянов, робко заглядывая снизу вверх в лицо массивного Короткова и судорожно сглатывая голодную слюну.

— Не скажу, — строго отвечал Юра, для которого наивысшим удовольствием было заставить друга мучиться в догадках. Он никогда не говорил заранее, что собирается готовить и из каких именно продуктов. Но получалось всегда отменно.

— Сволочь ты, Коротков, — обижался Коля. — Ты же знаешь, я все могу вытерпеть, кроме неудовлетворенного любопытства. Ну скажи, чем пахнет, а? Маринованный чеснок?

— Нет.

— Черемша?

— Нет. Коля, отстань, — расхохотался Коротков, распахивая дверь подъезда. — Через час узнаешь.

— Да ты охренел! — возмутился Николай. — Я за час сдохну от голода и любопытства.

— Будешь себя хорошо вести — пущу на кухню посмотреть на работу мастера, — пообещал Коротков.

Они устроились на кухне. Юра повязал фартук и принялся чистить и резать овощи, а Селуянов разложил перед собой листки с записями, вырванные из блокнота.

— Короче, Латышев сознался, что был в момент убийства возле Кунцевского загса, — сообщил он, рассказав Юре вкратце свою эпопею с Маратом и его подружкой Емельянцевой.

— А кто видел его машину? — поинтересовался Коротков, мелко нарезая лук и утирая тыльной стороной ладони слезы.

— Честно говоря, никто. Это я сблефовал, — признался Коля.

— Что, вот так, внаглую?

— Ну, не совсем. Какая-то зеленая машина была, это точно, есть человек, который ее видел. Но номер — это, конечно, полет фантазии. Оказалось, «в цвет».

— И что за человек?

— Парень, на соседней стройке на кране работает. Сидит высоко, глядит далеко. Я первым делом к этим строителям и кинулся, хорошо, что они по субботам работают. Крановщик сказал, что площадь, на которой находится загс, с его места хорошо просматривается, и он туда все время поглядывает. Сам скоро жениться собирается, поэтому интересно. Вот он и вспомнил, что примерно в начале одиннадцатого от загса через площадь на большой скорости отъезжала машина зеленого цвета.

— Повезло тебе, — кивнул одобрительно Коротков. — И что дальше собираешься делать?

— С тобой советоваться, — усмехнулся Николай. — Кроме того факта, что Латышев был возле загса, у меня против него ничего нет. Я говорил со следователем, он категорически отказывается производить обыск у Латышева с целью найти пистолет.

— Он прав. Неделя прошла, если пистолет до сих пор у него, то он там и останется, так что сделать обыск никогда не поздно. А если он его уже сбросил, то обыскивать тем более бессмысленно. Теперь только комбинации всякие проводить остается, с радикальными мерами мы уже опоздали. В конце концов, людей, заинтересованных в том, чтобы сорвать свадьбу Бартош и Турбина, оказалось слишком много, и убийство мог совершить любой из них. Просто Марата там видели, а остальным повезло, их никто не увидел и не узнал, но это же не значит, что их там не было. Та же Голованова или старуха Турбина. Или сама мамаша Бартош. Совершила убийство, внесла сумятицу в работу загса, сунула кому-то пистолет, например Кате, которая находится неподалеку и старается не попадаться на глаза невесте. Катя быстренько уезжает на машине Марата, который ждет ее возле загса. Вот и вся недолга. Так что или обыскивать квартиры всех, или затаиться и действовать исподтишка.

— Вот-вот, слово в слово, — подхватил Селуянов, — он так и сказал. Кстати, никаких связей Латышева с работниками загсов я не обнаружил. Так что если мы с тобой собираемся его разрабатывать как основного подозреваемого, то надо будет в первую очередь заняться именно этим. А у тебя какие новости?

— А у меня Вероника Матвеевна, — тяжело вздохнул Коротков. — Непонятная особа. Вот послушай, я тебе расскажу, что сумел узнать. Родилась в 1925 году в семье крупного архитектора. Росла в достатке, холе и неге. Поступила в медицинский институт, стала врачом-отоларингологом. Замужем не была. Отец ее умер в 1956 году, мать — в 1963-м. Осталась одна в огромной роскошной квартире, набитой книгами, картинами и антиквариатом. В 1968 году рожает сына Валерика, при этом никто не знает, от кого. У нее были две близкие подруги, которые, наверное, знали, кто отец мальчика, но они уже умерли, одна — в прошлом году, другая — четыре года назад, так что спросить мне не у кого. А просто бывшие соседки и бывшие коллеги по работе, разумеется, не знают. Спрашивать не принято, если сама не рассказывает. Так вот, жила себе Вероника Матвеевна в своей антикварной квартире до 1985 года, растила Валерика, а потом вдруг как шлея ей под хвост попала. Стала переезжать с квартиры на квартиру, причем каждая следующая — меньше и хуже предыдущей.

— Обмен с доплатой? — предположил Селуянов.

— Очень похоже, — кивнул Юра. — Встает законным образом вопрос: на что нужны деньги? Если учесть, что первый переезд состоялся, когда Валерию было семнадцать лет, можно предположить, что деньги были нужны на большую взятку. Чтобы уберечь мальчика от армии или устроить его в институт, что, впрочем, одно и то же.

— Погоди, но ведь ей-то в это время уже было шестьдесят? Верно? Тогда ни о какой армии и речь не шла, он был единственным сыном престарелой матери и подлежал освобождению от службы.

— Ах, черт, я и забыл совсем про этот закон, — досадливо поморщился Коротков. — Значит, все мои рассуждения отбрасываем в сторону и начинаем сначала. Зачем ей в 1985 году вдруг срочно понадобились деньги? И такие большие.

— Или она хотела от кого-то скрыться, сменить место жительства. Ты не помнишь, куда она в первый раз переехала?

— У меня в куртке, в нагрудном кармане, блокнот, притащи, будь добр. Там записано.

Николай принес куртку и на глазах у Короткова вытащил справку, которую сам же оставлял ему два дня назад на столе в кабинете.

— Странно, — он пожал плечами, — жила шестьдесят лет в одном и том же доме и вдруг переезжает буквально на соседнюю улицу.

— Точно?

Коротков опустил нож, которым помешивал на сковороде жарящийся лук, и уставился на друга.

— Ты уверен, что ее новый адрес — это соседняя улица? — переспросил он.

— Да точно, точно. Три минуты средним шагом. Не веришь — поехали, покажу.

Коротков верил. Коля Селуянов знал Москву как собственную квартиру, поэтому на его слова можно было полагаться полностью.

— Значит, она не скрывалась, — задумчиво пробормотал Юра, слизывая с ножа приставшие к лезвию золотистые кусочки лука. — Значит, Коляныч, это все-таки деньги. Но не на освобождение от армии и не на институт. Тогда на что же? Валерик совершил преступление, и нужно было откупиться от потерпевших или дать взятку следователю?

Несколько минут они молчали, потому что Коротков приступил к тонкой и требующей сосредоточенности процедуре — приготовлению маринада. Поскольку мерных стаканчиков в хозяйстве у Селуянова не водилось, отмеривать все ингредиенты приходилось на глазок. Тут уж никакие посторонние разговоры не допускались.

Соорудив маринад, Юра положил в него аккуратно нарезанное и предварительно отбитое мясо и засек время.

— Отбивные по-таджикски должны мариноваться ровно сорок пять минут, — объявил он. — Это будет наше второе горячее блюдо. А первое будет готово через десять минут.

— А что на первое? — ерзая от нетерпения, спросил Коля.

— Рагу из десяти разных овощей. Не бойся, тебе понравится, это вкусно. Так вот, вернемся к моей старушонке. Оставим пока открытым вопрос о деньгах и поглядим, чем она занимается сегодня. А сегодня, друг мой сердечный Селуянов, она, во-первых, не хочет, чтобы ее сын женился на Элене Бартош, причем не хочет без всяких разумных объяснений, а во-вторых, зачем-то ездит к черту на кулички, аж в

Люберцы, и вступает в непонятные мне контакты с дважды судимым алкоголиком Павлом Смитиенко.

— С кем, с кем?! — вдруг переспросил Селуянов, от неожиданности стряхивая пепел с сигареты не в пепельницу, а в стакан с минеральной водой. — С Пашей Смитиенко?

— Ну да. А ты его знаешь?

— Да ты что, Юрок, забыл? Ты сам его знаешь. Не может быть, чтобы ты не помнил. Восьмидесятый год, нас же всех свидетелями вызывали, потому что мы все его знали. Ну, вспомнил?

— Ох ты, елки-палки!

Коротков тяжело опустился на стул, отирая руки о фартук.

— Так это тот самый?

— Ну да. Смитиенко.

— Как же я фамилию-то забыл. Ну надо же! Точно, теперь вспоминаю, Павел Смитиенко. Господи, гадость-то какая! — Он брезгливо поморщился. — Как вспомню — так тошнота подкатывает. И что общего может быть у такого омерзительного типа с пенсионеркой, бывшим врачом, дочерью крупного архитектора?

— Заказ? — высказал догадку Николай. — Она заказала ему сорвать свадьбу сына?

— Возможно. Только зачем? Почему ей до такой степени не хочется, чтобы он женился на Элене? Впрочем, если Смитиенко действительно алкаш, то вытянуть из него правду — дело двух минут. Завтра с утречка и поеду, буду поить его дармовой водкой.

— Я с тобой, — решительно отозвался Селуянов.

— Это зачем? — удивился Юра. — Я и один справлюсь, труд невелик.

— Так любопытство ж разбирает, — улыбнулся Николай. — Да и на Пашку посмотреть хочется, столько лет его не видел.

— Ладно, — согласился Коротков, — поехали вместе.

Они поужинали, выпив вдвоем бутылку водки, из которой на долю Короткова пришлось чуть меньше трети. Потом еще долго сидели на кухне, словно за рабочую неделю не успели наговориться. Коля тосковал о детях и с ненавистью вспоминал о жене-предательнице. Юра сетовал на то, что не может бросить свою Ляльку, оставив ее одну с сыном и парализованной матерью. И конечно же, обсуждали странное запутанное дело о двух убийствах невест и двух одинаковых записках, полученных накануне убийств совсем другими невестами. И оба они вместе периодически вздыхали:

— Жаль, что Аська в отпуске! Она бы разобралась...

* * *

Воскресенье, которое для Насти Каменской обещало быть днем неспешным и ленивым, неожиданно обернулось сплошной напряженкой. Сначала позвонила ее мать, Надежда Ростиславовна. Настя с Алексеем должны были сегодня идти на воскресный обед к ней и Настиному отчиму, но планы, как выяснилось, переменились. Леонид Петрович был срочно вызван на работу, в юридический институт, где преподавал криминалистику. Скоропостижно скончался один из руководителей института, и нужно было организовывать похороны и поминки, а по случаю воскресенья почти никого найти не удалось.

— Настюша, поскольку папа сейчас уезжает и, по-видимому, до позднего вечера уже не вернется, мы сделаем по-другому, — решительно говорила мать. — Он завезет меня к тебе, а вечером, когда управится со всеми делами, заберет обратно. Мы с тобой пообщаемся, почирикаем, а вы к нам приедете, например, во вторник или в среду.

— Конечно, мамуля.

Неожиданный визит матери означал, что предполагаемые полдня спокойной работы над переводом пошли псу под хвост. Нужно было затевать уборку, пылесосить, раскладывать по местам разбросанные вещи, идти в магазин, готовить обед. Никакого удовольствия это Насте не доставило. Но отказываться от встречи с матерью ей и в голову не пришло.

В самый разгар уборки позвонил Антон Шевцов:

— Анастасия Павловна, ради бога, извините меня, я понимаю, что веду себя неприлично, но главный взял нас за горло.

— Что случилось? — не поняла она.

— Помните, мы говорили с вами про интервью, которое вы дадите нашей газете в обмен на то, что мы опубликуем фотографию женщины?

— Помню. И что?

— Понимаете, фотографию мы поставили во вчерашний номер, а главный редактор сказал, чтобы под фотографией и объявлением о розыске дали текст: «Подробности о кровавом преступлении, в связи с которым разыскивается эта женщина, — в нашем следующем номере, который выйдет в свет в понедельник. Читайте интервью нашего корреспондента с очевидцами». С точки зрения коммерции я его понимаю, под такой анонс он продаст место для рекламы в завтрашнем номере втридорога.

— Разумно, — согласилась Настя. — Так в чем проблема?

— Да в том, что если интервью должно быть опубликовано завтра, то делать его нужно сейчас. Я понимаю, воскресенье, у вас другие планы, но...

— Что ж с вами сделаешь, — вздохнула она. —

Давайте договариваться. Только имейте в виду, я не могу никуда ехать. Ко мне сейчас приедет мама и пробудет до самого вечера.

— Конечно, конечно, Анастасия Павловна, мы приедем к вам домой, только назначьте время.

— Давайте часа в три, хорошо?

— Будем ровно в три, как штык, — радостно заверил ее Антон.

Сердито чертыхаясь про себя и кляня в душе свое неумение отказывать людям, Настя с остервенением водила щеткой пылесоса по лежащему в комнате паласу. Ну надо же, какая незадача, в один день на нее обвалились и мама, и эти журналисты. К сожалению, это оказалось еще не все. В тот самый момент, когда Настя закончила уборку, приняла душ и села в своем любимом старом халате на кухне, чтобы выпить чашку кофе и перехватить какой-нибудь бутерброд, раздался звонок в дверь и в квартиру влетела Даша.

— Дашунчик, у тебя в животе не ребеночек, а воздушный шарик, и ты на нем летаешь, — пошутил Леша, целуя ее. Он, который всю жизнь был худым и, по образному выражению друзей, гремел при ходьбе костями, не мог себе представить, как можно жить с таким огромным животом, и не просто жить, а передвигаться, ходить и даже почти бегать.

— Ты одна? А Саня где? — спросила Настя, обнимая ее.

— Внизу, машину закрывает.

— Да? — подозрительно бросила Настя. Она давно уже обратила внимание, что ее брат не тратил на это ни одной лишней секунды, объясняя, что сигнализация включается автоматически, как только он запирает на ключ дверь со стороны водительского места. Что-то здесь было не так.

Подозрения ее оказались не напрасными. Через

несколько минут в квартиру ввалился Саша, сгибаясь под тяжестью огромного ящика.

— Что это? — с ужасом произнес Алексей, глядя на ящик, который весил не меньше сорока килограммов.

— Это фрукты и свежая рыба. Еще сегодня ночью плавала в Каспии, — тяжело переводя дыхание, ответил Александр. — Друг прислал из Баку. Хотел к свадьбе, к прошлой субботе успеть, но у них там заварушка какая-то случилась, аэропорт закрыли. Вот вчера только рейсы возобновились. Он мне позвонил, мол, встречай, утренним рейсом отправляю фрукты, которые только что сорвали, и рыбу, которую только ближе к вечеру еще пойдут ловить. Я ему говорю, не надо, спасибо тебе за заботу, но свадьба уже неделю назад состоялась, а он — ни в какую. Я, мол, сам для себя решил, что должен послать тебе фрукты и рыбу, — и точка. Пусть жена кушает, ей полезно.

— И это правильно, — со смехом согласилась Настя, — ей полезно, так что пусть кушает. Зачем ты нам-то это притащил?

— А куда девать? — развел руками Александр. — Там таких пять ящиков было. Родителям отвезли по ящику, моим и Дашкиным, тебе, надо бы еще один пристроить. Фрукты нельзя хранить, они очень спелые, их надо съесть максимум дня за три, лучше — за два. А про рыбу и говорить нечего. Замораживать ее уже поздно, полсуток она по жаре болтается. Надо немедленно готовить и есть. Ася, никому из твоих знакомых не нужно? Жалко ведь, если пропадет. Человек старался, упаковывал, отправлял...

Настя ласково провела рукой по мокрому от пота лицу брата и чмокнула его в нос.

— Саня, от тебя можно рехнуться. Зачем ты

тащил такую безумную тяжесть один? Лешка спустился бы и помог. Ты же надорвешься. Тоже мне, Жаботинский выискался. А лишний ящик я пристрою, об этом не беспокойся. У нас с Чистяковым тоже родители есть.

— Здорово, — обрадовался Саша. — Тогда налей мне чего-нибудь попить, и мы поедем дальше, повезем эти чертовы ящики.

Настя принесла брату стакан минеральной воды и с нежностью смотрела на его худую шею, по которой в такт большим глоткам двигался выпирающий кадык. Внезапно ей пришла в голову мысль:

— Саня, а пусть Дашка останется у нас, пока ты ездишь, ладно? Чего ей с тобой мотаться, только выхлопом дышать. Мы с ней фрукты разберем, рассортируем, что нужно есть немедленно, а что еще может полежать, поболтаем о всякой бабской ерунде. Дашуня, как тебе мое предложение?

С этими словами Настя незаметно подмигнула Даше, чтобы дать ей понять, что дело вовсе не во фруктах.

— Ой, правда, Сашенька, давай я останусь, а? А ты потом за мной приедешь.

— Ладно, — пожал плечами Каменский, — оставайся. Я вернусь за тобой часам к пяти.

Они вместе с Лешей спустились вниз и приволокли еще один точно такой же ящик, содержимое которого предстояло разделить между Лешиными и Настиными родителями.

Не успели они закрыть дверь за Сашей, как явилась роскошная и убийственно элегантная Надежда Ростиславовна. За ее спиной Настя увидела отчима с огромной сумкой в руке.

— Ребенок, сдаю тебе маму с рук на руки и уезжаю, — быстро сказал Леонид Петрович, который понимал падчерицу с полувзгляда. Он сразу заметил некую тень ужаса и отчаяния на Настином лице, а также стоявшую в комнате Дашу и понял, что для такой маленькой квартирки народу получается многовато, Настя нервничает и злится.

Настя благодарно поцеловала его.

— Возьми сумку, это тебе.

— Что это? — удивилась Настя.

— Мамины подарки. Привезла тебе из Швеции всякие тряпочки и баночки.

Настя бросила взгляд на часы. До приезда журналиста с фотокорреспондентом оставалось двадцать минут. Если от сегодняшнего дня она не сойдет с ума, то никакие психические расстройства ей уже не страшны.

За оставшиеся двадцать минут она успела проинструктировать Дашу, вкратце объяснить ситуацию маме, переодеться и даже слегка накраситься. Ровно в три часа явились Антон Шевцов и журналист, представившийся Славой Вострокнутовым.

— Я не хотела бы, чтобы моя фотография появилась в газете, — сказала им Настя, усадив в комнате гостей и Дашу. — Поэтому я предлагаю вам равноценную замену. Вы возьмете интервью у моей родственницы, жены моего брата, которая тоже там была. Антон, вы помните Дашу?

— Конечно, — улыбнулся Шевцов. — Вас трудно не запомнить, у вас очень яркая внешность.

— У меня не яркая внешность, а выдающийся живот, — звонко рассмеялась Даша. — Просто в загсах нечасто увидишь невесту с таким большим сроком беременности, как у меня. Но я ценю вашу деликатность.

— Так вот, — продолжила Настя, — интервью вам будет давать Дарья Каменская, и фотографировать ее вы можете сколько угодно. Если есть какие-то вопросы, на которые могу ответить только я, и вам очень нужно, чтобы это было в интервью, я отвечу, но слова мои припишите ей. Я вообще не должна упоминаться. Договорились?

По лицу журналиста Настя поняла, что ее требование ему не нравится, ему хотелось взять интервью у работника уголовного розыска, чтобы потом использовать этот факт как свидетельство своего близкого знакомства с сотрудниками МУРа. Когда с тобой не хотят разговаривать и не дают тебе никакой информации, иногда бывает полезно бросить эдак вскользь: я умею обращаться со сведениями деликатного характера, мне охотно дают интервью работники уголовного розыска, вот, например, неделю назад опубликовано мое интервью с Каменской из отдела по борьбе с тяжкими насильственными преступлениями. Но нравится Славе Вострокнутову ее идея или не нравится — все равно он будет делать так, как она скажет, потому что во вчерашнем, субботнем, номере «Криминального вестника» уже прошел анонс, обещающий, что в понедельник будет опубликовано это чертово интервью. Стало быть, кровь из носу — а сделать его нужно сегодня.

Антон сразу сделал несколько снимков Даши, чтобы потом не отвлекать ее от беседы, после чего Настя выпроводила его на кухню и оставила в обществе мужа и матери, а сама вернулась в комнату.

* * *

Когда Настя привела на кухню Антона Шевцова, Леша сразу почувствовал, что втроем им здесь будет плохо. Настя просила мать развлечь фотографа светской беседой, пока журналист будет беседовать с ней и Дашей, и в этом распределении ролей Алексей Чистяков ничего подходящего для себя не нашел. Сидеть молча, как истукан? Заниматься приготовлением обеда? Или принимать участие в бессмысленном разговоре с совершенно незнакомым человеком, с которым и связывает-то только то обстоятельство, что оба они случайно оказались в одно и то же время в одном и том же месте — в месте, где совершено убийство? Можно, конечно, пойти по другому пути и завязать светскую беседу не с фотографом, который ему не интересен, а с Надеждой Ростиславовной, которую он давно и хорошо знает, а фотограф пусть подлаживается, если хочет.

Одним словом, перебрав все возможные варианты развития событий в крошечной тесной кухне, Чистяков принял мудрое решение в спектакле не участвовать. Через пять минут после того, как на кухне появился Шевцов, Алексей с озабоченным видом полез в холодильник, долго что-то там искал и в конце концов расстроенно заявил, что допустил непростительную оплошность, что для сегодняшнего обеда непременно нужен майонез, и он вчера уверял Настю, что покупать его не нужно, потому что в холодильнике стоят целых две банки. А сейчас он обнаружил, что это не майонез, а белый тертый хрен. Короче говоря, он приносит свои извинения, но ему придется срочно идти в магазин за майонезом, а поскольку сегодня воскресенье и почти все магазины закрыты, поиски желанного продукта могут затянуться на неопределенное время, так как, возможно, придется ехать в центр, на Тверскую, в Елисеевский.

Произнеся эту изысканную тираду, профессор Чистяков накинул джинсовую куртку и покинул квартиру, в которой собралось слишком много людей одновременно.

— ...Почему вы в тот день были в загсе? Что привело вас туда?

— Я была свидетельницей на свадьбе у Насти...

— Она была свидетельницей на свадьбе у сестры своего мужа, — поправила ее Настя. — Имена называть не нужно, они читателя не интересуют.

— Какое настроение было у вас, когда вы приехали в загс?

— Отличное. Я сама за час до этого вышла замуж, поэтому настроение было, сами понимаете, соответствующее.

— Что вы говорите? Вы тоже выходили замуж тринадцатого мая?..

* * *

Надежда Ростиславовна гостеприимно поила чаем Антона Шевцова. При этом каждое ее движение сопровождалось длительными комментариями и обоюдным хохотом, потому что она так давно не была у дочери дома, что совершенно не представляла себе, где что лежит. Дольше всего она искала заварку.

— Слушайте, Антон, боюсь, что мне придется перед вами извиниться, но чай я вам предложить вряд ли смогу, — наконец сказала она, открыв все имеющиеся в кухне дверцы и ящики. — Я не могу найти заварку.

— А вы всюду посмотрели? — спросил Антон, который, не отрываясь, следил глазами за Настиной матерью и видел по меньшей мере пять мест, где могла находиться заварка, но куда она и не заглянула.

— По-моему, всюду. Давайте я сварю вам кофе.

— Спасибо, Надежда Ростиславовна, но кофе я не пью.

— Что так?

— Сердце. Врачи не велят.

— Что вы говорите! — ахнула она. — Такой молодой! Я вам очень сочувствую. Вы знаете, когда молодые болеют, а старые прекрасно себя чувствуют — это ненормально. Вот я, например, здорова, как новорожденный младенец, а Настенька моя — сплошная хворь. Сосуды можно уже сейчас на помойку выбрасывать. Спина болит постоянно. Наверное, мы сами виноваты, выросли на натуральных продуктах, а вас растили уже на сплошной химии. Экологическую обстановку испортили, воздух загадили.

— Как же вашу Настеньку взяли в милицию работать, если она такая больная? По блату устроили?

— Ну что вы, Антон, при чем тут блат. Она работает по специальности, распределили после университета. Правда, мой муж всю жизнь проработал в уголовном розыске...

— Ну вот видите, — хмыкнул Шевцов.

— Но к Настиному устройству он никакого отношения не имел, я вам даю честное слово. Она все в своей жизни сделала сама.

— Как же она медкомиссию прошла с больной спиной?

— Да она никому не сказала, что у нее была травма, а врачи проглядели. Вы же знаете, какие у нас врачи, чего ж удивляться.

— Выходит, чтобы поступить на работу в милицию, пришлось солгать? — засмеялся Антон. — Забавные штуки жизнь выкидывает.

— Не солгать, а утаить правду, — улыбнулась в ответ Надежда Ростиславовна. — Это не одно и то же.

— А по-моему, разницы нет. Кстати, попробуйте поискать заварку вон в той коробке, вы там еще не смотрели.

— В этой? Ох, и правда, смотрите-ка, вот она. Как вы догадались?

— Интуиция.

* * *

— ...Почему вы уверены, что уже через десять минут после убийства из загса не мог выйти ни один человек?

— Потому что мой муж и Алеша...

— Муж моей родственницы, — поправила ее Настя.

— Да, правильно, муж моей родственницы. Они закрыли двери и никого не выпускали.

— Почему они это сделали? Кто им подсказал?

— Настя.

— Сестра мужа, — снова уточнила она.

— Да, сестра мужа.

— А почему это пришло ей в голову? Ей раньше приходилось сталкиваться с такими ситуациями?

— Она прочитала в своей жизни много детективов и знает, как и что нужно делать, — ответила Настя вместо Даши. — Послушайте, Слава, я понимаю ваше желание прозрачно намекнуть читателю, что в загсе оказался работник уголовного розыска, с которым вам удалось познакомиться. Оставьте вашу затею, ладно? Я все равно не допущу, чтобы Даша сказала хоть одно лишнее слово.

* * *

— Спасибо, Надежда Ростиславовна, чай получился отличный. Скажите, а ваша дочь с детства хотела быть юристом и работать в милиции?

— Нет, что вы, Антон, она с детства занималась иностранными языками и математикой. Я была уверена, что она пойдет по моим стопам и станет лингвистом. Как говорится, ничто не предвещало... И потом, с девятого класса рядом с ней постоянно был Алеша, а уж в том, что он станет выдающимся математиком, вообще никто не сомневался. Мы с мужем ожидали, что они будут поступать в университет на один факультет. Но, как видите, ошиблись.

— Разве она с вами не советовалась?

— Советовалась, конечно. Я ее отговаривала, а муж поощрял. Его аргументы оказались, видимо, сильнее. А почему вы об этом спрашиваете?

— Просто интересно. Профессия неженская, а ваша дочь, как мне кажется, вполне преуспевает в ней. Согласитесь, это повод для хорошего материала в нашей газете.

— Может быть, может быть, — задумчиво кивнула Надежда Ростиславовна. — Правда, насколько я знаю свою дочь, она никогда на это не согласится.

— Почему?

— Это трудно объяснить, — засмеялась она. — Характер такой, наверное.

— Разве Анастасия равнодушна к славе?

— Представьте себе, равнодушна.

— Этого не может быть. Все люди хотят славы, а женщины — в особенности. Я думаю, ее все-таки можно будет уговорить.

— Попробуйте, — усмехнулась Надежда Ростиславовна. — Но успех я вам не гарантирую.

* * *

К шести часам все наконец пришло в норму. Журналист и фотограф закончили работу и уехали, Саша приехал за женой даже раньше, чем обещал, на скорую руку выпил чай и увез Дашу домой. Чистяков, сидевший все это время неподалеку от дома на скамеечке с книжкой, увидел, как от дома отъехала желтая машина Шевцова, и тут же вернулся. Они остались втроем — Настя, ее муж и мать.

Настя никак не могла отделаться от ощущения, что мать стала ей совсем чужой. Она так давно жила за границей, что перестала чувствовать российскую жизнь, здешних людей, их проблемы и радости. Она не понимала, почему на метро ездить удобнее и быстрее, чем на машине, и Насте приходилось долго объяснять, что теперь автовладельцев стало на порядок больше, и улицы забиты машинами, и можно попасть в пробку, из которой не выберешься по меньшей мере час, поэтому покупать машину и ездить на ней она, Настя, не будет ни за что. Мать не понимала, почему так важно получить зарплату вовремя и почему об этом столько говорят.

— Нужно умело строить свой бюджет, — поучала она, — чтобы не оставаться ко дню зарплаты без копейки. Отложи один раз деньги и не трогай их, пусть они лежат как раз для того случая, когда вовремя не выдадут зарплату.

— Мама, дело не в том, что у меня не хватит денег и я буду сидеть без гроша, а в том, что сегодня я на свою зарплату могу купить, например, двести долларов, а через неделю — только сто девяносто. Доллар-то дорожает, не забывай, причем постоянно.

— Да? Никак не могу к этому привыкнуть...

Улучив момент, когда Леша оставил их вдвоем, мать спросила тихонько:

— Скажи, пожалуйста, этот фотограф, Антон... Ты давно с ним знакома?

— Неделю. А что?

— Ты его чем-то обидела?

— Нет. С чего ты взяла?

— Он тебя не любит.

— Перестань, мама, — с досадой поморщилась Настя. — Почему он должен меня любить? Кто я ему? Мы случайно познакомились в загсе, где произошло убийство. Я выходила замуж, а он работал, фотографировал.

— Нет, доченька, — упрямо возразила мать, — он злой. Он плохо к тебе относится.

— Мама, не выдумывай, пожалуйста. Почему ты решила, что он злой?

— Потому что он сразу решил, что тебя в милицию по блату устроили.

Настя расхохоталась, хотя на самом деле ей хотелось плакать.

— Мама, ты слишком привыкла жить среди сытых, довольных людей, у которых все в порядке и которые поэтому могут позволить себе роскошь хорошо ко всем относиться и всех любить. Ты слишком давно не жила в России, поэтому не знаешь, что в разговорах о блате сегодня уже нет ничего неприличного, их никто не стесняется и никому не приходит в голову по этому поводу обижаться. Мы все озлоблены, мы все друг друга ненавидим. Сегодня считается нормальным желать смерти человеку, если от этого можно урвать кусок. Раскрой глаза, мама! Посмотри, как мы живем!

Настя видела, что мать расстроилась, и корила себя за то, что не сдержалась. Нужно было разговаривать с ней помягче. Как же она сможет жить здесь, когда кончится ее контракт и ей придется вернуться? Жизнь в России меняется так быстро, что, уехав на три года, к ней придется адаптироваться заново. Может быть, мама снова продлит контракт и останется в Швеции еще на какое-то время? Сможет ли она жить с папой после такой долгой разлуки? Или даже он покажется ей злым и недобрым по сравнению с ее шведским возлюбленным Дирком Кюном, с которым Настя познакомилась, когда была в командировке в Италии?

Наконец этот длинный тяжелый день подошел к концу. Приехал измученный и усталый Леонид Петрович и увез жену домой. Настя вымыла посуду, постояла минут пятнадцать под горячим душем, чтобы расслабиться и снять нервное напряжение. Но расслабиться никак не удавалось, даже под горячими струями воды она чувствовала неприятный озноб.

Она вылезла из ванной, не выключая воду, завернулась в полотенце и вышла на кухню. Не обращая внимания на Лешу, который, сидя за столом, раскладывал пасьянс, достала из шкафчика высокий стакан и бутылку мартини, налила себе изрядную порцию и залпом выпила. Проигнорировав изумленный взгляд мужа, молча поставила стакан в раковину, а бутылку обратно в шкафчик и, вернувшись в ванную, снова встала под душ. Через несколько минут ей стало легче, сведенные будто судорогой мышцы расслабились и разжались, озноб прекратился.

Настя тщательно вытерлась большим толстым полотенцем, закуталась в халат и ушла в комнату. Включила телевизор, но тут же с раздражением выключила его. По одной программе какой-то тип с утомленным светской жизнью лицом многозначительно пел: «Давай вечером умрем весело — поиграем в декаданс». По другой шла очередная мыльная опера. По третьей — футбол. По четвертой — что-то совершенно невообразимое, с кривляющимся патлатым шоуменом.

«Боже мой, мама, ты даже не представляешь, как мы здесь живем, — думала она, раскладывая диван и доставая из тумбы постельное белье. — Ты даже не представляешь, что здесь у нас творится. Ты меряешь наших людей какими-то несуществующими мерками, которые годятся только для сказочных героев и романтических принцев. Ведь если мне не нравится то, что показывают по телевизору, а это все равно показывают, причем по всем каналам, значит, большинству-то нравится. Выходит, в нашей стране большинство — это люди, которым нравится этот патлатый идиот с плоскими шутками, эти бесконечные клипы с примитивными певцами в заклепках и браслетах, эта реклама, от которой хочется повеситься. Мы теперь такие, мама, озлобленные и тупые, а ты продолжаешь мерить нас христианскими понятиями «добрый» или «злой». Мы с тобой, наверное, уже никогда не поймем друг друга. Мы стали совсем чужими и далекими».

Она сняла халат, погасила свет, скользнула под одеяло и горько заплакала.

Глава 9

Валерий Турбин проводил Элю до дверей ее квартиры и вопросительно заглянул в глаза девушке. Нет, как он и ожидал, она снова не приглашает его к себе домой. Он по-прежнему должен оставаться в положении поклонника-ухажера, а не жениха, который еще неделю назад, если бы не глупая случайность, стал бы законным мужем. Ну почему все так? Почему?

— Когда я тебя увижу? — спросил он, видя, что Эля уже достала ключи.

— Завтра, наверное, — тихо ответила она.

— Ты расстроена?

— Нет, все в порядке.

— Я знаю, ты все еще переживаешь из-за того, что наговорил вчера этот мерзавец. Эленька, любимая моя, я ни капельки не ревную, я никогда не упрекну тебя, клянусь. Ну забудь ты все это.

— Значит, Марат был прав, — задумчиво проговорила девушка и скрылась в квартире, оставив жениха на лестнице.

Турбин с досадой ударил кулаком по стенке. Ну почему ему так не везет, а? Все шло так гладко, так ровно, и вдруг это убийство дурацкое, которое все сломало. Свадьбу отложили, а теперь еще вмешался этот Марат со своими деньгами и богатейскими замашками.

«Значит, Марат был прав...» Конечно, черт возьми, еще как прав, десять, сто, тысячу раз прав! Каждое его слово — правда, против которой и возразить нечего. Поэтому и выглядел он, Турбин, так жалко вчера на даче, когда явился Марат Латышев, что не нашлось аргументов против совершенно правильных его слов. Валерий был согласен с ним полностью, готов был подписаться под каждым его словом, поэтому не спор у них получился, а монолог праведного Марата и избиение грешного младенца Валерия. Только толку-то от этой правды...

Он вспомнил, как впервые переспал с женщиной. Он ничего тогда еще не умел и всего боялся, было ему семнадцать лет, а женщина была лет на десять старше. Она была терпелива и деликатна, понимая, что имеет дело с неумелым мальчишкой.

— Зачем ты это сделала? — спросил он, когда все осталось позади. — Какой тебе интерес возиться со мной?

— Ты не понимаешь, — улыбнулась она. — В тебе есть что-то... Не знаю даже, как сказать. От тебя волна идет. Женщина смотрит на тебя и начинает тебя хотеть. Знаешь, это редко встречается, очень-очень редко, обычно с женщиной нужно долго работать, трудиться, чтобы она тебя действительно захотела, по-настоящему. Поэтому мужчины придумывают тысячи всяких хитростей и технических приемов для этого. А тебе ничего такого не нужно. От тебя такая мощная волна идет, что уже больше ничего не требуется, только потенция.

Турбин тогда не очень хорошо ее понял, но запомнил все, что она сказала, и принялся набираться опыта. Уже через год до него полностью дошел весь смысл сказанного той женщиной. Еще полгода ушло на то, чтобы осмыслить понятое и составить собственную систему ценностей, сообразуясь с открытым в себе природным даром.

Валерик рос правильным, хорошим мальчиком, вокруг него всегда были хорошие книги и хорошие картины, умная образованная мама, которая могла, не заглядывая в учебник, объяснить любую тему по любому предмету вплоть до десятого класса. В плане интеллекта мама была авторитетом непререкаемым, ибо обладала широчайшей эрудицией. Валерик рос в убеждении, что главное в жизни — развитый интеллект и полученные знания. Тогда можно овладеть любой профессией и добиться любой цели. Школу он закончил с золотой медалью.

И вдруг оказалось, что в нем от природы есть нечто такое, что позволит добиваться тех же самых целей, но другим, гораздо более приятным и гораздо менее обременительным способом. Так что же, все было зря? Пропущенные вечеринки, непосмотренные кинофильмы, неперецелованные одноклассницы — все эти жертвы во имя учебы и знаний, все это было зря? Можно было ходить гулять по вечерам до поздней ночи, пить вино тайком в беседке, тискать захмелевших девчонок, а то и не тискать, а кое-что посерьезнее, играть в карты, бегать в кино вместо уроков. Можно было прожить нормальное среднестатистическое детство со всеми детскими радостями и подростковыми глупостями, с умеренным, «в кайф», мелким хулиганством, которое так хорошо помогает сбрасывать излишки энергии, с ранним смешным сексом, легкой выпивкой и яркой бравадой. Все, оказывается, можно было, и результат был бы тот же. Потому что секретарь приемной комиссии института, куда Валерик поступал учиться, молодая партийная активистка, не достигшая тридцати лет, и без всех его отличных оценок и «медалированных» знаний сделала все как надо, включила Турбина в список тех, кто при любых условиях должен был стать студентом. И сделала это без всяких просьб с его стороны после того, как провела с ним наедине не более пятнадцати минут. За эти пятнадцать минут, что они пробыли на черной лестнице, у двери на чердак, она получила все, чего недополучала на протяжении шести лет замужества, а он — очередной опыт: женщине важен сам факт достижения оргазма, а не способ, которым он достигается. Этот опыт ему больше никогда не пригодился, ибо с потенцией у Валерия Турбина проблем не было.

Он успешно учился, писал блестящие курсовые работы, но тематику выбирал узкую, ту, которая его интересовала больше всего. Профессора, оценив его хорошие способности, советовали заняться социологией, а еще лучше — политологией.

— Грядет многопартийность, политическая система будет меняться быстро, и тогда остро потребуются аналитики, комментаторы, советники, которые владеют материалом, — наперебой увещевали они. — Вы будете нарасхват. Это же слава и деньги.

Да, ему хотелось славы и еще больше хотелось денег. С тех пор как мать вышла на пенсию, а он вырос, они стали переезжать с квартиры на квартиру, меняя большую площадь на меньшую с доплатой, потому что денег на жизнь не хватало. Стипендия, даже повышенная, какую он получал, была до смешного маленькой, но мать и слышать не хотела о том, чтобы сын бросил учебу и начал работать. Нищета стояла Валерию поперек горла, он хорошо помнил свое сытое и красивое детство среди старинных книг с золотым тиснением на переплетах и дорогих картин с автографами художников. Он понимал, что все это было продано, чтобы вырастить его, кормить хорошими натуральными продуктами с рынка, а не отвратительной химией из ближайшего магазина, возить его каждый год на море, в Прибалтику, снимая на все три месяца целый дом, а не крошечную конурку с двумя койками. Стоило это безумных денег, но мать шла на такие траты, чтобы три месяца летних каникул превращались не в три месяца лишений, унижений и стесненного положения, когда не знаешь, можно ли сюда ступить и здесь сесть, а в три месяца полноценной и полнокровной жизни, с книгами, которые брались с собой чемоданами, с мольбертом и занятиями живописью, с телевизором и проигрывателем, на котором мама крутила свои и его любимые пластинки.

Став взрослым, он не забыл тех жертв, которые были принесены во имя его здоровья и благополучия. То, что он должен найти свою золотую жилу, сомнению не подвергалось. Но путей было два.

Заниматься ненавистной социологией и осточертевшей политологией, от которых его воротит, и в скором времени добиться положения и известности, должностей и денег, вполне приличных денег, достаточных для того, чтобы дать матери хотя бы несколько лет достойной и пристойной старости.

Или заниматься тем, что ему интересно, что он любит по-настоящему и хорошо знает, но в чем еще такая бездна непознанного — древними греками. Изучить как следует, а не по верхам, древнегреческий и читать их в оригинале, наслаждаясь слогом, стилем, глубиной и неожиданностью мыслей, остротой суждений и язвительностью оценок. Кому сегодня нужны древние греки? Кого они интересуют? Поистине, есть науки, которые являются уделом только богатых. Ибо нищий, занявшийся древними греками, так и сдохнет в нищете под забором, потому что древними греками не заработаешь себе даже на костюм, в котором можно выйти на трибуну университета и прочитать лекцию об этих самых древних греках. Нищий должен заниматься химией и биологией, чтобы ставить свое дело в пищевой или текстильной промышленности, нищий должен становиться юристом или экономистом. А древних греков оставить элите — миллионерам. И Валерию Турбину пришлось решать, а не заняться ли ему своими любимыми греками, а денег добиваться не профессиональной деятельностью, а сексуальной активностью.

Он выбрал греков. И стал пристально искать среди окружающих его девушек и женщин ту, которая могла бы стать его золотой жилой. В идеале он представлял себе, что найдет молодую, в возрасте до тридцати пяти лет, деловую женщину, у которой все есть и которой муж нужен только для постели, а не для душевных разговоров, не для выполнения мужской домашней работы и не для пробивания ее безумных проектов. Он сразу поставит ей условие: он не лезет в ее дела, он не требует от нее внимания, ему не нужно, чтобы она за ним ухаживала, готовила ему по утрам завтраки и подавала их в постель. Ему не нужно, чтобы она ему доверяла свои секреты и делилась проблемами. Ему не нужно, чтобы она таскала его с собой на приемы и светские рауты, она может ходить на эти мероприятия с любовниками и поклонниками. Ему нужен минимальный достойный комфорт для себя и деньги для матери. За это он будет исполнять свой супружеский долг безотказно в любое время, в любом месте, в любой форме и с любой интенсивностью.

Но жизнь, как водится, оказалась от идеала далековата. Те женщины, которые уже чего-то добились, завели собственное дело и крепко стояли на своих стройных финансовых ногах, совершенно, как выяснилось, не нуждались в автоматических трахальщиках. Им нужна была душевная близость, теплота, нежность, дети. Им хотелось о ком-то заботиться или чтобы заботились о них. В любом случае Валерий, которого в этой жизни интересовали только философские учения древних греков, их никак не устраивал. Те же, кому нужен был голый секс, оказывались либо молоденькими и с финансовой точки зрения спорными, либо такими акулами, что с ними и в постель ложиться страшно было. Так что с выгодной женитьбой пока что не очень получалось, а мать тем временем снова поменяла квартиру, и они снова переехали...

И вдруг появилась Катя Голованова, студентка, так похожая на него, влюбленная в философию, знающая и тонко чувствующая материю. С ней было интересно разговаривать, с ней хорошо было гулять подолгу после занятий, до позднего вечера, потом провожать ее до подъезда и каждый раз убеждаться в силе своей привлекательности. Катя совершенно теряла голову, и, если бы на дворе было лето, они бы наверняка ухитрялись заняться любовью прямо здесь, на лестнице, между этажами. Но стоял декабрь, и одежды на них было многовато.

Еще немного, и Турбин бросил бы к чертовой матери своих любимых греков, сменил бы тему диссертации и защитился по политологии. Он уже почти готов был сделать Кате предложение и думал только о том, что сначала надо бы найти хату, где переспать с ней хоть разочек, а то как-то несовременно делать предложение девушке, с которой ни разу не был близок. Еще немного, и...

Но все сорвалось. Катя привела в институт свою подружку, богатую бездельницу Элю, дочку крупного фирмача. И Валерий отступил, дал слабину. Эля оказалась такой доступной добычей, у нее совсем не было мозгов, зато был южный темперамент и высокая потребность в сексе, а также богатый папа, который мог пристроить Валерия на какую-нибудь необременительную денежную работу. Мало ли в крупных фирмах непыльных должностей, где и уметь-то ничего не нужно.

Округлить глупенькую хорошенькую Элю не стоило ни малейшего труда. Он видел, как страдает Катя, клял себя последними словами, но, выбирая между нею и греками, отдавал предпочтение грекам. Они все-таки были ему интереснее и нужнее.

Валерий был достаточно предусмотрителен, чтобы заставить Элю скрыть от родителей подачу заявления в загс. Он прекрасно понимал, что Бартоши не умирают от желания видеть его в своей семье, поэтому старался как можно меньше мелькать перед ними, чтобы у них сложилось впечатление, что он — просто очередной поклонник, никакой опасности не представляющий. Он хотел, чтобы Эля поставила мать и отца в известность уже после регистрации брака, когда сделать ничего нельзя будет и придется смириться. Но Элька, конечно, не выдержала и проболталась. Две недели перед свадьбой превратились в настоящий ад. Едкая и циничная Тамила проела им печень рассуждениями о том, что нельзя жениться с бухты-барахты только потому, что захотелось в постель. Она была достаточно проницательна, чтобы правильно понять расстановку сил в паре, которую составили ее нежная избалованная девочка, привыкшая все получать по первому требованию, и нищий аспирант, привыкший все получать при помощи предмета, находящегося в лобковой зоне.

Он сцепил зубы и сказал себе, что продержится эти две недели до свадьбы, перетерпит грязные намеки Тамилы и Элькины истерики, зато через две недели все будет кончено. Тем более что сам глава семьи, миллионер Иштван Бартош, относился к жениху дочери вполне дружелюбно, в лобовых атаках жены участия не принимал и только сочувственно подмигивал Валерию. Турбину казалось, что Бартош относится к сложившейся ситуации как-то иначе, во всяком случае, зятя на произвол судьбы не бросит.

Две недели показались ему двумя десятилетиями — столько сил от него потребовалось, чтобы вынести все это. Вдобавок он получил удар оттуда, откуда и вовсе его не ждал — от собственной матери. Та отчего-то тоже воспротивилась его женитьбе. Может быть, боялась на старости лет остаться одна, может быть, ей не нравилась безмозглая бездельница Эля, а может, и совсем без причины, как бывает довольно часто у сверхзаботливых матерей: что бы ты там себе ни выбрал, оно мне уже не нравится.

Утром 13 мая Валерий Турбин проснулся с мыслью: я это сделал. Я выдержал. Я не сорвался, не нахамил Тамиле, не ударил Элю, хотя они обе этого вполне заслуживали. Я все вытерпел, не потеряв лица, не уронив своего достоинства. Заодно и продемонстрировал будущему тестю свою выдержку и хладнокровие. Авось пригодится в работе.

Ему казалось, что все уже случилось, что уже ничто не может им помешать. Они уже сели в машины, они уже едут в загс, они приехали, сдали паспорта инспектору и ждали, когда их пригласят на регистрацию. Ждать надо было совсем чуть-чуть, их очередь была первой. Но первой она была не с самого начала, сначала она была четырнадцатой, и только две недели назад Тамила добилась, чтобы их пропустили первыми. Однако ту пару, которой уже назначено было на 10 утра, никуда не денешь и не отодвинешь, и те, другие, тоже приехали к десяти часам. Правда, они вели себя спокойно, не скандалили, сдали паспорта и ждали вызова. Почти одновременно с ними подъехала и следующая пара со своими гостями. Турбин уже чувствовал себя мужем, как вдруг... И все рухнуло в один момент. Женщины забились в криках и рыданиях, приехала милиция, заведующей загсом стало плохо, ей вызвали «Скорую». И Тамила, стерва черноглазая, своего не упустила. Тут же начала свиристеть, что грех играть свадьбу, когда рядом покойник лежит, что это знак судьбы, предостережение свыше и так далее. Эля, конечно, послушалась, хотя и неохотно. Ей самой замуж смерть как хотелось, но ослушаться матери так явно она не посмела. Одно дело — тайком подать заявление в загс, когда мать еще не сказала: «Не смей этого делать», и совсем другое — заявить матери: «Я буду делать по-своему, даже если тебе это не нравится». Не всякая сорокалетняя женщина на такое способна, а уж Элька-то и подавно.

И теперь снова ждать целый месяц, и месяц этот, предчувствовал Валерий, будет похлеще тех двух недель. К натиску Тамилы сначала присоединилась мать, а теперь вот еще в игру вступил бывший Элькин хахаль Марат, тоже, видно, охотник до денег Бартоша. Как вынести все это? Где взять силы, терпение, выдержку, чтобы не наорать на Тамилу, не навешать оплеух этой дуре Элене, не надерзить матери, не полезть в драку с Маратом.

И еще одно беспокоит: врал или не врал Латышев, когда говорил, что Бартоши не дадут дочери денег после свадьбы? Он-то, Валерий, смотрел на все такими же глазами, как и сама Эля: родители содержат детей до самой пенсии, в нашей стране все так делают. А вдруг Марат прав, и никаких денег они не увидят? Тогда ради чего он все это терпит? Ради чего бросил Катю, смертельно ее обидев и оскорбив? Ради чего насилует себя, выслушивая тирады Тамилы и вытирая Эльке слезы и сопли?

А вдруг все напрасно? Однажды он уже решал эту задачку, прикидывая, соответствовали ли принесенные в детстве жертвы полученному результату. И тогда решил, что все было зря и что он профукал лучшие детские и юношеские годы, провел их не так, как было нужно. И тогда же дал себе слово больше ничего и никогда не покупать слишком дорогой ценой. Но есть опасность, что на этот раз он просчитался...

* * *

Сергей Артюхин, задержанный по подозрению в совершении изнасилования после того, как было опровергнуто представленное им алиби, был через семьдесят два часа приведен к следователю, где ему зачитали постановление об избрании в отношении его меры пресечения в виде содержания под стражей. На следующий день адвокат Артюхина написал от его имени жалобу судье на то, что мера пресечения ему избрана слишком суровая, привел сто пятьдесят четыре аргумента, подтверждающих, что его вполне можно оставить на свободе, и попросил выпустить его под залог. Судья был в тот день в хорошем настроении и ходатайство удовлетворил, взяв с Артюхина залог, разумеется, в рублях, эквивалентный пятидесяти тысячам долларов. В субботу рано утром Сергей Артюхин вышел на свободу, а вечером сбежал в неизвестном направлении.

В воскресенье утром в парке Сокольники собрались три человека, давшие Артюхину деньги на залог. Беглеца нужно было срочно искать, иначе пятьдесят тысяч долларов накроются медным тазом, их обратят в доход государства.

— Ну и как мы будем его искать? Есть идеи хоть какие-нибудь? — спросил маленький плешивый человечек в очках и в клетчатой ковбойке. Среди коллег по бизнесу он славился безупречным ведением финансовых документов и невероятной ловкостью в деле уклонения от уплаты налогов.

— Нанять надо кого-нибудь, — подал голос толстяк, не вынимающий изо рта сигарету. Он страшно не любил ничего делать сам и в бизнес в свое время ринулся только потому, что хотел зарабатывать много денег, чтобы оплачивать многочисленные услуги, а самому совершать минимум движений.

— Кого нанять-то? Это ж тоже деньги, и немалые. Такие следопыты работают за процент с суммы залога. Надо подумать, нельзя ли бесплатно кого-нибудь наладить.

Этот совет прозвучал из уст красивого смуглого мужчины с гладкими темными с проседью волосами и затемненными очками на тщательно выбритом лице.

— Этот гаденыш мне еще с марта месяца десять тысяч баксов должен, так он ими меня и прикупил, представляете? Сделка, говорит, у меня срывается, с которой я как раз должен десять тысяч получить, чтобы тебе вернуть, а меня с минуты на минуту замести могут, ты уж выручи меня под залог, если случится. Вот дурак-то, — горестно вздохнул плешивый в ковбойке, — за десятью штуками погнался — к ним вдогон тридцать потерял.

— Ага, и нас втравил. Думай теперь, как искать его будешь. Между прочим, что за история такая странная с ним приключилась? За что его замели-то, что он заранее знал об этом?

— Да ну, стыдно даже говорить, — поморщился плешивый. — Подозревают в изнасиловании. Он алиби представил, ему не поверили. Он как только понял, что следователь ему не верит, так сразу и подумал, что не ровен час могут в клетку посадить. Потому и предупредил заранее.

— Да? Ну гляди, Степашка, верим тебе на слово. Так ты уж не подведи нас, дружок, к вечеру сообщи, как и что. И искать его начинай без промедления. Денег мы тебе на это не дадим, сам выкручивайся. Если наши двадцать тысяч в карман государства уплывут, мы их с тебя стребуем, не посмотрим, что друзья, — неторопливо объяснил смуглый, как-то особенно вкусно перекатывая во рту слова с буквой «р». — И скажи-ка заодно мне, друг сердечный Степашка, почему это судья такой большой залог ему назначил, а?

— Так ведь залог назначают исходя из материального положения арестованного, — робко начал оправдываться плешивый. Но смуглый тихим внятным голосом прервал его:

— Вот именно, Степашечка, вот именно. Так откуда судья мог узнать, какое у твоего дружка материальное положение? Он же по документам числится слесарем пятого разряда, кажется, так ты мне рассказывал?

— Да, слесарем, — подтвердил тот, кого называли Степашкой.

— Так откуда же у слесаря пятьдесят тысяч баксов, ну-ка объясни мне? Ну?

— Да вы что, ребята, ну при чем тут — слесарь не слесарь?

— А при том, — грозно, но по-прежнему тихо продолжил смуглый красавец, — что если он числится слесарем и его взяли за жопу на чистой уголовке, то ему никогда бы такой залог не назначили. А если назначили, стало быть, знают, что не слесарь он никакой. И доходы у него не такие. Так, может, его за эти доходы как раз и взяли, а, Степашечка? За зелье взяли-то, а не за то, что бабу не так трахнул. Ты об этом подумал? Может, наврал он тебе все про изнасилование. Или ты нам лапшу на уши вешаешь.

— Господи, Сеня, да какая нам теперь разница, за что его взяли? Найти его надо — вот и все. А уж за что... — Плешивый махнул рукой, всем своим видом показывая, что статья, из-под которой сбежал Сергей Артюхин, никакого значения не имеет рядом с ущербом в пятьдесят тысяч долларов.

— Какая разница? Одна дает, а другая дразнится, вот и вся разница, — ответил ему толстяк, перекатывая зажженную сигарету из одного угла мясистого рта в другой. — Если твой дружок Артюхин торговлей зельем балуется, то, стало быть, конвенцию нарушает. В Москве все поделено и Трофимом подписано, никто нарушать не смеет. Раз за него залог внести некому, значит, он не в семье, а так, дурак-одиночка. Трофим такие одиночные рейды строго-настрого запретил, и правильно сделал. Светятся только, внимание привлекают, ментов будоражат. И как же мы будем выглядеть, если окажется вдруг, что мы на такого нарушителя деньги дали, чтобы его из-под стражи вытянуть? Да его на перо надо было ставить прямо в камере, чтобы другим неповадно было Трофиму перечить, а мы, выходит дело, его покрываем, ему помогаем и даже деньги даем. Ну и как вы думаете, долго мы с вами после этого проживем, если Трофим узнает?

— Я думаю, часа два, — задумчиво поддержал толстяка смуглый. — Может, чуть меньше.

— А я думаю, не больше сорока минут, — возразил толстяк. — Так что займись-ка делом, Степашка, выясни точно, за что замели твоего дружка, почему он знал об этом заранее и почему судья такой большой залог назначил. И на все про все тебе времени — до завтрашнего утра. Завтра в это же время, в десять часов, соберемся здесь же. Аудра! — внезапно заорал он громовым голосом.

Тут же из кустов к нему метнулась жирная, похожая на сардельку такса. Толстяк с неожиданной для своей комплекции легкостью нагнулся, подхватил собаку на руки и направился к выходу. Тут же на свист хозяина к смуглому красавцу подбежал персиковый пудель. Маленький плешивый Степашка с тоской поглядел ему вслед и произнес с тяжким вздохом, пристегивая поводок к ошейнику огромной лохматой кавказской овчарки:

— Пойдем домой, Пиня.

* * *

Белое, черное и алое... Три цвета, вобравшие в себя весь смысл земного бытия. Три цвета, в которые вложена главная идея, высшая идея. Все остальное — обман, придуманный для утешения слабых.

Белый цвет был для меня символом счастливой, правильно организованной жизни. Оказалось, что эта жизнь не для меня, что я для нее не гожусь. Это вы так решили, это вы не пустили меня в счастливую белую жизнь. За что? Почему она хороша для вас и не годится для меня? Почему?

Я буду уничтожать ваш белый цвет, я докажу вам, что вы ничем не лучше меня. Более того, я докажу вам, что я — лучше вас. И после этого умру. Я все

равно не могу жить в мире, где все — обман, ложь, под-
делка, где нет истинного белого цвета, а есть только
закамуфлированный черный и уравнивающий всех алый
цвет крови и смерти. Но прежде чем я умру, я вам до-
кажу... Я докажу.

* * *

Часы, проведенные Коротковым и Селуяновым
в обществе дважды судимого алкоголика Павла Смитиенко, многое прояснили, но заставили оперативников содрогнуться. Теперь они понимали, почему
несчастная старуха постоянно переезжала. И даже,
как им казалось, поняли, почему она так боялась
брака своего сына с дочерью миллионера Бартоша.
Еще бы ей не бояться!

Случилось это жарким летом 1967 года. Веронике Матвеевне было сорок два года, она уже похоро-
нила обоих родителей и жила одна-одинешенька в
своей огромной роскошной квартире, в которой родился еще ее дед. Работала она доцентом в медицин-
ском институте, всерьез подумывала о том, чтобы
написать докторскую диссертацию, и ей казалось,
что жизнь ее определена на много лет вперед и ничего уже не может с ней случиться такого, что ради-
кально изменит ее спокойное распланированное существование.

Июнь стоял в тот год жаркий и душный, окна и
балконные двери она постоянно держала распахнутыми, чтобы сквозняк хоть немного облегчал дыхание в стоячем вязком воздухе. Пока находилась дома,
она старалась все время сидеть на балконе. Даже вынесла туда старый журнальный столик и плетеное
кресло и работала над лекциями.

Однажды, сидя на балконе с чашечкой чая в руках
и глядя на разложенные перед ней бумаги, Вероника

Матвеевна почувствовала неприятный запах. Запах этот ей, врачу с многолетним стажем, был хорошо знаком и вызывал ужас. Шел он явно со стороны соседнего балкона. Это был запах смерти.

Турбина тут же позвонила в квартиру к соседям, но ей никто не открыл. Она знала, что в этой квартире живет немолодая супружеская пара, и помнила, что недели две назад соседка уехала в Казахстан навестить семью дочери. Ее шестидесятитрехлетний муж Григорий Филиппович остался в Москве и, сколько помнила Турбина, собирался пересидеть жару на даче. Во всяком случае, после отъезда супруги Вероника Матвеевна его не встречала.

Встревоженная Вероника Матвеевна вызвала милицию. Приехали два сержантика и долго упирались, не желая взламывать дверь. Только после того, как Турбина провела их через свою квартиру на балкон, соседскую дверь все-таки открыли.

Видимо, Григорий Филиппович умер дней десять назад. Труп находился в такой стадии гниения, когда все тело раздувается, становится черно-зеленым и зловонным, а мягкие ткани уже превратились в слизь. Одного из сержантов стало рвать, второй пулей вылетел из квартиры и с телефона Турбиной вызвал «труповозку».

— Сейчас приедут, — пробормотал он, вытирая испарину с побелевшего лица. — Как же это его никто не хватился? Родственники-то есть у него?

— Жена, — объяснила Вероника Матвеевна, — уехала к дочери в Казахстан, а я и не беспокоилась, думала, что он на даче живет. Наверное, приехал в город за продуктами, и вот сердце... Он вообще-то болен был, давно уже.

— Кошмар, — вздохнул сержант. — Не дай бог такую смерть.

Санитарная машина приехала часа через полтора. Турбина из своей прихожей увидела через открытую дверь, как расступилась небольшая группка сбежавшихся соседей, пропуская высокого широкоплечего черноволосого парня, несущего под мышкой свернутые носилки.

— Вы что, один? — изумился тот сержант, который оказался покрепче. Второй в полуобморочном состоянии сидел внизу в милицейской машине.

— А что? — в свою очередь, удивился приехавший санитар. — Помочь некому? Мужиков нету, что ли? Мы всегда по одному ездим, у нас людей и так не хватает.

— Щас, прямо кинулся я тебе помогать, — злобно огрызнулся сержант. — Ты погляди, какое там месиво лежит, к нему же подойти страшно. Я свое дело сделал, а увозить — твое. Давай двигай.

Санитар пожал плечами и молча пошел в соседнюю квартиру в сопровождении Вероники Матвеевны, которой почему-то стало неловко за грубость милиционера.

— Господи, — ахнул санитар, увидев гниющее тело, — как же до такого дошло? Чего же так поздно спохватились? Он уж дней десять лежит, не меньше, да в такой жаре, в помещении... Ужас какой.

Турбина, словно оправдываясь, стала и ему рассказывать про уехавшую к детям супругу, про дачу, про болезнь сердца...

— Ну, один я тут точно не управлюсь, — мрачно констатировал санитар, — он же весь расползется прямо в руках. Придется вам помогать.

— Мне? — испугалась Вероника Матвеевна. — Да вы что? Я не смогу. Мне от запаха дурно делается, а трогать это...

Санитар вежливо взял ее под локоть и повел обратно к ней в квартиру. Строптивый сержант стоял на лестнице и курил, сохраняя на лице выражение грозное и неуступчивое. Он с подозрением глянул вслед входящим в квартиру Турбиной санитару и хозяйке, но ничего не сказал, только затянулся папиросой глубже. Было видно, что и его мутит от запаха разлагающегося трупа.

— Послушайте, — мягко сказал санитар, усаживая Веронику Матвеевну на кухне, — кто-то же должен это сделать. Вы сами видите, милиция нам тут не помощница, а один я не справлюсь. Пожалуйста, давайте сделаем это вместе. У вас есть водка?

Турбина молча кивнула. Водки у нее всегда было много, она держала ее, чтобы расплачиваться со слесарями, мастерами и сантехниками, если вдруг сломается замок, или потечет кран, или кто-нибудь разобьет оконное стекло.

— Вот и хорошо. Сейчас я налью вам стакан, вы выпьете залпом, посидите минут пятнадцать, и пойдем. Вас как зовут?

— Вероника Матвеевна, — ответила она дрожащим голосом. Предстоящая операция внушала ей тошнотворный ужас. Она не могла представить себе, как будет прикасаться к тому, что осталось от Григория Филипповича.

— А я — Павел, можно просто Паша, — улыбнулся санитар. — Ну так что, договорились? Поможете мне?

Она безвольно кивнула. В самом деле, должен же кто-то... Если даже милиция не хочет этого делать. А она все-таки врач.

— Где у вас водка? — спросил Павел. — Сидите, я сам налью. Вам нужно беречь силы.

— В холодильнике.

Он достал бутылку, ловко открыл ее, взял с навесной полочки два стакана. В один налил водки до середины, в другой — чуть-чуть, на донышко.

— Выпью с вами за компанию, — пояснил он, —

чтобы вам одной не пить. Давайте, Вероника Матвеевна, залпом и до дна.

— Я не смогу, — покачала она головой. — Это слишком много. Мне столько не выпить сразу.

— Нужно, голубушка, нужно. Меньше нельзя — не возьмет. Пейте.

Турбина зажмурилась и залпом выпила водку. Павел, как она заметила, свою небольшую дозу выпил не залпом, а медленно, маленькими глоточками. Она знала — это делается для того, чтобы спиртное быстрее всосалось и начало действовать. Она перевела дыхание и сунула в рот кусочек хлеба.

— Ну вот и молодец, — похвалил ее санитар. — Сейчас немножко посидим и пойдем. Вы не курите?

— Иногда бывает.

— Закурите, — посоветовал он. — Поможет.

Вероника Матвеевна достала из кухонного стола начатую пачку сигарет и сделала несколько затяжек. Голова сразу закружилась, подступила дурнота.

— Нет, не идет, — сказала она, гася сигарету в пепельнице.

В этот момент в прихожей послышались шаги, вошел сержант.

— Так вы собираетесь тело убирать или как? — недовольно спросил он, с осуждением глядя на стоящую посреди стола бутылку водки и два пустых стакана. — Я здесь до завтра торчать с вами не буду.

— Ну и не торчи, — огрызнулся Павел. — Не хочешь дело делать — вали отсюда, без тебя управимся.

— Я должен квартиру запереть и опечатать, — с важным видом ответил милиционер. — Завтра следователь приедет место осматривать, может, покойник-то не сам умер, а убили его.

Следователь, конечно, уже приезжал, но, увидев, в каком состоянии труп, скорчил брезгливую мину и заявил, что в таких условиях он работать не может.

Велел обвести мелом положение трупа, ничего в квартире не трогать, а он, мол, вернется завтра вместе с экспертами.

— Да пошел ты... — фыркнул санитар и нехотя поднялся. — Ладно, Вероника Матвеевна, давайте будем пробовать.

Он вынул из кармана пару резиновых перчаток и протянул Турбиной.

— Вот, наденьте.

— А вы как же?

— Да как-нибудь обойдусь, я привычный.

— Нет-нет, — забеспокоилась она. В ней вдруг проснулся врач. — Без перчаток никак нельзя. А вдруг у вас на руках порез или царапина? Отравление трупным ядом — это не шутки. Подождите, я сейчас что-нибудь найду.

Она полезла в кухонный шкафчик и отыскала пару перчаток для мытья посуды. Конечно, это не совсем то, что нужно, но все-таки...

Она глубоко вдохнула и решительно двинулась вместе с Павлом в квартиру, где лежал покойник. Павел задумчиво постоял над разлагающимся телом, казалось, он даже не замечал зловония, от которого у Турбиной моментально начались спазмы в горле.

— Да, ситуация, — протянул он. — Надо бы клеенку найти, руками-то мы его не соберем. Клееночку под него протянем — и за концы поднимем.

Вероника Матвеевна бегом ринулась к себе. Через несколько минут к ней зашел Павел и с удивлением увидел, что она сидит на кухне, уронив голову на руки.

— Я думал, вы клеенку ищете, — недовольно протянул он. — Жду вас, жду, а вы тут сидите.

— Я не могу, — простонала она. — Простите меня, Паша. Я не могу.

— Вероника Матвеевна, нужно. Возьмите себя в

руки. Вы же понимаете, что, кроме нас с вами, этого никто не сделает. Ну? Миленькая, вы же такая сильная женщина, ну постарайтесь.

— Нет, не могу.

— Давайте еще по чуть-чуть, — решительно сказал санитар и, не спрашивая согласия, быстро налил ей еще полстакана водки и буквально сунул в руку. — Давайте залпом, должно помочь.

Она зажмурилась и выпила. Через пару минут ей показалось, что стало легче. Ну что она, в самом-то деле, как маленькая. Надо — значит, надо.

— Пойдемте, Паша, — сказала она, тяжело поднимаясь со стула.

На этот раз она продержалась дольше. Они успели почти полностью подтянуть клеенку под расползающееся, желеобразное черно-зеленое месиво, когда у нее закружилась голова и она почувствовала, что еще секунда — и упадет в обморок. Павел заметил, что она резко побледнела, выпрямился и успел подхватить ее.

— Тихо, тихо, — приговаривал он, обнимая Веронику Матвеевну и осторожно выводя ее из квартиры. — Все хорошо, сейчас мы с вами посидим, отдохнем, уже немножко осталось. Вы такая молодец, вы такая мужественная, я таких женщин еще не встречал. Вот так, сидите, отдыхайте.

Он снова налил ей водки и протянул стакан.

— Наверное, не нужно, — неуверенно произнесла Турбина. — Все равно никакого эффекта нет, только добро переводить.

— Это вам кажется, — с улыбкой возразил Павел. — Просто вы вся на нервах, поэтому не чувствуете. Если бы эффекта не было, вы бы не смогли сделать то, что сделали. Давайте, для храбрости.

Она покорно выпила водку, которая уже не жгла горло и не казалась противной.

Наконец останки Григория Филипповича были собраны на большую клеенку. Они с Павлом взяли ее за концы, приподняли и положили на разложенные на полу носилки.

— Ну вот, — удовлетворенно вздохнул санитар, скрепляя сверху свободные концы клеенки, — самое страшное позади. Теперь снести вниз в машину — и порядок.

Он выглянул на лестничную клетку, где, кроме угрюмого сержанта, осталось только двое самых стойких соседей-мужчин, для которых любопытство к чужой смерти оказалось сильнее отвращения перед трупным запахом.

— Мужики, спуститесь вниз, позовите водителя, скажите, нести надо, — попросил Павел.

Через несколько минут на лестнице послышались шаги водителя. Не дойдя двух пролетов до квартиры, он остановился. По доносящимся звукам стало понятно, что его рвет. Запах был очень сильным.

— Так, — уныло произнес санитар, — и этот нам не помощник. Придется нам с вами вместе нести.

Турбина тихо заплакала. Она уже снова сидела на своей кухне и с облегчением успела подумать, что все кончилось.

— Ну, Вероника Матвеевна, миленькая, — взмолился Павел, — сделайте последнее усилие. Вы же видите, как все получается. Люди же не железные. Это я привычный, а с них-то какой спрос.

— Я тоже не железная, — всхлипывала она. — Я больше не могу, оставьте меня в покое, несите сами как хотите. Я туда не пойду.

Павел молча стоял рядом с ней, и вид у него был совершенно растерянный. Турбиной стало его жалко. В самом деле, он-то чем виноват, что так все вышло?

Он был к ней так внимателен, а она бросает его в последний момент.

— Ладно, я помогу.

Она вытерла слезы, налила себе еще водки, выпила. Теперь можно идти.

— Вы идите впереди, — предусмотрительно сказал санитар, когда они подошли к носилкам, — чтобы вам не смотреть.

Она благодарно кивнула. Медленно, осторожно, глядя под ноги, они снесли останки с третьего этажа на улицу и засунули носилки в машину. Хлопнула задняя дверца.

— Ну вот, теперь все, — облегченно вздохнул Павел. — Спасибо вам, Вероника Матвеевна. Вы необыкновенная женщина.

Она молча повернулась и ушла в дом. Разговаривать сил не было. От непереносимого запаха челюсти свело так, что, казалось, она уже никогда не сможет разжать зубы. Увидела на столе в кухне бутылку, водки в ней оставалось на донышке, буквально на два глотка. Она машинально подумала, что выпила всю бутылку одна, Павел наливал себе всего один раз и совсем немного. Плохо отдавая себе отчет в своих действиях, она взяла бутылку в руки и допила остатки спиртного прямо из горлышка. Ей казалось, что опьянение так и не наступило.

Вероника Матвеевна пошла в ванную, включила воду погорячее и стала исступленно тереть себя мочалкой, то и дело поливая ее густым ароматным немецким «Бадузаном». Наконец она решила, что избавилась от прилипшего к ней запаха. Вытерлась толстым махровым полотенцем и легла в постель. Но уснуть не могла. Перед глазами вставали отвратительные картины всего того, что ей пришлось пережить сегодня.

Она проворочалась с боку на бок до вечера, потом

все-таки встала. Начало сказываться действие выпитой водки, и ей стало немного легче. Она попробовала приготовить себе что-нибудь на ужин, но от запаха еды ее затошнило. Она села за кухонный стол и впала в тупое оцепенение, из которого ее вывел звонок в дверь. На пороге стоял Павел.

— Добрый вечер, — смущенно улыбнулся он. — Извините, что потревожил. Я зашел узнать, как вы себя чувствуете. Вы были такая бледная, когда я уезжал.

Она почему-то обрадовалась ему. После такого страшного дня одиночество казалось ей невыносимым. Мысль о том, чтобы разделить его с санитаром из морга, ее не коробила. Он такой славный и так внимательно к ней отнесся.

— Вы ели что-нибудь? — заботливо спросил он, снова оказавшись в ее большой красивой квартире.

— Пробовала, — призналась она. — Не получается.

— Это не годится. Нужно поесть обязательно, вы же целый день на нервах.

— Кусок в горло не лезет.

— А вы не обращайте внимания, — весело посоветовал Павел. — Он не лезет — а вы его проталкивайте. Нужно еще выпить.

— Да куда мне, что вы. Я и так целую бутылку сегодня уговорила.

— Ну и что? Раз не берет — нужно добавить. Давайте вместе поужинаем, я вам компанию составлю, чтобы не скучно было. И выпьем вместе, помянем покойника.

Это было бесцеремонно, но в тот момент Веронике Матвеевне так не показалось. Она была рада ему. Быстро приготовила ужин, стараясь не обращать внимания на то и дело подкатывающую тошноту, накрыла на стол, достала еще одну бутылку водки.

И даже не заметила, как они ее выпили. Напряжение понемногу спадало, по телу разливалось блаженное тепло, сегодняшние события казались какими-то далекими, будто и не с ней все это было, а просто кто-то рассказал.

— Как у вас хорошо, — вздыхал Павел, — книги, картины. Богато живете. Все детям останется.

Ее это не коробило, сейчас она готова была всех любить и всем прощать.

— У меня нет детей. Я живу одна.

— Что, и мужа нет? И родителей? — удивленно выспрашивал Павел.

— Нет никого. Родители умерли, а замужем я вообще не была.

— Ну надо же, — недоуменно качал он головой. — Такое богатство — и никому не достанется. Обидно.

Он ходил по комнатам, рассматривал картины, восхищенно хмыкал, а она шла следом за ним и с гордостью рассказывала о том, что вот эту картину купил еще ее дед на аукционе в Париже, а эту ему подарил сам автор, а вот эти два портрета — ее бабки и отца — были написаны специально по заказу, за большие деньги. У нее стали слипаться глаза, одолевала усталость, но Павел все не уходил, и ей, честно говоря, и не хотелось, чтобы он ушел. Дальше все было смутно...

Утром она очнулась от непривычного ощущения чужого тела рядом с собой. Испуганно повернулась и обмерла от ужаса. Она провела ночь с санитаром из морга. Господи! Она, внучка аристократа, дочь образованнейшего интеллигентного человека, известного архитектора, она, доцент медицинского института, лишилась девственности в объятиях пьяного мальчишки. Как это могло произойти? Нет, нет, нет!

Она быстро растолкала крепко спящего Павла,

который спросонок никак не мог понять, почему она так сердится и почему выгоняет его.

— Уходи, Паша, — говорила она, не глядя ему в глаза, — уходи, пожалуйста, поскорее. Мне нужно на работу.

Он разозлился, но виду не подал. Подумаешь! Пусть скажет спасибо, что хоть на старости лет мужика узнала, а то так и померла бы целкой. Уходя, успел незаметно для хозяйки сунуть в карман лежащее в открытой шкатулке дорогое кольцо с бриллиантами и изумрудом.

Тогда он ушел и, учитывая унесенное с собой кольцо, больше у Вероники Матвеевны не появлялся. Через год примерно его посадили в первый раз за хулиганство — в лесопарке он подкарауливал женщин и распахивал перед ними плащ, под которым из расстегнутых брюк на них гордо взирал его возбужденный член. Отсидев положенные ему два года, он вернулся в тот же морг. На такую работу желающих днем с огнем не сыскать, поэтому брали всех, даже и с десятком судимостей, не то что с одной. Прописку, правда, удалось пробить только подмосковную, но это Павла не смущало. В восьмидесятом году он снова попался, на этот раз за то, что удовлетворял свои сексуальные притязания прямо на рабочем месте, с трупами женщин, как молодых, так и не очень. Адвокат тогда попался молоденький, очень хотел себя перед судом показать, старался, убеждал суд, что признаком хулиганства является совершение действий, оскорбляющих общественную нравственность, то есть действий, которые общественность может наблюдать, видеть. А подсудимый Смитиенко совершал свой грех тайком, стараясь, чтобы его никто не увидел, и совершенно не имел в виду эту самую нравственность оскорблять. Но суд его плохо слушал, потому что даже если адвокат и был прав, то все равно по какой-то статье нужно же было отреагировать на содеянное. Вот и отреагировали сроком за особо злостное хулиганство по признакам особого цинизма. На восемь лет, на полную, стало быть, катушку отвесили.

Вернулся он в восемьдесят пятом, вышел условно-досрочно, без зубов, почти без волос, весь насквозь прочифиренный и парами ацетона пропитанный. И встретил случайно на улице Веронику Матвеевну Турбину, которую не видел к тому времени без малого два десятка лет. Вероника почти не изменилась за эти годы, только стала, кажется, еще меньше ростом да усохла как будто. Впрочем, она и тогда, в шестьдесят седьмом, была стройной и миниатюрной, с фигуркой, как у девочки, узкими бедрами и плоской грудью. Рядом с ней шел высокий красивый черноволосый парень, который кого-то сильно напоминал Павлу, только он никак не мог вспомнить, кого именно. Он подошел к Турбиной, гадко ухмыляясь. Про украденное когда-то кольцо он уже давно забыл, поэтому совершенно не смущался.

Она узнала его сразу. Узнала — и в ужасе шарахнулась в сторону, кинув быстрый затравленный взгляд на идущего рядом парня. И в этот миг Павел Смитиенко все понял. Конечно, парень-то — вылитый он сам двадцать лет назад. Рост, масть, фигура, глаза — все в нем от него, от Павла.

— Как поживаете, Вероника Матвеевна? — вежливо осведомился он. — Рад снова вас встретить.

Она смешалась. Говорить, что он ошибся и они незнакомы, — глупо, раз он назвал ее по имени.

— Спасибо, у меня все в порядке, — нервно ответила она.

— Это сынок ваш?

— Да.

В ее глазах Смитиенко увидел такую явную панику, что план созрел у него в голове мгновенно.

— Хороший парень, — одобрительно кивнул он. — А вы все там же живете, не переехали никуда?

— Нет, живем все там же, в том же доме, на соседней улице, — ответила она уже спокойнее. Видно, решила, что Павел ни о чем не догадался.

Они поговорили еще минут пять о каких-то пустяках. Турбина распрощалась с ним, не скрывая своего облегчения. Но радость ее оказалась преждевременной. Павел правильно сообразил, что она все отдаст, лишь бы скрыть от этого рослого красивого парня — своего сына — правду об отце. Интересно, какую легенду она ему втюхала? Папа — полярник, погибший во время выполнения ответственного задания Родины? Или пожарник, отдавший жизнь, спасая людей? Или еще что-нибудь душещипательное?

Веронику Матвеевну он подкараулил на улице, когда та шла одна. И сразу же без обиняков высказал ей свои требования. За тунеядство нынче статьи нет, потому работать он больше не будет, а на то, чтобы жить тихо-мирно, попивая водочку всласть, деньги ему будет давать Вероника Матвеевна. А иначе она сама знает, что будет. Вот мальчонка-то обрадуется! Папку родного наконец обнимет. Естественно, для полноты картины Смитиенко рассказал ей не только о том, что был дважды судим, но и о том, за что конкретно. В красках рассказывал, не стеснялся. Чтоб знала заранее, какие приятные известия может принести Павел ее дорогому сыночку.

С тех пор так и пошло. Турбины переехали, потом еще раз, и еще, и каждый раз от этих переездов у Вероники Матвеевны оставались деньги, которые уходили в бездонный карман Павла Смитиенко. А теперь сынок единственный жениться собрался.

Павел, конечно же, полюбопытствовал, что да как. Приехал к дому, где жила Вероника с сыном, выследил парня, дождался, когда тот со своей девушкой встретится, глянул оценивающе, да потом не поленился — посмотрел, где она живет, вызнал, кто такая. От услышанного аж слюнки потекли. Если все сладится, можно больше не трогать старуху, которую трахнул много лет назад по пьяни. Можно будет за сынка приняться. Тот небось тоже не захочет, чтобы новая родня узнала, какой у их зятя чудный папашка, так что отстегивать станет по первому требованию — только успевай карман подставлять. Вот так-то лучше будет...

Глава 10

Плешивый бизнесмен, которого приятели называли Степашкой, отстегнул поводок от ошейника своего огромного лохматого «кавказца» Пини и присел на лавочку. Сейчас подойдут эти кровососы и начнут его терзать — как, да что, да почему. У него было что им ответить, но только неизвестно, удовлетворит ли их то, что ему удалось узнать.

Вчера после встречи в Сокольниках он разыскал Ларису Самыкину, любовницу сбежавшего Сереги Артюхина. Лариса клялась, что не знает, куда делся ее дружок, и рассказала, что сначала они с Серегой соорудили красивое и ничем не опровергнутое алиби. Якобы в тот момент, когда где-то там, на другом конце города, какой-то подлец насиловал женщину, Артюхин был совсем в другом месте. Ему нужен был дом, в котором находилась аптека, и он спросил дорогу у нее, случайной прохожей. Все было продумано тщательно, чтобы следователь мог потом эту случайную прохожую найти. Артюхин заявил, что девушка, несмотря на холодную погоду, была в джинсах и майке, без головного убора, из чего можно было сделать вывод, что она живет прямо в том доме, возле которого ее и остановил Сергей. Наверное, выскочила в булочную за хлебом или в киоск за сигаретами. Конечно, девушку нашли, тем более что Артюхин описал ее очень подробно, и, конечно же, она вспомнила молодого человека, который спрашивал у нее дорогу. И даже время, когда это случилось, назвала точно. Она, дескать, смотрела по телевизору двухсерийный фильм, а в перерыве, пока шел выпуск новостей, выскочила на минутку в магазин. Следователь посмотрел программу: в тот день действительно шел двухсерийный фильм (еще бы ему не идти, ведь Сергей с Ларисой тоже эту программу чуть не наизусть выучили), и перерыв с выпуском новостей был как раз в то время, когда было совершено изнасилование потерпевшей Петричец.

Больше Артюхина не трогали. Прошло почти три месяца, и вдруг они нарвались на Каменскую из уголовного розыска, которая подслушала в открытом уличном кафе их разговор и поняла, что никакая она не случайная прохожая, а старая подружка подозреваемого Артюхина. Ну вот, Сережу и арестовали на следующий день. А через неделю, в субботу, его выпустили под залог, он заехал к Ларисе, попрощался, сказал, что смывается. Вот, собственно, и все. Больше она ничего не знает.

— Значит, так, красавица, — важно заявил ей Степашка. — В том, что все так случилось, виновата ты сама. Надо по сторонам смотреть, прежде чем язык распускать. Ты виновата в том, что Серегу зацапали. Так что, будь любезна, отдавай мне пятьдесят тысяч баксов. Я не намерен терпеть ущерб за то, что помог твоему хахалю.

— Да где же я возьму такие деньги?! — испугалась Лариса.

— Где хочешь, там и бери. Я же нашел деньги, чтобы вытащить твоего ублюдка из камеры. И ты найдешь. Или ищи его самого, пусть немедленно возвращается, пока его ментовка не хватилась. Ему обвинительное заключение давали подписывать?

— Кажется, давали, — неуверенно ответила она. — Сережа сказал, что дело в суд ушло.

— Вот и славно, — обрадовался Степашка. — Значит, теперь он за судом числится. На суд очередь большая, так что его еще не завтра хватятся. Если он сам вернется по-быстрому, судья и не узнает, что он в бегах был. Тогда и денежки уцелеют. Так что старайся, красавица. Или пятьдесят тысяч, или Артюхин. И не тяни. А я буду тебе каждый день звонить, узнавать, какие новости.

Сегодня, сидя на лавочке в парке и наблюдая за бегающим Пиней, Степашка еще раз прокрутил в голове свой вчерашний разговор с Ларисой. Кажется, он повел себя с ней правильно. Напугал до полусмерти.

Первым на встречу явился толстяк, неся на руках жирную таксу с аристократической кличкой Аудра. Он, тяжело отдуваясь, плюхнулся на скамейку рядом с маленьким плешивым Степашкой.

— Ну, узнал что-нибудь? Излагай в темпе, Жору не ждем, он не придет. Звонил, предупредил, что занят.

Тот в двух словах рассказал о своей встрече с Самыкиной.

— Думаешь, она сможет его найти? — с сомнением прошепелявил толстяк, привычно жуя сигарету.

— Ну, его не найдет — деньги достанет. Я ее как следует пугнул. Пусть теперь сама думает, как и что.

— Как, ты сказал, фамилия той бабы из угрозыска, которая их засекла?

— Каменская.

— Каменская... Где-то я слышал эту фамилию. Ладно, у Жоры спрошу. Как ты с Ларисой договорился?

— Она ищет, а я ей звоню каждый день, узнаю. Да я уверен, что она его найдет. Она же всех его знакомых знает, наверняка и того, кто ему помог сбежать.

— Ох-ох-ох, можно подумать, — презрительно протянул толстяк. — Не из Бутырок, чай, бежал-то, из города, не больно много помощи ему и нужно-то было. Сел в самолет — и привет горячий жене и детям.

— Не скажи, — рассудительно возразил плешивый. — У него же паспорт отняли. А куда он без паспорта? Должен был у кого-то взять, иначе билет на самолет не продадут. Да и в самолет не посадят.

— Ну, поездом уехал или на машине, большое дело.

— Опять же не скажи. На машине — на чьей? На своей? Номера известны, в розыск объявят. На чужой? Значит, кто-то помог, дал машину. На поезде уехал? Может быть. А куда? Жить-то где будет? В гостинице? Без паспорта нельзя. У друзей? У родных? Значит, помогают. Так что куда ни кинь — есть люди, которые знают, куда он девался. И Лариска этих людей найдет. Так что ты Жоре передай, пусть не волнуется. Вернем мы деньги.

Толстяк уже ушел, а Степашка все сидел на лавочке, греясь в неожиданно жарких лучах майского солнца и лениво наблюдая за Пиней, который пристраивался подружиться с симпатичной молодой эрделькой. Хорошая девка у этого дурака Сереги Артюхина, думал он. И почему таким балбесам самые лучшие телки достаются? И лицо, и бедра, и грудь —

все у нее высшего класса. А он, кретин безмозглый, на какую-то чувиху полез, уговорить не смог, допрыгался, что она заяву кинула. Лариски ему мало, что ли? Может, попробовать к ней подлезть, пока он в бегах? Помощь предложить, защиту. Такая должна клюнуть. Она из той категории баб, которые обязательно должны к какому-нибудь мужику прилепиться, без них они себя чувствуют как без белья. Надо попробовать, попытка не пытка. Тем более повод есть, звонить обещал.

* * *

В понедельник Настя спала долго и сладко. Леша уже давно встал, позавтракал и, разложив на кухне бумаги, углубился в работу, а она все лежала в постели, свернувшись клубочком и тихонько посапывая.

Чистяков разбудил ее часов в одиннадцать.

— Вставай, соня, тебя ждет мировая слава!

Он положил ей на лицо свежий выпуск «Криминального вестника», за которым успел сбегать в ближайший газетный киоск. На второй странице убийствам в загсах была посвящена целая полоса с фотографиями. Настя схватила газету и ревниво пробежала глазами материал, проверяя, все ли в нем так, как ей хотелось, и с облегчением убедилась, что журналист, несмотря на то что был явно недоволен заменой Насти на какую-то Дарью Сундиеву-Каменскую, все-таки своевольничать не стал и написал все толково и правильно. Особенно ярко у него получилась подача информации о том, что за день до обоих преступлений две девушки получили письма с угрозами. Здесь же, в самом низу полосы, редакция повторила объявление о розыске неизвестной женщины и снова напечатала ее фотографию.

Настя не торопясь выпила две чашки кофе, с удовольствием думая о том, что не надо никуда бежать и можно спокойно посидеть дома вместе с Лешей, заняться переводом и вообще почувствовать себя, во-первых, в отпуске, а во-вторых, замужем. И это через восемь дней после свадьбы! Своевременно, ничего не скажешь.

Но все снова получилось не так, как она задумывала. Перевод шел туго, потому что она постоянно отвлекалась на мысли о семье Бартош. Юра Коротков не мог избавиться от привычки делиться с ней всем, что удавалось узнать, поэтому эпопею с Павлом Смитиенко и душераздирающую повесть о Марате Латышеве Настя выслушала еще вчера. И чем дальше — тем больше складывалось впечатление, что оба преступления были совершены из-за свадьбы Бартош и Турбина.

— Ася, по-моему, ты маешься, — проницательно заметил Чистяков, в очередной раз бросая взгляд на жену и снова видя ее устремленные в потолок глаза. — Чего тебе не работается?

— Об убийствах думаю, — рассеянно ответила она. — Не могу сосредоточиться.

— Хочешь, пойдем погуляем, — предложил он. — Все равно не переводишь, а на ходу лучше думается. Мне тоже хочется пройтись, чтобы мысли улеглись.

— Пошли, — обрадовалась она. — Только медленно.

Они долго бродили по улицам, изредка обмениваясь какими-то незначащими репликами, но в основном молчали, думая каждый о своем. Наконец Алексей заявил, что он «свою придумку придумал» и готов возвращаться.

— А я так ни до чего и не додумалась, — грустно призналась Настя. — Организм не обманешь, он знает, что я в отпуске, и отказывается функционировать в рабочем направлении.

Они вернулись домой и занялись обедом. Вернее, занялась им Настя, устыдившись того, что всю предыдущую неделю сваливала домашние дела полностью на мужа. Леша сидел здесь же на кухне, исподтишка поглядывая на ее кулинарные потуги. Зрелище было для него достаточно необычным. Он дал себе слово не встревать в процесс, но это оказалось выше его сил.

— Зачем ты солишь мясо, оно же отдаст весь сок, — не выдержал он.

— А как же? Совсем не солить? — удивилась она.

— Солить, но не сейчас.

— А когда?

— Попозже, когда оно покроется корочкой. Тогда можно будет сохранить его сочным.

— Ну надо же, как интересно, — задумчиво произнесла она. — Сразу видно, что я в школе химию плохо учила.

— Ты не химию плохо учила, а готовить не умеешь, — усмехнулся Леша, снова утыкаясь глазами в книгу.

Но когда он увидел, как она нарезала прямоугольными ломтиками картофель и собралась класть на раскаленную сковороду сливочное масло, его терпение лопнуло.

— Ася, остановись!

— В чем дело? Что я опять не так делаю?

— Если ты хочешь, чтобы картофель был с хрустящей румяной корочкой, надо жарить на растительном масле, по крайней мере сначала. Потом можно добавить маргарин или сливочное масло. И убери руку от солонки.

— Что, картошку тоже нельзя солить?

— Ни в коем случае, а то она сделается похожей

на пюре. Солить будешь потом, минут за пять-семь до конца.

— Да ну тебя. — Она огорченно махнула рукой. — Чего ты меня терроризируешь? Я стараюсь, учусь, а ты ругаешься.

— Я не ругаюсь, Асенька, я спасаю собственный обед. А ты, если в самом деле собралась учиться, сначала спроси мудрого Чистякова, как делать, а уж потом начинай делать. И сними, между прочим, крышку со сковородки.

— Почему?

— Потому что. Ты же жаришь картошку, а не паришь. Такую картошку, как ты любишь, готовят без крышки.

— Почему?

— Аська, не морочь мне голову. Ты не только химию, но и физику плохо учила. Как ты вообще смогла закончить физико-математическую школу, я не понимаю.

— А я у тебя всю дорогу списывала. Ты что, забыл? Ты же специально для этого перевелся из параллельного класса в мой, чтобы дотянуть меня до выпускных экзаменов.

Они дружно расхохотались. На самом деле Настя прекрасно училась, а Лешка перевелся в ее класс только потому, что хотел быть поближе к ней. После уроков они подолгу вместе занимались, а потом гуляли до позднего вечера и целовались вовсю. Впрочем, это не было секретом ни для кого: ни для учителей, ни для одноклассников, ни для родителей.

Наконец обоюдными усилиями обед был приготовлен и стол накрыт. После прогулки у них проснулся зверский аппетит, и все, что с такими мучениями готовилось в течение полутора часов, было сметено с тарелок в десять минут.

— Вот так всегда, — удрученно констатировала

Настя. — Стараешься, стараешься, тратишь уйму времени и сил, а потом — раз, и все. Десять минут кайфа — и гора грязной посуды. Ну почему все так несправедливо?

— Закон жизни, — философски изрек Чистяков. — А в работе разве не так? Возьми себя, например. Мучаешься, страдаешь, что-то придумываешь, рискуешь, ошибаешься, отчаиваешься, а потом — раз, три минуты, и преступник задержан. Ты вспомни, как Галла брали. Месяц ты его выманивала, выпасала, просидела с ним вдвоем целую ночь в пустой квартире, все ждала, когда он тебя убивать будет, а потом его взяли в две минуты и без единого выстрела. Ты только и успела упасть, расшибить коленку и сломать каблук. А когда встала, все уже было кончено. Разве не так?

— Так, — вздохнула она. — Леш, а ты когда-нибудь бываешь не прав?

— Еще как, — засмеялся он. — Знаешь, в чем моя мудрость состоит? В том, чтобы о том, что я не прав, знал только я один. А ты об этом и не догадывалась.

— А зачем?

— Берегу свой авторитет в твоих глазах.

После обеда Насте все-таки удалось взять себя в руки и сосредоточиться на переводе. Но около восьми часов раздался звонок, который снова нарушил спокойное существование в ее маленькой квартирке. Позвонил Антон Шевцов.

— Анастасия, у нас очень неожиданные новости, — сообщил он взбудораженно. — Только что в редакцию позвонила женщина и сказала, что она два месяца назад выходила замуж и накануне свадьбы получила точно такое же письмо.

От неожиданности Настя чуть не выронила телефонную трубку.

— Так. Приехали.

Значит, дело здесь не в Элене Бартош. Два месяца назад о ее предполагаемом бракосочетании с Турбиным не знал никто, даже ее верная подружка Катя Голованова.

— Эта женщина оставила свои координаты?

— Да, конечно, вот тут все записано. Вы будете ей звонить?

— Нет, я к ней поеду, — решительно сказала Настя. — Так будет лучше. Говорите адрес.

— Хотите, я вас отвезу? — предложил Антон. — Я на машине.

— Спасибо, хочу. Что бы я без вас делала, Антон! Вы нас все время выручаете.

— Ерунда, — отмахнулся он. — Когда за вами подъехать?

Настя назначила ему время и стала переодеваться.

* * *

Женщине, к которой они приехали, было около тридцати, может быть, чуть меньше. От Насти не укрылось, что она была радостно возбуждена. Самое удивительное, что и ее муж был почему-то очень доволен. Впрочем, все весьма быстро объяснилось.

— Вы представляете, муж мне с тех пор покоя не давал, — быстро говорила женщина, суетливо размахивая руками. — Он был уверен, что я, пока с ним встречалась, крутила еще с кем-то, и теперь этот кто-то не хочет, чтобы я выходила замуж. Уж как я его уговаривала, оправдывалась, объясняла, что все, что у меня было, закончилось еще до нашего знакомства. Он не верил. Слава богу, теперь он успокоится.

— Разве вы не удивились, получив такое письмо, если все было так, как вы говорите? — спросила недоверчиво Настя.

Женщина смутилась и бросила короткий взгляд на мужа. Настя подумала, что допустила, пожалуй, ошибку, начав разговор с ними обоими. Надо было их разделить, но сейчас уже поздно, придется выкручиваться.

— Ну... я, честно говоря... — женщина замялась. Но внезапно на выручку ей пришел муж.

— Ты думала, что это написала моя бывшая жена? — спросил он без обиняков. — Ты никогда об этом и не заикалась, но я знаю, ты так думала.

— Да, верно, — вздохнула женщина. — Я думала, ты тоже в этом уверен, поэтому и сваливаешь все на какого-то моего мифического любовника, чтобы мне в голову не пришло вспомнить о твоей жене. Господи, хорошо-то как, что все наконец разъяснилось!

Она так радостно, так солнечно улыбнулась, что все остальные тоже не выдержали и заулыбались.

— Письмо вы сохранили?

— Нет, выбросила.

— Жаль, — огорчилась Настя. — Как оно выглядело?

— В белом конверте, неподписанное. Лежало в почтовом ящике. Текст написан печатными буквами. Слова точно такие, как в газетной статье описано. «Не делай этого. Пожалеешь».

— А кто же эти письма писал? — спросил муж, явно обрадованный, что неприятный разговор о его бывшей жене так легко закончился.

— Если бы знать, — вздохнула Настя. — Ладно, спасибо вам, извините, что побеспокоили.

— Что вы, это вам спасибо, — от души благодарили супруги. — Такой камень с души сняли.

Антон повез ее обратно домой. Настя устроилась на заднем сиденье, вытянула ноги, закурила.

— Надо же, какой-то мерзавец чуть жизнь людям

не испортил, — сказала она. — Всего два месяца в браке — и из-за этого идиотского письма уже появилась трещина. Еще неизвестно, как все обернулось бы, если бы не статья в газете. Они бы так и не узнали, что письмо лично к ним никакого отношения не имеет, и продолжали бы ссориться.

— Дыма без огня не бывает, Анастасия, — возразил ей Шевцов. — Если бы у нее не было других мужчин и если бы он, муж этот, сумел расстаться с женой по-хорошему, и говорить не о чем было бы. Они бы и не подозревали друг друга. Сами виноваты, чего ж теперь...

— Как знать, возможно, вы и правы, — рассеянно ответила Настя.

Ей стало понятно, что загадочное преступление задумывалось и планировалось давно. Разгадать бы только этот чудовищный план, тогда было бы проще работать дальше.

Они подъехали к ее дому. Настя протянула руку, чтобы открыть дверцу, и внезапно увидела возле своего подъезда девушку в таком знакомом черно-алом кожаном плаще. Лариса Самыкина. Что ей нужно здесь?

— Подождите, Антон, не уезжайте, — попросила она. — Кажется, эта девушка ждет меня. Мне не хочется разговаривать с ней без свидетелей.

Антон заглушил двигатель и вышел вместе с ней из машины.

— Анастасия Павловна, — кинулась к ней Лариса, — вы должны мне помочь!

По ее покрасневшему лицу и воспаленным глазам было видно, что она недавно плакала.

— Что случилось? — холодно спросила Настя, делая шаг ей навстречу.

— Сережа сбежал. Его выпустили до суда под залог, а он сбежал. Что мне теперь делать?

— Ничего. Вас-то это как касается? Против вас возбудили дело за заведомо ложные показания, но вы же никуда не сбежали. Чего вы так разволновались?

— Они требуют от меня денег.

— Кто — они, и каких денег они от вас требуют?

— Деньги, которые дали, чтобы внести залог. Раз Сережа сбежал, деньги пропадут. Они хотят, чтобы я вернула им деньги или нашла Сережу. А где я возьму такие деньги?

— Сколько?

— Пятьдесят тысяч.

— Чего, рублей?

— Да вы что! Долларов, конечно. Ой, боже мой, Анастасия Павловна, помогите найти Сережу!

Лариса разрыдалась, закрыв лицо руками и жалко сгорбившись.

— Перестаньте, Лариса, — поморщилась Настя. — Успокойтесь, пожалуйста. Вашего Сережу и без того будет искать милиция, если он действительно сбежал. А я вам ничем помочь не могу. Идите домой.

— Но вы должны!

В отчаянии девушка почти кричала.

— Вы должны мне помочь! Это же все из-за вас! Это вы во всем виноваты!

— То есть? — Настя недоуменно приподняла брови. Сцена начала ее тяготить.

— Если бы вы тогда нас не подслушали... И следователю вы сказали... Ничего бы не было. А теперь они требуют с меня эти безумные деньги и грозятся, что убьют, если не получат их. Это все из-за вас!

Лариса рыдала в голос и уже не прятала лицо в ладони. Слезы градом катились по ее щекам, нос покраснел, на скулах выступили некрасивые пятна.

— Это вы!.. Вы!.. Вы во всем виноваты! Помогите мне, пожалуйста, я вас умоляю, умоляю... Они убьют меня... Сережу... Спасите нас!

— Идите домой, Лариса, — устало произнесла Настя и сделала шаг в сторону подъезда.

Лариса судорожно вцепилась в рукав ее куртки.

— Подождите, вы не можете вот так уйти... Вы же не можете... У вас нет сердца!

Настя аккуратно высвободила руку и вошла в дом. Антон, все это время молча стоявший рядом, пошел за ней, хотя она его и не приглашала. Не произнеся ни слова, они поднялись на лифте и вошли в квартиру.

— Привет, — весело сказал Чистяков. — Чего такие хмурые?

— Да так, — неопределенно ответила Настя. — Раздевайтесь, Антон, сейчас поедим чего-нибудь. Я вас оставлю на минутку, мне нужно позвонить.

Она унесла телефон в комнату и притворила дверь поплотнее.

— Константин Михайлович, это я. Вы знаете, что Артюхин куда-то сбежал?

— Нет еще. А что, и вправду сбежал? — спокойно поинтересовался Ольшанский.

— Я только что разговаривала с Самыкиной, эти сведения от нее.

— Но Самыкина-то на месте?

— На месте.

— Ну и ладно. Она у меня под следствием за ложные показания, а Артюхина я передал в суд, пусть у них теперь голова болит, это ж они его под залог выпускали. А ведь я был против, говорил же, что не нужно его отпускать. Небось взятку судье сунули.

— Так что же, им теперь никто не интересуется? И пусть себе скрывается?

— Ну, это как повезет. Знаешь, Настасья, поскольку залог у нас введен совсем недавно, практики нет, никто не знает толком, чего делать и как контролировать. Может, судья схватится, захочет с Артюхиным о чем-нибудь поговорить. Может, милиция по его месту жительства начнет проверять, как он себя ведет, как условия залога соблюдает. В милиции тоже добросовестные попадаются. А может, никто и не чухнется до самого суда. Здесь прогнозировать трудно. Но судье я, конечно, сообщу. А о чем ты с Самыкиной разговаривала?

— У нее те деятели, которые дали Артюхину денег на залог, свои баксы обратно требуют. Боятся, что все сгорит в огне государственного дохода. Вот она и примчалась на жалость давить.

— Считает, что ты во всем виновата?

— Ну да.

— Ладно, не обращай внимания, проскочим. Ты в отпуске, вот и отдыхай спокойно. Как тебе семейная жизнь?

— Отлично. Лучше, чем я думала.

— Ну, дай-то бог.

Когда Антон уходил, Настя накинула на плечи куртку и спустилась вниз вместе с ним.

— Анастасия, неужели вам совсем не жалко эту девушку? — спросил он, останавливаясь возле своей ярко-желтой машины и доставая зажигалку.

— Нет, — сдержанно ответила она.

Она, собственно, и пошла вниз вместе с ним для того, чтобы поговорить об этом. Но говорить почему-то не хотелось.

— А почему она считает вас в чем-то виноватой?

— Потому что я доказала, что ее любовник совершил изнасилование.

— Странная логика, — усмехнулся Антон. — И вы действительно не знаете, как ей помочь?

— Почему, знаю. Поднять на ноги все частные сыскные агентства, заплатить им деньги и найти Артюхина раньше, чем его хватится милиция. Потому что если его начнет искать милиция, то залог пропадет.

— Так почему же вы ей этого не посоветовали?

— Потому что я работаю в милиции, а не в частном сыскном агентстве.

— А вы могли бы сами его найти?

— Вряд ли, — она пожала плечами. — Я не умею этого делать. Никогда не приходилось. Этим занимаются специальные подразделения и специальные сотрудники.

— Все-таки жалко ее, — вздохнул Антон. — Она так плакала, просто невыносимо было видеть.

— Да? Неужели жалко? А я видела, как плачет та девушка, которую изнасиловал Артюхин. И представьте себе, мне ее тоже было жалко, и невыносимо было видеть чудовищные фиолетовые синяки на ее лице и руках. Он же ее избил, как вы понимаете. Привязался на улице, а она со страху побежала от него через парк, потому что так короче. Короче, конечно, зато темнее и безлюднее. Январь, в шесть вечера уже ничего не видно, а это произошло в девять. И народу никого. И между прочим, Артюхин был прилично выпивши.

Антон помолчал немного, потом внезапно улыбнулся.

— Простите, я, кажется, глупость сказал. В любом случае вам виднее, как правильно поступить.

Они распрощались дружелюбно и тепло. Но Насте почему-то было неприятно, она быстро вошла в подъезд, не дожидаясь, пока Антон уедет.

* * *

На следующее утро Насте выспаться не удалось. Она легла поздно, из головы не выходила пара, получившая письмо два месяца назад. Проворочавшись почти до трех часов, она вышла на кухню, уселась поудобнее, положив ноги на табуретку, закурила и погрузилась в размышления, из которых ее вывел проснувшийся Чистяков, который, скроив зверскую мину, насильно увел ее спать, заставив принять снотворное.

— Какое снотворное, Лешик, уже половина четвертого, — пыталась сопротивляться Настя. — После таблетки нужно проспать как минимум восемь часов, иначе я буду совсем разбитая.

— И что? Спи себе на здоровье сколько влезет. Тебе же на работу не идти.

Около четырех часов ей удалось уснуть, а в одиннадцать ее растолкал Леша.

— Ася, Шевцов звонит. У них там еще письма объявились.

Сон как рукой сняло. Настя подпрыгнула на постели и схватила протянутую мужем телефонную трубку.

— Сегодня с утра позвонили уже четверо, — сообщил Антон. — Самое раннее письмо получено почти полгода назад.

— Вот черт! — вырвалось у Насти. — Да что ж он нам покоя-то не дает!

— Это вы про кого?

— Про убийцу. Только я настрою мозги в определенном направлении, как вдруг что-нибудь происходит, что в корне меняет всю картину.

— Ну, видимо, умный попался, — рассмеялся Антон, — даже вам не по зубам оказался. Указания будут?

— Зависит от того, есть ли у вас время со мной ездить.

— Да о чем вы спрашиваете, Анастасия, — возмутился Шевцов. — Конечно же, есть. Я буду делать все, что нужно. Меня ведь это тоже касается.

— Каким образом?

— Меня же обокрали, вы забыли? Так что в разоблачении убийцы у меня кровный интерес. И потом, я видел ту убитую девушку, Карташову, и ее жениха. Знаете, это не так просто забыть. Вам-то, наверное, проще, вы привыкли.

Они договорились, что Антон возьмет все адреса, и они поедут к женщинам, получившим странные угрожающие письма.

Через два часа они разговаривали с симпатичной молоденькой Юлей, которая была дома одна, потому что ради разговора с сотрудником милиции отпросилась с работы.

— Знаете, я ни капли не удивилась тогда, — откровенно говорила она. — У меня было одновременно три жениха, и я долго выбирала, с кем из них мне в загс идти. Поэтому я была уверена, что письмо написал кто-то из оставшихся двоих.

— А муж знает о письме?

— Нет, конечно, я не стала ему говорить.

— Почему? Разве он не знал, что у вас есть другие претенденты?

— Знал. Я боялась, что он им морду бить станет. Он знаете какой!..

— Какой?

— Горячий. Чуть что — сразу руку поднимает.

— Не боитесь, что и на вас поднимет?

— Нет, он меня любит, — уверенно ответила Юля. — Он меня никогда не тронет.

— Письмо не сохранили?

— Сохранила, а как же. Все-таки память о женихах. — Она недобро усмехнулась.

Юля принесла знакомый белый конверт и вытащила из него сложенный пополам листок бумаги с теми же самыми словами, что и в других письмах.

— Жалко, — вздохнула она непритворно. — Выходит, ни один из них этого письма не писал. Я-то думала, хоть один из них меня вернуть попытался, а оказалось...

Настя и Антон поехали по следующему адресу.

— Надо же, как забавно бывает, — заметил он. — Те супруги, у которых мы были вчера, радовались, когда узнали, что письмо написали не их близкие. А эта Юля, наоборот, жалеет. Смешно.

— Смешно, — согласилась Настя, хотя ей вовсе не было смешно. Постичь логику преступника и его замысел ей никак не удавалось, она от этого нервничала и очень переживала.

Следующая женщина, получившая письмо, была грустной и усталой. Настя оглядела ее жилище и подумала, что здесь не видно следов присутствия мужчины, хотя хозяйка всего четыре месяца назад вышла замуж.

— Из-за этого письма все рухнуло, — произнесла женщина как-то отстраненно, глядя мимо гостей куда-то в окно. — Теперь уже поздно об этом говорить, ничего не поправить. Муж так и не поверил мне.

— Ревность?

— Да нет, скорее глупость. Хотя и ревность, конечно, тоже. В общем, полезло из человека всякое дерьмо. Я и не предполагала, что в нем столько злобы и хамства. Так что все, может быть, и к лучшему.

Она скупо улыбнулась.

— Скажите, Анна Игоревна, письмо сохранилось?

— Что вы. Муж его сразу же порвал в клочья. Вернее, жених, поскольку это произошло накануне свадьбы. Знаете, в день свадьбы он еще как-то держался, даже был ласковым. А со следующего дня началось... Я оказалась и шлюхой, и дрянью, и подстилкой, и проституткой. Даже не подозревала, сколько он разных бранных слов знает. Очень богатый лексикон оказался. — Она усмехнулась. — Я терпела ровно десять дней. На десятый день мы расстались. Уже и развод оформили.

— Я вам сочувствую, — тихо сказала Настя. — Может быть, теперь, когда выяснилось, что такие письма получали не только вы, все можно поправить?

— Нет, не хочу. — Анна Игоревна отрицательно покачала головой. — Хватит с меня. Мне уже тридцать шесть, ради штампа в паспорте я унижаться не буду. Хотела замуж ужасно, чего теперь скрывать, да все не удавалось. Нет, больше и пробовать не стану.

— А почему вы не отнесли письмо в милицию?

— Потому что я знала, кто его написал. Вернее, до вчерашнего дня думала, что знаю. Выходит, ошибалась. А меня вы не жалейте. Каждый должен прожить свою судьбу, а не чужую. Мне не суждено быть замужем, нечего и пытаться было. А есть женщины, которые расстаются с мужьями и клянутся себе больше никогда ни за что на свете не попадаться и замуж не выходить, а потом все равно снова выходят. Вот им не суждено жить в одиночестве. У всех по-разному...

Они съездили еще по двум адресам, выслушали еще две такие разные и в то же время такие похожие истории женщин, получивших накануне свадьбы письма с угрозами. Ни одна из них не обратилась в свое время в милицию, потому что каждая «знала», кто был автором письма.

Они мотались по всему городу, разыскивая нужных им женщин на работе, дома или у друзей.

— Анастасия, мы сейчас проезжаем недалеко от моего дома. Может, заедем, хотя бы чаю выпьем?

— Давайте, — согласилась Настя. Они оба целый день ничего не ели, а было уже почти семь вечера.

Квартира у Антона Шевцова была двухкомнатная, не очень просторная, но удобная, с большой кухней и встроенными шкафами. Сразу видно, что хозяин он хороший — жилье было ухоженное, чистое, недавно отремонтированное. Стены оклеены светло-серыми, почти белыми обоями с едва заметным серебристым рисунком, отчего комната казалась радостной и наполненной каким-то особым светом.

— Вам чай или кофе?

— А у вас и кофе есть? Вы же его не пьете, — удивилась Настя.

— Сам не пью, а для гостей держу.

Антон принес в комнату поднос с чашками, сахарницей, банкой растворимого кофе и заварочным чайником.

— Есть хотите? Могу предложить бутерброды с сыром и печенье.

— Предлагайте, — благодарно улыбнулась Настя. — Я умираю от голода. Вы меня в очередной раз спасаете. А курить у вас можно?

— Ради бога, в любом месте, — крикнул он из кухни. — Пепельница на столе.

Настя медленно обошла комнату, вышла на балкон, отметив про себя, что и на балконе царит необыкновенная чистота. Господи, когда у нее дойдут руки убраться на лоджии? Там столько хлама! Она присела на стоящий на балконе стул и закурила.

Антон принес бутерброды и вазочку с печеньем.

— Анастасия! — позвал он громко. — Кушать подано.

Она вернулась в комнату, швырнув вниз с балкона недокуренную сигарету.

— Вы такая бледная, — заметил Антон, наливая ей кофе. — Устали?

— Есть немного.

— Обидно, наверное, так проводить отпуск, правда? Тем более сразу после свадьбы.

242

— Да нет, ничего, нормально.

Она отпила немного кофе и взяла бутерброд. Хлеб был очень свежим, а сыр — из дорогих сортов.

— У меня так уже было, — сказала она, — поехала в отпуск в санаторий, а там произошло убийство, пришлось заниматься им вместо того, чтобы лечиться. Наверное, я просто не умею отдыхать, мне скучно. Нужно, чтобы голова все время была чем-нибудь занята, тогда я себя хорошо чувствую.

— А я люблю отдыхать. По-настоящему, чтобы полностью отключиться от всех забот, ничего не делать и ни о чем не беспокоиться. Человек должен иногда отключаться, а то он долго не выдержит. Впрочем, — улыбнулся Антон, — на меня не нужно ориентироваться, у меня психология сердечника. Врач сказал, что нужно как следует отдыхать — я и отдыхаю. Я вообще врачам верю. А вы?

— А я нет. То есть я им верю, конечно, но делаю все равно по-своему.

Она залпом допила уже остывший кофе и встала.

— Спасибо, Антон. Мне пора.

— Я вас отвезу, — с готовностью вскочил Антон.

— Не нужно, я доеду на метро. Я и так злоупотребляю вашей помощью, мне уже неловко.

— Перестаньте, Настя. — Он впервые назвал ее не Анастасией, а просто Настей. — Мы же друзья, какие могут быть счеты. Мне приятно побыть в вашем обществе, а вы устали, так что никакого метро.

Сопротивляться ей не хотелось, поэтому она уступила быстро и легко.

* * *

Маленький расчетливый бизнесмен Степашка добросовестно выполнял свои обещания. Сначала он позвонил Ларисе Самыкиной, а потом сразу же перезвонил смуглому красавцу Жоре.

— Наша девочка шевелится, предпринимает активные шаги, — сообщил он. — Вчера она даже ходила к Каменской, пыталась ее уговорить помочь в поисках Артюхина.

— К кому она ходила? — Жора даже поперхнулся. — К Каменской из уголовного розыска, с Петровки?

— Ну да, к той самой, которая Серегу сдала.

— Идиотка! — завопил Жора в трубку. — А ты куда смотрел? Не мог сказать?

— В чем дело-то? — обиделся Степашка. — Чего ты орешь?

— Да ты соображаешь, кто такая эта Каменская?! Мать твою, у тебя хоть капля мозгов есть?

— А кто она такая?

— Ты помнишь, два месяца назад застрелили любимого внука Трофима?

— Ну, помню. И чего?

— Так вот эта самая Каменская убийцу вычислила. И теперь ей Трофим — лучший друг.

— Ну уж, и лучший, — усомнился Степашка. — Не преувеличивай.

— Я не преувеличиваю, я хочу, чтобы ты допер своей тупой башкой, что если Каменская пожалуется Трофиму, что из-за Артюхина девку взяли за жопу, то нам головы не сносить. Вся история наружу разом вылезет. Мы за то и бьемся, чтобы Трофим не узнал, что мы твоему Артюхину с залогом помогли, а ты... Кретин ты недоделанный.

— Но я же не знал, — стал оправдываться Степашка. — Я вообще про эту Каменскую впервые слышу.

Тут он, конечно, врал. Он просто забыл. Безусловно, историю с внуком великого могущественного мафиози Трофима он слышал, и не один раз, и фамилию девицы из уголовки ему тоже называли, только он на этой фамилии как-то не сосредоточился, тут же из головы вылетела. Да, черт возьми, неладно вышло. Если бы он не забыл, предупредил бы Ларису заранее, чтобы не вздумала к Каменской идти. Мог бы сообразить, что она так поступит. Ведь он сам ей подсказал такой ход, сам сказал ей: «Ты виновата, что так случилось, — ты и выкручивайся». Конечно, девочка подумала, мозгами пораскинула, да и кинулась к той, кого считала виноватой. К Каменской.

— Короче, Степашечка, — произнес Жора уже спокойнее, — беги к Лариске и накачай ее по самую глотку. Пусть звонит Каменской, пусть идет, пусть ползет и извиняется, мол, простите, тетенька, я погорячилась, уж очень я за Сережу переживаю. Пусть дает честное слово, что Сережа вернется через день-два, что никуда он не сбежал, что на самом деле он у очередной бабы залег, а она не смогла до него дозвониться, вот и перепугалась, что он уехал. А он никуда не делся, в Москве, в чужой койке отлеживается. Понял?

— Понял. Сейчас сделаю.

— Давай, только быстро. Каждая минута на счету.

Степашка положил трубку, быстро переоделся в дорогой костюм-тройку. Открыл холодильник, вытащил оттуда огромную коробку конфет и запечатанную бутылку «Джонни Уокер», сложил все в «дипломат» и бегом помчался вниз по лестнице, бренча ключами от своей роскошной машины. Цветы он купит по дороге.

Глава 11

Марат Латышев проснулся поздно. Голова была тяжелой, во рту — вязкий привкус, оставшийся от бессчетного количества сигарет, выкуренных вчера за игрой. Он снова играл, но на этот раз — удачно. Именно эти нечастые удачи, которые ему выпадали, и не давали покончить с засасывающим пристрастием. Каждый выигрыш казался Марату началом удачной полосы, и никакие проигрыши не могли его остановить, потому что верилось: в конце концов он поймает жар-птицу за хвост. Вот же она, он уже прикасался к ней, гладил ее переливающееся шелковистое оперение, заглядывал в желтые немигающие глаза, так не может быть, чтобы она рано или поздно не далась ему в руки.

Пока он варил себе крепкий кофе, позвонила Тамила, голос у нее был раздраженный и злой.

— Чего ты сидишь, как пень, хотела бы я знать, — начала она с места в карьер. — Ты собираешься что-нибудь предпринимать или нет? Время-то идет.

— Я ездил в субботу на дачу, разве этого недостаточно?

Он рассказывал Тамиле о своей встрече с Элей и Турбиным тогда же, в субботу вечером. Им казалось, что камень был брошен ловко и достаточно метко, во всяком случае, вернулась домой Эля расстроенная и подавленная. Но уже ко вторнику девушка снова развеселилась, ожила, защебетала. Плохого настроения ей хватило ненадолго.

— Было достаточно, — ответила ему Тамила. — А теперь нужно действовать дальше. Они поехали загорать в Серебряный бор.

— Понял, — вздохнул Марат. — Спасибо, что сказала.

Ехать никуда не хотелось, он чувствовал себя совершенно разбитым, но понимал, что Тамила права. Быстро выпил обжигающий кофе и отправился в Серебряный бор.

Элю и Турбина он нашел сразу. Несмотря на солнечную теплую, будто в середине лета, погоду, народу на пляже было немного, как-никак будний день. Подходя к ним, Марат с удовольствием огляделладную мускулистую фигуру Турбина с широкими плечами и длинными крепкими ногами. «Ну можно ли винить глупенькую девочку за то, что она буквально плавится на глазах от такого мужика, — подумал Латышев. — Ведь он действительно хорош, невероятно хорош, этот никчемный, жалкий аспирант-философ».

Эля лежала на боку, положив голову на плечо Турбина и слегка согнув ноги. В такой позе ее пышные бедра казались еще больше и массивнее, а ноги — совсем короткими. Марат внутренне хмыкнул и поморщился. Она была совсем не в его вкусе, маленькая, пухленькая, мясистая. Хотя мордашка у нее очаровательная, что и говорить. Однако Марат был из тех, кого красота лица не интересует вовсе. Ольга Емельянцева была симпатичной, но далеко не такой хорошенькой, как Эля, однако в ней ему нравилось все, с ней он готов был заниматься любовью с утра до вечера, были бы силы да время. А в постели с Эленой ему приходилось делать над собой усилие, чтобы выглядеть пылким влюбленным. Только мысль о перспективах и деньгах помогала ему справиться с равнодушием.

— Загораете? — насмешливо произнес он, подходя к ним.

Эля вздрогнула и резко села. Голос Марата она узнала сразу. Турбин же, сначала не понявший, кто к ним подошел, только лениво приоткрыл глаза, однако уже в следующую секунду лицо его исказилось от ярости.

— Опять? Что вам на этот раз нужно? Снова будете деньги считать?

Эля успокаивающим жестом положила руку ему

на плечо, но тут же, словно обжегшись, отдернула ее под язвительным взглядом бывшего любовника.

— Марат, ну зачем ты... — жалко пролепетала она. — Как ты здесь оказался?

— Приехал с тобой повидаться, Эленька, напомнить о себе, чтобы не забывала, как я тебя люблю, — весело ответил Латышев и, не раздеваясь, присел на разложенное одеяло. — Купались?

— Нет, вода еще холодная, — нерешительно ответила Эля. Валерий кинул на нее уничтожающий взгляд: она не должна вступать в разговоры с этим негодяем, который стремится разрушить их отношения и даже не считает нужным это скрывать.

Марат расстегнул рубашку, вытянул ноги и с хрустом потянулся. Он не боялся холодной воды и с удовольствием искупался бы, чтобы немного взбодриться и снять тяжелую одурь, которая так и не прошла, несмотря на выпитый кофе и быструю езду. Но парочку нельзя оставлять наедине, чтобы они не выработали вместе линию поведения с ним, Маратом. Они его, конечно, не ждали здесь и наверняка не обсуждали, как держаться и что говорить, если он появится. Элька снова растерялась, и этим нужно пользоваться. А как хочется в воду...

Он снял солнечные очки в дорогой оправе, закрыл глаза и подставил лицо солнцу. Про деньги он сегодня говорить не будет. Начнет с пустяков, а там как фишка ляжет. У него есть козырь, которым он обязательно воспользуется, в такой игре любая карта хороша. Когда он понял, что старуха Турбина что-то имеет против брака своего сына с дочкой богатых родителей, он сильно удивился. Казалось бы, любая мать должна быть счастлива, что ее ребенок вырвется из нищеты, а она морду воротит. С чего бы это?

Спрашивать Марат не стал, но справочки навел, как водится, без этого нельзя. Нанял частного детектива, заплатил ему и уже через два дня узнал, что отцом Валерия Турбина является премерзкая личность, алкаш с тяжелой сексуальной патологией, на девятнадцать лет моложе Вероники Матвеевны. Санитар из морга! С ума сойти. Старуха всю жизнь проработала в медицине, понимает, что потомство от такого папеньки будет не самым удачным. За внуков боится. Да и сам папашка своего интереса к сыну не скрывает, дружкам своим — алкашам подзаборным — рассказывает, что сынок-то вот-вот в богатую семью войдет, будет из кого денежки тянуть. Немудрено, что старуха чувствует себя как на пороховой бочке. А что она может с ним сделать, с алкашом этим? Разве что убить. Иначе его не остановишь.

— Что, Эленька, на Балатоне лучше было? — спросил он, не открывая глаз. — Теперь твоя доля — Москва-река, вместе с холерным вибрионом, тиной и дохлой рыбой. Я уже понял, что ты на это согласна, поэтому больше тебя красотами западных курортов не прельщаю. Ты готовишь себя к счастливой семейной жизни с поварешками, кастрюлями и грязными носками горячо любимого мужа.

— Собирайся, Эля, — зло сказал Турбин, вставая и начиная одеваться. — Пойдем отсюда.

Эля молча покорно поднялась и потянулась за своей одеждой.

— И куда, интересно, вы пойдете? — лениво полюбопытствовал Латышев. — В кино?

— Это не ваше дело, — отрезал Турбин. — Встаньте, будьте добры, мне нужно сложить одеяло.

Но Марат и не думал вставать. Ему нужно было выбросить свой главный козырь, а время для этого еще не наступило.

— Нет, в самом деле, — он перевернулся на живот, поднял голову и стал смотреть на одевающихся Элю и Турбина снизу вверх. — Куда вам деваться?

У Эленьки дома мама, у вас, как я понимаю, тоже. Машины нет, ходить по улицам — жарко и скучно. Для ресторана нужны деньги, которых у вас нет, хотя, впрочем, не будем о деньгах. Остается кино. Будете сидеть на последнем ряду, держаться за руки и целоваться, как семиклассники. Эленька, детка, ты что, в самом деле не можешь найти себе более интересное занятие? Все, что сейчас показывают в кинотеатрах, ты уже давно посмотрела по видику. И не думай, пожалуйста, что это только временные трудности, а потом, когда вы поженитесь, все будет по-другому.

— Закругляйтесь, Марат, — потребовал Валерий. — Нам нужно идти. Позвольте мне взять одеяло, и можете разглагольствовать дальше сколько угодно в гордом одиночестве.

— А дальше, Эленька, будет та же самая скука и незнание, куда себя деть, — продолжал Латышев как ни в чем не бывало. — Жить вы будете либо у твоих родителей, либо у его матери, но второе — скорее, поскольку Тамила Шалвовна вряд ли потерпит в своей квартире чужого мужчину, даже родственника. Свекровь у тебя будет старенькая, из дома почти не выходит, так что ни о каких постельных занятиях днем и речи быть не может. Читать ты не любишь и, по-моему, даже не умеешь, разве что по складам. Твой супруг будет заниматься философией, а тебе останутся плошки-ложки-поварешки. Как тебе такая перспектива?

Наконец Турбин клюнул на приманку.

— Если все так, как вы нам тут только что живописали, то чем занималась бы Эля, если бы вышла замуж за вас? — презрительно спросил он. — Вы научили бы ее читать? Или придумали бы ей другое развлечение?

— Конечно, — оживился Марат. — Во-первых,

она была бы хозяйкой дома. Принимала бы гостей, надевала по вечерам нарядные платья и украшения и блистала в гостиной. Но это так, второстепенно, я же обещал, что не буду заострять внимание на денежном вопросе. А во-вторых и в главном, она будет растить детей, славных, красивых, здоровых малышей. Роль матери — это главная роль, которую должна сыграть женщина. Вот Эля и будет этим заниматься.

— Она с таким же успехом будет этим заниматься в качестве моей жены, — высокомерно ответил Турбин. — И уверяю вас, скучно ей не будет.

— Это точно! — от души расхохотался Марат, испытывая облегчение от того, что разговор подошел к нужной ему черте и теперь можно начать ходить с козырей. — Она родит негритенка с двумя головами и будет целыми днями отмывать его добела и шить одинаковые шапочки на каждую голову. Вот веселья-то будет!

— Я что-то вас не понял, — медленно произнес Турбин. — Объяснитесь, будьте любезны.

Глаза его стали совсем темными, а лицо — напряженным и страшным.

— Не прикидывайтесь, юноша, вы прекрасно знаете, какое бывает потомство у таких родителей, как ваши. Вам повезло, на вас природа отдохнула, а на ваших детках отыграется, можете не сомневаться. Или Эля не знает про вашу великолепную наследственность? Вы от нее скрыли?

Турбин резко наклонился, схватил Марата за рубашку и с силой поднял на ноги.

— Объясните, что вы несете! При чем тут наследственность? Что я скрыл от Эли?

Латышев оторвал от себя его руки и сделал шаг назад. Эля стояла рядом и смотрела на них широко распахнутыми глазами, не в силах произнести ни слова. Она успела надеть блузку и теперь стояла растерянная, держа в руках легкие шелковые брюки и не зная, что с ними делать.

— Эленька, разве твой будущий муж не рассказывал тебе, кто его родители?

— Его мама на пенсии, она врач, — ответила ничего не понимающая девушка.

— А отец?

— Отец Валеры умер, очень давно. Он был офицером.

— Да что ты говоришь? — радостно улыбнулся Марат. — Вынужден тебя разочаровать, детка. Отец твоего дорогого Валеры жив-здоров и хронически пьян в стельку. Более того, он дважды был судим. И знаешь за что?

— Что вы несете! — взорвался Турбин. — Что за бред!

— Это не бред, спросите у своей матушки, она вам расскажет, как ваш папочка справлял сексуальную нужду с трупами. Наверное, получал при этом огромное удовольствие. А еще она вам расскажет, что он работал санитаром в морге.

— Замолчите! Эля, не слушай его, он врет, он все врет, ты же видишь, он хочет нас поссорить! Пойдем отсюда.

— К сожалению, Эленька, я не вру. Может быть, тебя и не удивляло, что твоя будущая свекровь не рвется назвать тебя невесткой, может быть, ты просто не обращала на это внимания. Но твой Валера не мог об этом не знать. Почему же его-то это не удивило? Да потому, что все это правда. Твои дети будут уродами с шестью пальцами и умственной отсталостью, потому что отец твоего жениха — алкоголик с тяжелой сексуальной психопатией.

— Это ложь! — снова крикнул Турбин. — Эля, не слушай его.

— Слушай, детка, слушай. Это не ложь, — устало сказал Марат, снова опускаясь на одеяло. Ноги у него подкашивались. Он и не предполагал, что игра припасенными заранее козырями отнимет у него столько сил. Он всю жизнь делал гадости и подлости, но никогда это не было так трудно, как сегодня. Может быть, оттого, что никогда он не бил людей так больно, как только что ударил Турбина. — Сядь, Эленька. — Он похлопал рукой по одеялу рядом с собой. — Посиди и подумай, пока твой Валера съездит домой к матери и спросит у нее, правда это или ложь. А мы с тобой его подождем. Если через три часа он не вернется, значит, все, что я сказал, — правда. Видишь, как просто все решается.

— Вы — подонок, — сквозь зубы процедил Турбин. — Вы обманываете Элю и хотите нас поссорить. Если на то пошло, она поедет вместе со мной к моей матери и своими ушами услышит, что все, что вы наплели, — грязное вранье. И поймет, какой вы добрый и порядочный. Одевайся, Эля.

— Эля, сядь, — настойчиво повторил Латышев. — То, что ты услышишь, тебя не обрадует. Лучше тебе через это не проходить.

Эля так и стояла, оцепенев и держа в руках развевающиеся от ветра ярко-красные брюки, которые сейчас казались какими-то нелепыми и слишком кричащими, словно воздушные шарики на похоронах. Марат потянул ее за руку, и она послушно, как тряпичная кукла, опустилась рядом с ним на расстеленное одеяло.

— Эля, пойдем со мной, ты сама убедишься...

— Нет.

Она наконец нашла в себе силы говорить.

— Нет, я не поеду. Ты поезжай один. И возвращайся. Я буду тебя ждать.

— Хорошо, — с угрозой сказал Турбин, — я вернусь. Я вернусь и убью этого подонка.

Он резко повернулся и зашагал в сторону шоссе.

— Эленька... — начал было Марат.

Но она перебила его:

— Помолчи. Это ужасно, то, что ты сказал. Я тебе не верю. Оставь меня в покое. Не трогай меня.

— Если ты не веришь, то почему осталась со мной? Почему не поехала с ним к матери?

— Она меня не любит. И я ее тоже не люблю. Потому и не поехала, а вовсе не потому, что поверила тебе. Как ты мог, Марат! — с упреком сказала она. — Зачем ты это сделал?

— Я люблю тебя и не хочу, чтобы тебя всю жизнь преследовали несчастья. Я хочу, чтобы ты была со мной. Что в этом зазорного?

Он ласково обнял ее за плечи, но она отстранилась.

— Не трогай меня. Вот вернется Валера...

— Он не вернется, — мягко сказал Марат. — Я сказал правду, поэтому он не вернется. Ему нельзя иметь детей, пойми это.

— Он вернется, — упрямо повторила Эля. — И я буду его здесь ждать.

— Хорошо, мы будем его здесь ждать, — вздохнул Латышев. Душа его ликовала. Он знал, что не произнес ни слова лжи. Он знал, что Турбин не вернется.

Эля легла ничком на одеяло, положив голову на руки и отвернувшись от Марата.

— Который час? — спросила она, не поворачиваясь.

— Половина первого. Ждем до четырех? — Он великодушно накинул еще полчаса сверх назначенных трех часов, хотя прекрасно знал, что от Серебряного бора до дома, где живет Турбин, добираться не более получаса.

— До пяти, — глухо ответила Эля. — Нет, до шести.

— Хорошо, до шести, — согласился Марат. Ему было безразлично, сколько ждать. Все равно Турбин не вернется.

* * *

Следователь Ольшанский сообщил о бегстве Артюхина не только судье, но и работникам милиции. Его тут же объявили в розыск и начали проверять все места, где он бывает, и всех его знакомых. В первую очередь обратились, разумеется, к Ларисе Самыкиной, которая была бледной и заплаканной и клялась, что не знает, куда девался Сергей. Девушка выглядела искренней, и работники милиции ей поверили.

В тот же вечер, во вторник, ей позвонил Ольшанский и вызвал на допрос. Она обещала приехать в среду к десяти утра. Константин Михайлович прождал ее до обеда, потом закрутился с другими делами. Лариса на допрос не явилась. Он безуспешно звонил ей весь остаток дня, потом связался с отделением милиции и попросил на другой день доставить ее приводом.

На другой день стало ясно, что Лариса Самыкина исчезла.

* * *

Настина мать, Надежда Ростиславовна, не желала мириться с нелюбовью своей дочери к шумным многолюдным мероприятиям.

— Мы пойдем все вчетвером, — заявила она, пропуская мимо ушей робкие возражения Насти. —

Я с отцом и ты с Алешей. Можем мы раз в три года выйти куда-нибудь всей семьей?

— Но, мама, я так не люблю эти тусовки, — ныла Настя. — Зачем ты меня заставляешь? Мне гораздо приятнее побыть дома. Для этого похода нужно одеваться, краситься... У меня сил нет.

— Доченька, ты говоришь ерунду. Я прилетела всего на две недели, потом мы снова год не увидимся. Ты можешь сделать матери приятное один раз в год?

— Давай лучше мы с Лешей придем к вам в гости, — предложила Настя. — Хоть поговорим нормально. А то на этом сборище и пообщаться не дадут. Я там умру со скуки. Ну, мам, ну пожалуйста...

— Настасья, не спорь. В гости вы и так придете. Я прошу тебя, собирайся и к семи часам подъезжайте с Алешей к киноцентру, мы с папой вас там встретим. Ты пойми, там будет масса моих знакомых, в том числе посольских, я столько рассказывала им про свою необыкновенную дочь и ее необыкновенного профессора Чистякова, что мне уже никто не верит. Я хочу, чтобы все увидели мою семью. Я горжусь вами, неужели ты не понимаешь?

И тут Настю как током ударило. Она внезапно поняла, что мать порвала со своим шведским возлюбленным. И теперь хочет показать людям, которые знали о ее романе, что у нее все в порядке и замечательная семья, которую она и не думала бросать. «Господи, как по-женски», — засмеялась про себя Настя.

— Хорошо, мамуля, — радостно согласилась она. — Мы придем. В семь у киноцентра.

Сегодняшнее мероприятие в киноцентре было устроено вокруг выставки фотохудожницы Аллы Моспановой. Сама она, худощавая, смуглая, с волосами, плотно повязанными косынкой, и с множеством браслетов на обнаженных красивых руках, стояла в толпе друзей и почитателей. Она была невероятно талантлива, и выставки ее фоторабот объездили весь мир.

— Ты что, знакома с ней? — спросила Настя, видя, как мать решительно зашагала прямо к Моспановой.

— Конечно, — на ходу бросила Надежда Ростиславовна. — Она дважды привозила свои работы в Швецию, мы с ней очень тесно общались. Там у нас мало русских, поэтому все вертится вокруг посольства.

Она так и сказала: «у нас». И Настю это почему-то задело.

Мать и художница горячо расцеловались.

— Познакомься, Аллочка, это мое семейство. Леонид, мой муж.

Леонид Петрович вежливо склонился к руке Моспановой.

— А это моя дочь Анастасия, про которую я тебе столько рассказывала. И ее муж Алексей.

— Очень рада.

Алла приветливо улыбнулась и, звякнув браслетами, протянула по очереди им руку.

— Так вы та самая Настя, которая знает пять языков и работает в милиции? — спросила она, с любопытством оглядывая Настю с ног до головы.

— Кажется, та, — подтвердила Настя, — если меня за время маминого отсутствия не подменили.

— И вы действительно знаете пять языков?

— И работаю в милиции.

Ей стало тошно. Сделали из нее белого слона, которого водят по улицам на веревочке и показывают за деньги. При чем тут пять языков? Что, непременно надо идти работать в фирму секретарем-переводчиком? А для раскрытия преступлений интеллект не требуется, что ли?

Фотохудожница оказалась достаточно наблюдательной, чтобы заметить перемену в Настином лице. Рядом стояли люди, и все они вдруг начали таращиться на Настю как на диковинный экземпляр.

— А почему, Настя? — спросила Алла, беря ее под руку и увлекая чуть в сторону.

— Что — почему?

— Почему вас раздражают такие разговоры? Надоело оправдываться?

Настя с облегчением рассмеялась:

— Точно. Вы угадали. Никого не удивляет, что я работаю в милиции, но как только слышат про пять языков, так начинают... Все, наверное, думают, что работа в уголовном розыске — это сплошная беготня за преступниками с пушкой на боку и наручниками в кармане. И зачем в такой работе иностранные языки?

— А они в самом деле нужны?

— Честно говоря, не очень, — призналась Настя. — Языки нужны не для работы, а в основном для собственного развития. Но и для работы, случается. Особенно теперь, когда так много иностранцев. Среди них ведь не только потерпевшие попадаются, но и преступники тоже.

— Вы любите свою работу?

Алла внимательно посмотрела на Настю, склонила голову вбок и чуть отступила назад, словно бы отыскивая самый удачный ракурс.

— Люблю, — просто сказала Настя. — Она грязная, тяжелая, но интересная, и я ее люблю.

— Опасная?

— В общем, есть немного. Бывает, что очень опасная, но если не делать явных глупостей, то уровень опасности можно понизить.

— А уровень грязи?

— Нет. Это не поддается регулированию.

— Наверное, нужно быть очень преданным вашей работе, чтобы с этим мириться, верно?

— Конечно, — согласилась Настя. — Или не очень преданным, но умеющим не реагировать на всякие гадости и мерзости. Или совсем не преданным, но получающим удовольствие от насилия, обмана, ощущения своей власти. По-всякому бывает.

— А вы знаете, — неожиданно сказала Моспанова, — ведь мой сын тоже хотел идти работать в милицию. Вот я сейчас слушаю вас и думаю: как хорошо, что он этого не сделал.

— Почему?

— Он не смог бы. Он не подходит ни под одну из перечисленных вами категорий. А ведь когда у него не получилось с поступлением к вам на службу, для него это была такая трагедия! Он очень переживал, я даже начала беспокоиться за его здоровье. Жаль, что люди мало знают о вашей работе. У них какое-то искаженное представление о милиции.

— Ложная романтика?

— Да, наверное...

— Алла Ивановна, разрешите вас поприветствовать! — раздался у них за спиной громовой голос.

К ним, высоко подняв огромный букет роз, шел известный кинорежиссер, ведя под руку свою очаровательную жену, не менее известную актрису.

— Костик! — обрадованно кинулась к нему Моспанова, и Настя, воспользовавшись тем, что фотохудожница отвлеклась, тихонько отошла и принялась искать своих.

Они долго ходили по выставке, разглядывая работы Аллы Моспановой. Надежда Ростиславовна то и дело останавливалась, встречая знакомых и застревая возле них с разговорами.

— Моя дочь Анастасия...

— Мой муж Леонид...

— Моя дочь и ее муж...

Настя пожимала руки, вежливо улыбалась и мечтала только об одном — скорее уйти отсюда. Вернуться домой, надеть уютный удобный халат и сесть на кухне с уютным родным Лешиком, смотреть, как он раскладывает пасьянс «Могила Наполеона», молча курить и думать о своем. Об убитых невестах. О женщинах, получивших угрожающие письма. О взломанной фотолаборатории и украденных негативах.

В какой-то момент ей удалось отключиться от шумной толпы, наклеив на лицо вежливо-приветливую улыбку, и погрузиться в размышления. Итак, вариантов всего три.

Первый: кто-то валяет дурака и пишет невестам письма с угрозами, желая сделать им гадость. А кто-то другой по совершенно другим мотивам совершает два убийства, которые просто случайно совпадают по времени с получением очередных писем. Маловероятно, слишком много совпадений. Убийства случайно совершены именно в тех загсах, где выходят замуж невесты, накануне получившие письма. Хотя чего в жизни не бывает!.. Вероятность мала, но она есть, и отбрасывать ее нельзя.

Второй вариант: преступник-хулиган пишет письма, теша тем самым свою природную злобу, а преступник-убийца узнает об этом и использует в своих целях, чтобы сбить с толку следствие.

И вариант третий: преступление готовилось давно, но возможность совершить убийство появилась только сейчас. Тогда какой смысл в этом преступлении? Против кого оно было направлено? В первых двух случаях мишенью вполне могла быть Элена Бартош. Уж слишком много людей не хотели этой свадьбы. Да и Латышев зачем-то отирался возле загса. При третьем варианте вообще ничего не понятно. Больная психика? Бред мести?

— Мама, откуда можно позвонить? — спросила она, бесцеремонно хватая Надежду Ростиславовну за рукав, несмотря на то, что она была увлечена беседой с каким-то седым смешным коротышкой.

— Внизу у входа есть телефон, — ответил ей коротышка, махнув рукой в сторону лестницы.

Настя, не обращая внимания на удивленные взгляды родителей и мужа, стала протискиваться сквозь толпу к лестнице.

— Юра, — быстро сказала она, когда Коротков снял трубку, — запроси в загсах все сведения за три года о парах, которые подали заявление, но не явились на регистрацию.

— Погоди, — оторопел Коротков от ее натиска, — ты откуда звонишь? Ты же собиралась на какой-то светский раут?

— С раута и звоню. Сделаешь?

— Ну ты, мать, в своем репертуаре, не отдыхается тебе. Может, объяснишь, до чего додумалась?

— Не сейчас. Позвони мне домой после одиннадцати, расскажу.

Она вернулась наверх и с трудом разыскала свое семейство, которое за время ее отсутствия успело переместиться в соседний зал.

— Мам, а конец скоро? — робко спросила она.

Надежда Ростиславовна кинула на нее строгий взгляд, не допускающий никаких возражений.

— Нет, еще фуршет и аукцион лучших работ Моспановой.

— Это надолго?

— Не меньше двух часов, а то и все три.

— Мама... — взмолилась она.

— Ну ладно, — внезапно смягчилась мать. — Иди уж. Я вижу, ты действительно мучаешься. Смотреть жалко.

Настя обрадованно схватила Чистякова под руку и потащила его к выходу.

— Садистка, — объявил он, садясь в машину и включая зажигание. — Поесть на халяву не дала. Будешь за это готовить ужин.

— Буду, — согласилась она. — Можешь из меня веревки вить, я на все готова.

— Из тебя совьешь, как же, — усмехнулся он. — Удавиться проще.

— Ты что, Лешик, — насторожилась она. — Ты чем-то недоволен? Хотел остаться?

— Конечно, хотел. Я посмотрел каталог аукциона и выбрал совершенно изумительный пейзаж. Хотел тебе подарить. А ты... Никогда у меня с тобой ничего не получается.

— Прости, милый.

Ей стало неловко. Она ласково погладила мужа по волосам и потерлась носом о его плечо. Леша молча вел машину, лицо у него было расстроенное.

— Ну прости, Лешенька. Ну я дура. Что ж теперь сделаешь?

— Это точно, ничего не сделаешь, — мрачно подтвердил Чистяков. — Не разводиться же с тобой, бестолковой.

* * *

Наутро оказалось, что в редакцию позвонили еще четырнадцать женщин. Настя схватилась за голову.

— Ты представляешь, сколько их было, писем этих? — сказала она Леше, который к утру уже забыл о своей обиде. — Ведь позвонили только те, кто читает «Криминальный вестник». Или их знакомые читают, которые знают про эти письма. А сколько ж их было на самом деле! Подумать только, сколько крови эта сволочь людям попортила!

Коротков и Селуянов от таких известий впали в транс.

— Аська, может, вернешься? — уныло спросил Юра. — Все равно ведь не отдыхаешь, а работаешь. Прерви отпуск, а?

— Так все равно ведь не отдыхаю, а работаю, — возразила ему Настя. — Какая разница-то?

— Еще какая. Когда ты на работе, я к тебе без зазрения совести хожу и требую начальственным тоном, чтобы ты мне давала советы. А так я вроде бедного родственника, стою на пороге с протянутой рукой и клянчу хлебушка. Мне неудобно.

— Перестань, — рассердилась она. — Что ты выдумываешь! Ты и без моих советов все знаешь. Ты загсы запросил?

— Угу. Знаешь, куда они меня послали?

— Догадываюсь. А что они предлагают взамен?

— Списки всех, кто подал заявление, и тех, кто зарегистрировался. Это у них в компьютере есть. А сличать сами будем.

— Ну и ладно, — обрадовалась Настя. — Так даже проще.

— Чего проще-то? — хмуро буркнул Коротков. — Ты представляешь, какой длины эти списки за три года?

— Без разницы, хоть в десять тысяч миль. Только скажи, чтобы вместе с распечатками дали дискету. Я дома на своем компьютере все обработаю. Программу написать — полчаса, а машина сама выдаст все фамилии, которые есть в одном списке и отсутствуют в другом.

— Аська, ты — голова! — обрадовался Коротков. — А говоришь, что я без твоих советов справлюсь. Куда мне. Кстати, ты обещала объяснить, зачем тебе эти сведения. Чего-нибудь придумала залихватское?

— Не знаю, Юрик, может, это очередной бред получится, но мне показалось, что если мы имеем дело с больной психикой, то это может оказаться женщина, у которой внезапно расстроилась свадьба и она на этой почве сдвинулась. Ненавидит всех невест. Пишет им мерзкие письма. Болезнь прогрессирует, вот и до убийства дело дошло.

Она снова встретилась с Антоном, и они отправились объезжать очередные жертвы любителя эпистолярного жанра. Часть женщин письма сохранили, и все они были как две капли воды похожи на те, которые они уже видели.

— Знаете, я была уверена, что это письмо написал мой сын, — сказала одна из женщин. — Я видела, он был против, чтобы я выходила замуж.

— Почему? Ему не нравился ваш жених?

— Да нет, просто он сильно привязан к отцу и все надеется, что мы снова сойдемся.

— Но вы у сына спрашивали?

— Нет. Я не стала выяснять отношения с ним, мужества не хватило. Сделала вид, что ничего не случилось. А сейчас думаю, может, не надо было мне замуж выходить. Сын совсем замкнулся, со мной почти не разговаривает, а в присутствии мужа вообще молчит. Не любит он его. Да и я к нему строже стала, была уверена, что письмо он написал... В общем, мужа приобрела, а сына, кажется, потеряла.

Она тихонько заплакала.

— Пятнадцать лет, возраст трудный, сами знаете. Не надо мне было...

— Теперь все разъяснилось, — сказала Настя. — Теперь вы знаете, что это не он написал письмо. Может быть, вы сумеете восстановить отношения, если постараетесь. Ведь мальчик оказался лучше, чем вы думали.

— Нет, — женщина вытерла слезы. — Уже ничего не поправить. Он так отдалился от меня, стал совсем чужой. Все из-за этого письма проклятого.

Настя долго не могла успокоиться после этого разговора. Уже поздно вечером, возвращаясь домой, она снова вспомнила несчастную женщину, у которой испортились отношения с пятнадцатилетним сыном.

— Все-таки до чего же мерзкий нрав должен быть у человека, который это делает, — сказала она Антону. — Ведь судьбы людям калечит. Неужели ему их не жалко?

— А вы обратили внимание, что у каждого есть свой скелет в шкафу? — заметил Антон, не отрывая взгляд от дороги. — Ведь ни одна из девятнадцати не заявила в милицию, ни одна не удивилась. У каждой было что-то в прошлом или в настоящем, что позволяло ей думать, будто она знает автора письма. Прелестный социологический эксперимент получился, правда? Девятнадцать случайных попаданий — и ни одной без греха.

— Да что вы, Антон, как же можно так рассуждать, — удивилась Настя. — А эта женщина с сыном? У нее-то какой грех? Она в чем виновата?

— В чем виновата? В том, что наплевала на сына. Она же видела, что он против ее замужества, что он не любит ее будущего мужа. И даже когда она получила письмо и подумала, что это мальчик решился на отчаянный шаг, и то не остановилась. Сделала по-своему. А теперь локти кусает, что сына потеряла. Раньше надо было думать, кто для нее важнее — сын или муж.

— Не знаю, Антон, — задумчиво проговорила

Настя. — Мне их всех жалко. Ужасно жалко. А эту женщину — особенно.

— Да бросьте вы, Настя, что вы их жалеете! Живы, здоровы, потолок не обвалился, имущество в пожаре не сгорело. А что отношения после письма испортились — так они сами виноваты. Не грешили бы, не обманывали, не изменяли, дорожили детьми и родителями — так пошли бы в милицию и заявили. И проблем бы не было.

— Вы думаете? — с сомнением переспросила она.

— Уверен. Знаете, из-за чего у людей все неприятности? Из-за того, что они скрывают свои тайны. А тайны появляются от греха, от неправильных поступков.

— Ну, в общем, логично, — засмеялась Настя. — А у вас у самого нет тайн?

— Ни одной, я весь как на ладони. А у вас?

Настя расхохоталась.

— Вы знаете, я только сейчас сообразила, что оказалась единственной, кто отнес письмо следователю. Правда, по другим мотивам, но все-таки... Так что будем считать, что и у меня тайн нет.

* * *

Лариса вытянула затекшую ногу и тихо застонала от боли: теперь центр тяжести пришелся на то место, где расплывался огромный синяк. Она старалась вести себя как можно тише, чтобы ее мучитель подольше не вспоминал о ней, но стон сдержать не могла. Он повернул голову, оторвавшись от телевизора.

— Ну, надумала, сучка похотливая? — злобно спросил он.

— Отпустите меня, пожалуйста, отпустите, —

взмолилась Лариса. — Мне очень больно. Я правда не знаю, где Сережа.

— Потерпишь. Пока твой Сережа здесь не появится, будешь сидеть.

— Пожалуйста...

Он снова отвернулся и уткнулся в телевизор, где показывали баскетбольный матч.

Лариса попробовала пошевелить пальцами той руки, за которую наручником была прикована к батарее. Пальцы онемели и не слушались. Другая рука была накрепко привязана веревкой к туловищу. Она лежала на полу почти совсем раздетая, мучитель оставил на ней только маленькие прозрачные трусики.

— Послушайте, — снова начала она, — от того, что я буду здесь лежать, Сережа не появится. Ну подумайте сами.

— Мне не о чем думать. Думать должна ты. Думай, соображай, кто может знать, где Артюхин, и звони.

— И что я скажу?

— Скажешь как есть. Скажешь, что, если он не вернется в самое ближайшее время, я тебя убью.

— Господи, но за что? Меня-то за что? Что я вам сделала? — Лариса расплакалась. Ей было холодно, все тело болело. Ну почему это должно было случиться именно с ней?!

— Будешь реветь — буду бить, — равнодушно сообщил ей мучитель, по-прежнему уткнувшись в телевизор.

Она разрыдалась, громко, отчаянно. Он молча встал, подошел к ней, ловким движением сунул ей в рот скомканную тряпку и быстро наложил сверху широкую ленту лейкопластыря. Потом отстранился, будто любуясь своей работой, и вдруг изо всей силы пнул Ларису ногой сначала по ягодице, потом по спине. Немного подумал, ударил еще два раза, на этот раз по груди.

— Ну как, достаточно? — заботливо спросил он. — Ты дашь мне наконец матч досмотреть?

Она лежала неподвижно, запрокинув голову. Слезы стекали из глаз по вискам и затекали в уши. От боли она почти ничего не видела, в глазах потемнело.

Ей нужно придумать, как найти Сережу. Иначе этот сумасшедший маньяк ее убьет. Она судорожно перебирала в голове его знакомых, пытаясь вспомнить их имена и телефоны. Она должна придумать. Она должна его найти.

Глава 12

— Мы, конечно, можем госпитализировать вашу мать, если вы настаиваете, но ей придется лежать в коридоре, и ухаживать за ней будет некому.

Врач вытерла руки, которые тщательно вымыла после осмотра Вероники Матвеевны. Госпитализировать семидесятилетнюю больную с инсультом? Да главврач ее уволит без выходного пособия. Больница и так переполнена, оборудование ветхое, врачей не хватает, палаты забиты вдвое против допустимой санитарной нормы. Никто не позволит класть парализованного человека, который не выздоровеет, а прожить может еще очень долго.

— Что же мне теперь делать? — растерянно спросил Турбин, подавая ей плащ.

— Наймите сиделку, если сами не можете за ней ухаживать, — равнодушно ответила врач.

— Но я даже не знаю, как ухаживать за парализованными! — в отчаянии произнес он.

Ей стало его жалко. Такой красивый молодой

парень — а на́ тебе, вмиг оказался прикованным к парализованной матери. Но помочь ему она ничем не могла.

— Знаете, на моем участке много таких больных. Хотите, я дам вам их адреса и телефоны, свяжитесь с ними, они поделятся с вами опытом. Сестра будет приходить каждый день делать уколы, а я зайду к вам через два дня. Не забывайте измерять давление дважды в день. И не отчаивайтесь. Это только сначала страшно, а потом все нормализуется. Вы привыкнете, научитесь обращаться с ней, станет полегче. Честное слово, это я вам обещаю. Я за десять лет много раз такое видела.

Он закрыл за ней дверь и вернулся в комнату. Мать лежала с открытыми глазами, совершенно неподвижная, какая-то восковая. Он сел в кресло возле окна и словно окаменел.

Когда он примчался домой после встречи с Маратом в Серебряном бору, мать готовила обед.

— Мама, оторвись, пожалуйста, на пару минут. Мне нужно кое о чем тебя спросить.

Он действительно был уверен, что это вопрос двух минут. Он спросит, она ответит, может быть, покажет какие-нибудь документы, о которых ему и в голову никогда не приходило спрашивать. В его свидетельстве о рождении в графе «отец» было записано: «Николаев Виктор Федорович», и мама как-то объяснила ему, что фамилия Турбин — известная, и ей хотелось, чтобы сын носил ту же фамилию, что и его прадед-дворянин и дед-архитектор. Такое объяснение никогда не вызывало у Валерия ни вопросов, ни недоумения. Действительно, Турбин лучше, чем какой-то там Николаев, которых пруд пруди, в каждом классе по два человека.

— Спрашивай, сынок, — улыбнулась Вероника

Матвеевна, вытирая испачканные в муке руки о фартук и присаживаясь на табуретку.

— Скажи мне еще раз, кто был мой отец.

Вероника Матвеевна посерела, и это не укрылось от ее сына.

— Почему вдруг сейчас такой вопрос? Что-нибудь случилось?

— Случилось.

Он помолчал, собираясь с духом.

— Мне сегодня сказали, что мой отец — санитар из морга, которого посадили за то, что он глумился над трупами. Скажи мне, что это неправда, и я больше никогда не вернусь к этому вопросу.

Лицо Турбиной стало землистого цвета.

— Кто тебе сказал? Кто посмел?..

— Неважно, мама. Важно только одно, правда это или нет.

— Он тебя нашел? Говорил с тобой?

— Кто? Кто должен был меня найти и говорить со мной? Ответь же наконец.

— Твой отец. Эта мразь. Это он тебе сказал?

— Значит, это правда, — глухо сказал Валерий, прислоняясь к стене и закрывая глаза.

И тогда мать рассказала ему все. Про то, как обнаружила гниющее тело умершего соседа, как молоденький санитар из морга Павел поил ее водкой, чтобы она нашла в себе силы помочь ему, потому что никто больше не хотел этого делать. Про то, как он вернулся, как они снова пили вдвоем, как он остался у нее на ночь и как она выгоняла его утром. И даже когда обнаружила, что он украл у нее старинное и очень дорогое кольцо, она не кинулась его искать, не стала заявлять на него в милицию, хотя прекрасно знала, где его можно найти. Ей было стыдно. Ей было отвратительно. Она ненавидела сама себя.

А спустя два месяца она обнаружила у себя признаки беременности. Спохватилась не сразу, грешила на начинающийся ранний климакс. У нее, нерожавшей и никогда до той поры не знавшей мужчину, месячные и без того были нерегулярными. Только постоянная головная боль и сонливость заставили ее обратиться к врачу. Тот подтвердил беременность, назвал срок — семь-восемь недель. Она и без него знала, какой срок, точка отсчета была только одна.

И в этот момент ее вызвали в ректорат и торжественно сообщили, что ее как члена партии, активно участвующего в общественной жизни института, рекомендуют для поездки в Чехословакию на два месяца по обмену опытом. Шел 1967 год, поездки за границу доставались только самым удачливым и пробивным. И Вероника Матвеевна дрогнула. Она не смогла отказаться. Ехать надо было уже через две недели. Она кинулась искать врача-гинеколога, свою старую знакомую, которой доверяла безоговорочно, в надежде сделать аборт в течение этих двух недель. Ей не повезло, знакомая оказалась в отпуске. Она бросилась в женскую консультацию по месту жительства, попросила направление. Ее заставили сдать анализы и направление выписали только после этого. Схватив направление, она помчалась в больницу и там узнала, что на аборты очередь и ее могут положить только через двенадцать дней. А до отъезда осталось всего семь. Она просила, умоляла, плакала, говорила, что уезжает за границу на два месяца и ей непременно нужно успеть... Заведующая отделением презрительно швырнула ей направление назад и фыркнула, что, мол, по заграницам разъезжать время есть, а в очереди постоять вместе с теми, кто не ездит, так вы очень занятая. Конечно, Вероника Матвеевна могла бы обратиться к коллегам по институту с просьбой составить протекцию в какой-нибудь больнице, пусть в самой захудалой, но...

Сорок два года. Одинокая. Член партии с безупречной репутацией. Ей было стыдно.

Она уехала в Чехословакию беременная, а через два месяца, когда она вернулась, было уже поздно. При четырех с половиной месяцах аборт не взялся бы делать никто.

Она смирилась и даже начала радоваться тому, что у нее будет ребенок. Но в голове гвоздем сидело воспоминание о том, какой страшный день предшествовал зачатию. Сколько она выпила тогда? Бутылку водки днем и еще бутылку на двоих вечером, когда пришел Павел. А сколько же он выпил? Она смутно помнила, что после той бутылки, которую они выпили вместе, она открывала еще одну, сама больше не пила, а Павел наливал себе. И потом, кто знает, сколько он выпил днем, до того, как вернулся к ней.

Она читала в специальной литературе о детях-уродах, которые рождаются от родителей-алкоголиков, но решила все-таки проконсультироваться у специалистов. О своей проблеме она, конечно, никому не рассказывала, камуфлировала свой интерес под чисто профессиональный, интересовалась, какие патологии в сфере уха, горла и носа могут явиться следствием алкоголизации родителей. Ей объяснили все подробно, в деталях, демонстрировали муляжи, заспиртованных уродцев, как изъятых из чрева матери, так и рожденных. У нее волосы шевелились на голове, по ночам мучили кошмары. А ребенок в ее животе все рос и рос и уже начал шевелиться...

Когда родился мальчик, Вероника Матвеевна пристально и тревожно вглядывалась в него, стараясь найти признаки уродства или неполноценности. Но Валерик был здоровым и удивительно хорошеньким, с черными густыми волосами и темно-синими глазками. С самого момента рождения ей стало понятно, что он разительно похож на Павла. И она стала молиться, чтобы внешним сходством все и ограничилось.

Она без конца таскала его по врачам при малейших признаках нездоровья, она тратила огромные деньги на продукты, стараясь, чтобы сыну доставалось все только самое свежее и полезное, сколько бы это ни стоило. Она следила за тем, чтобы летний отдых был полноценным. Она безумно боялась, что он генетически неблагополучен, и стремилась, чтобы его образ жизни был максимально здоровым, дабы хоть в какой-то степени нейтрализовать возможные наследственные болезни. Она чувствовала свою вину перед сыном: ведь она была пьяна, когда зачала его с пьяным мужчиной. С мужчиной, которого видела в первый и последний раз в жизни, о котором ничего не знала, кроме имени и места работы. И того, что он — вор. Кто знает, чем этот мужчина болел и какие у него были родители. Терзания ее были порой непереносимы. Иногда она даже хотела найти Павла, чтобы спросить его о здоровье, но останавливалась. Она не могла его видеть. И тем более не могла допустить, чтобы он узнал о ребенке.

Было время, когда ее немного «отпустило». Валерику было уже шестнадцать, он прекрасно учился в школе, и никаких признаков серьезной патологии она в нем не наблюдала. Пожалуй, все обошлось, с облегчением думала Вероника Матвеевна, всматриваясь в статную фигуру и красивое лицо сына и с гордостью подписывая каждую неделю его испещренный пятерками дневник. Но радости хватило меньше чем на год. Как-то на улице она встретила Павла. Поговорив с ним несколько минут, она поняла, что все гораздо хуже, чем она ожидала. У Павла, если он не врал, оказалась тяжелая половая психопатия, которая выразилась сначала в эксгибиционизме, а потом в некрофилии. Но она смотрела на отца своего мальчика и понимала, что он не врет.

Павел потребовал денег. И начались переезды. И новый страх — а вдруг Павел захочет открыть тайну сыну.

Павел глумился над ней, тянул из нее деньги, оскорблял, мучил. Но она терпела. А теперь, когда Валерий вырос, прибавился еще один страх, на этот раз она боялась, что ее внуки будут уродами. Ведь известно же, что множество болезней передается через поколение, дети рождаются здоровыми, а внуки расплачиваются за грехи дедов.

Когда в жизни Валерия появилась Элена Бартош, Вероника Матвеевна с ужасом подумала, что если Павел узнает о предстоящей женитьбе сына на девушке из состоятельной семьи, то не станет довольствоваться жалкими подачками, которые она ухитрялась отрывать от семейного бюджета. Но сделать ничего не могла: не переезжать же к Павлу, чтобы водить его за ручку и контролировать каждый его шаг. Идя по улице, испуганно озиралась, отыскивая глазами грузную оплывшую фигуру, боялась, что Смитиенко будет подбираться к Валерию. Однажды к ней пришел славный молодой человек, Марат Латышев, который так страдал из-за Эли, и она обрадовалась, что у нее появился единомышленник. Она очень рассчитывала на то, что вдвоем им удастся расстроить свадьбу, но у них ничего не вышло. И в день регистрации она попросила Марата отвезти ее к загсу, потому что боялась появления Павла. У него совсем нет совести, он мог и туда явиться, был бы скандал...

Выслушав рассказ матери, Валерий понял, что о возвращении к Эле можно забыть навсегда. Ночью, после объяснения с сыном, Веронике Матвеевне стало плохо. Он вызвал «неотложку», но инсульт разбил старую женщину раньше, чем приехал врач. И вот теперь он остался один, без невесты, с парализованной матерью на руках и полной неизвестностью, что будет дальше. Еще вчера утром он лежал рядом с Элей на пляже в Серебряном бору, и жизнь казалась ему если не прекрасной, то вполне удовлетворительной. Прошел всего день, и теперь ему кажется, что все это было не с ним. Он оказался в другом мире, в мире болезней, лекарств, уколов, подкладного судна, борьбы с пролежнями... Все рухнуло в один миг.

* * *

Обработка сведений о женихах и невестах и зарегистрировавшихся парах заняла больше времени, чем Настя ожидала. Во-первых, она уже подзабыла, как писать программы для компьютеров, но героически отвергла помощь, которую ей предложил Алексей, и программу все-таки составила. Во-вторых, дискеты, на которых были представлены сведения, оказались носителями вируса, и пришлось потратить какое-то время на то, чтобы их «полечить», прежде чем перегружать с них информацию в компьютер.

Антон Шевцов вызвался помочь, как он сам выразился, «на подсобных работах». Настя охотно согласилась, потому что распечатки были в рулонах и работать с ними было крайне трудно, бумага все время сворачивалась и норовила выскользнуть из рук. Они разрезали рулоны на полосы, которые по длине соответствовали расстоянию от окна до двери Настиной комнаты, и разложили их на полу, придавив с двух сторон тяжелыми томами энциклопедии.

— Мы будем искать женщину старше сорока лет, которая подавала заявление, но замуж так и не вышла, — объяснила Настя. — Компьютер мне выдает фамилию, а вы ищете в списках данные на эту особу. Задача понятна?

Антон кивнул и опустился на колени, заняв наиболее удобную позицию для обозрения бумажных полос.

— Поехали. Диденко и Мацкова.

Через пару минут Антон нашел их в списках.

— Мацкова, 1973 года рождения.

— Не годится. Иванов и Кругликова.

— Кругликова тоже молодая, 1970 года.

— Угрехелидзе и Серобаба.

— Серобаба Галина Михайловна, 1953 года.

— Отлично! Теперь посмотрите, не вышла ли она замуж?

На этот раз Антон искал долго, всматриваясь в длинную полосу распечатки.

— Да, она вышла замуж год спустя за какого-то Давыдова.

— Грузин сорвался с крючка, — глубокомысленно прокомментировала Настя. — Пошли дальше. Аристов и Лукичева...

Чистяков уехал в Жуковский, ему нужно было встретиться со своим аспирантом, который готовился к защите диссертации, поэтому об обеде Настя вспомнила только тогда, когда от голода засосало в желудке. К этому времени им удалось найти трех женщин в возрасте «за сорок», у которых по каким-то причинам свадьбы не состоялись.

— Сейчас бросим в организм какой-нибудь еды и поедем к этим дамам, — решила она. — Потом продолжим со списками.

На этот раз им не повезло, из трех женщин удалось найти «живьем» только одну, двух других в Москве не оказалось. Одна отдыхала где-то за границей, другая была в командировке. Та, несостоявшаяся жена, которую они застали дома, весело улыбаясь, рассказала, что ее попросили помочь одному хорошему человеку и заключить с ним брак, чтобы он мог получить от своего учреждения двухкомнатную квартиру. Разумеется, он собирался ее отблагодарить за хлопоты. Но пока прошло время между подачей заявления и регистрацией, у жениха на работе сменилось руководство, его резко повысили в должности и квартиру предоставили без всяких условий, так что необходимость в фиктивном браке отпала.

Около семи часов вечера Антон привез Настю домой.

— Будем продолжать? — спросил он, когда она открывала дверь, чтобы выйти из машины.

— Если вы не устали. Но мне так неловко вас эксплуатировать...

— Настя, мы же договорились, — с упреком произнес он, запирая машину.

Дома она снова села за компьютер, а Шевцов устроился на полу между распечатками.

— Жданов и Кохомская.

— 1968 год.

— Рожнов и Огнева.

— 1970 год.

— Малахов и Никитина.

— 1955 год.

— Смотрите регистрацию.

— Да, есть. Она вышла замуж за Грядового.

— Слободин и Кузина.

— 1975 год...

К десяти вечера в глазах у них рябило от букв и цифр.

— Хватит, Антон, поезжайте домой. Я вас совсем замучила.

— Может, перейдем на «ты»? — предложил он, усаживаясь на полу по-турецки. — Каторжный труд сближает.

— Давай, — согласилась она. — Но суть от этого не меняется. Все равно я тебя замучила.

— А когда я уеду, ты ляжешь спать?

— Нет, конечно. Буду продолжать искать.

— Тогда я останусь.

— Но уже поздно...

— Настя, что значит поздно? Поздно — это когда девушке одной нужно возвращаться по темным улицам. А я мужчина, и к тому же на машине. Я уеду, когда ты сама выдохнешься.

— Тогда тебе придется поселиться здесь навсегда, — усмехнулась она. — Я выдохнусь только тогда, когда умру. Может, чуть позже. Стахеев и Полянская.

— 1963 год.

— Есипов и Телятникова...

* * *

Ларисе казалось, что ее мочевой пузырь сейчас разорвется с оглушительным грохотом. Она больше не могла терпеть.

— Мне нужно в туалет, — жалобно сказала она.

Он молча вышел из комнаты и принес ей «утку».

— Я не могу при тебе... Отведи меня в туалет.

У нее на глазах выступили слезы. Неужели придется пройти и через такое унижение?

— Или так — или никак, — буркнул ее мучитель, подсовывая «утку» под ее ягодицы. — Нашла время стесняться.

Одна рука ее по-прежнему была прикована наручником к батарее, другая привязана к туловищу. Она была совсем беспомощна.

— Мне нужно снять трусики... Я же не могу так...

Он наклонился и резким движением сорвал с нее маленькие прозрачные трусики.

— Давай. Я отвернусь.

Лариса закрыла глаза. Ей хотелось умереть. Он спокойно, без малейшего признака брезгливости вынес из-под нее судно.

Боже мой, во что она влипла! Она вспомнила имена и телефоны двух друзей Сергея, которые наверняка знали, где он, и имели с ним связь. В первую минуту она хотела было сказать об этом своему мучителю, но вдруг подумала о том, что не только она, но и Сережа попадет в руки этого психа. Он же сумасшедший, это очевидно. Он убьет Сережу, а перед этим будет его истязать. Нет, она постарается этого не допустить. Она будет держаться сколько сможет, она попытается спасти Сережу от этого чудовищного маньяка.

— Ну, вспомнила кого-нибудь?

— Нет еще.

После процедуры с «уткой» он и не подумал надеть на нее белье, и теперь Лариса лежала на полу совсем голая. Она заметила, что ее мучитель то и дело поглядывает на ее обнаженные бедра и покрытый золотистыми волосами лобок. Может быть, удастся его смягчить хотя бы этим? Она готова была отдаться ему, чтобы хоть немного облегчить свою участь. Но главное — чтобы спасти Сережу.

Несмотря на боль во всем теле, она постаралась немного раздвинуть ноги, чтобы выглядеть более соблазнительно. Взгляды мужчины сделались более частыми и задерживались на ней уже дольше. Лариса снова изменила позу и не сумела сдержать стон — на ягодицах и бедрах не осталось живого места от нанесенных ногой ударов.

— Чего вертишься? — недовольно спросил он. — Вспомнила?

— Нет пока.

— А ноги зачем раздвигаешь? Потрахаться захотелось?

— С таким мужчиной, как ты? Конечно. — Она постаралась улыбнуться призывно, но улыбка вышла жалкой и кривой. — Ты такой необычный, такой сильный, такой загадочный. Любая будет счастлива с тобой...

— Да?

Он с любопытством посмотрел на нее.

— Не врешь?

— Честное слово.

— Сейчас проверим.

Насмешливо глядя на нее, он расстегнул брюки.

— Ну как? Не передумала? Будешь, значит, счастлива со мной потрахаться? Посмотрим.

Он деловито снял брюки и плавки, сильным ударом раздвинул ей ноги и встал между ними на колени.

— В последний раз спрашиваю. Не говори потом, что я тебя изнасиловал.

Ларисе стало страшно, но она мужественно растянула губы в улыбке.

— Что ты, я же сама предложила.

— Ладно, коль так.

Внезапно он нагнулся и закрыл ей рот ладонью.

— Чтобы не вздумала орать, — прошипел он, глядя ей в глаза, и неторопливо улегся, устраиваясь поудобнее.

Все происходило как при замедленной киносъемке. Мужчина двигался неторопливо, размеренно, методично совершая однообразные движения и не отрывая взгляда от ее лица. В его глазах Лариса не увидела ничего — ни сладострастия, ни животной похоти, ни даже намека на получаемое удовольствие. Это было лицо экспериментатора, с любопытством наблюдающего на предметном стекле под микроскопом, как живут и размножаются микроорганизмы. Даже в самый главный момент лицо его не исказилось и не дрогнуло, только между зубов просочилось некое подобие не то вздоха, не то шипения.

Он встал, оделся и сел в кресло, повернув его так, чтобы оказаться лицом к лицу со своей жертвой.

— И ничего в тебе нет особенного, — сказал он, будто рассуждая вслух. — Устроена так же, как все. И так же, как все, думаешь, что у тебя между ног бесценное сокровище, которым можно купить все. Все бабы почему-то так думают. И кто только вам внушил такую глупость?

Лариса была близка к отчаянию. Все получилось совсем не так, как она рассчитывала, и вышло только хуже. Он даже не изнасиловал ее, он просто ею воспользовался, как неживым предметом. И ей не в чем его упрекнуть, действительно, сама ведь предложила. Он ее не заставлял.

— Твой Сережа небось говорил тебе, что лучше тебя в постели никого нет, а ты и поверила.

— Нет, он так не говорил.

Ладно, подумала Лариса, с сексом не удалось — попробуем тебя разговорить. Все что угодно, только бы не бил. Вчера от неожиданности, боли и ужаса она совсем потеряла голову, но сегодня ей удалось собраться. Она знала за собой этот недостаток: когда случается что-то неожиданное, она сразу теряется и начинает плохо соображать. Спустя какое-то время ей обычно удается успокоиться и мыслить более трезво, хотя, как правило, бывает уже поздно, она уже успела наделать кучу глупостей.

— А что он тебе говорил? — поинтересовался мучитель.

— Он говорил, что очень привязан ко мне, что

ему со мной тепло и спокойно. Мы с ним очень давно знакомы.

— Расскажи, — потребовал он.

Лариса удивилась, что ему это может быть интересно. Но все равно она принялась рассказывать долгую и невеселую историю своего знакомства с Сережей Артюхиным. Разжалобить этого маньяка вряд ли удастся, но, может, хоть отвлечь...

Детьми они жили в одном доме и ходили в одну школу, только Сережа был на пять лет старше. Когда ей было тринадцать лет, ее изнасиловали восемь парней, вместе с которыми она пошла в какой-то подвал «послушать музыку». В тот вечер Сергей нашел ее, рыдающую, в разорванном платье, в скверике неподалеку от дома. Она ему все рассказала.

— Пойдем в милицию, — решительно сказал он, выслушав Ларису. — Их найдут.

— Ни за что, — помотала она головой и снова расплакалась. — Я сама виновата. Стыдно. Думать надо было. Ведь сто раз меня предупреждали про эти подвалы.

— А чего ж пошла, раз предупреждали?

— Думала, что со мной этого не случится.

Она шмыгнула носом.

— Ладно, не переживай. — Сергей покровительственно похлопал ее по плечу. — Это место амортизации не подвержено. Подумаешь, восемь человек! Наплевать и забыть. И плакать не надо. В твоей жизни еще знаешь сколько мужиков будет? Счет потеряешь.

— Ты что! Да ко мне больше ни один парень не прикоснется после такого...

— Вот дурочка! — расхохотался Артюхин. — Да кто узнает-то! На тебе ж не написано.

— Все равно. Я теперь грязная какая-то... Ой, Сережа, как же я дальше жить буду!

Она зарыдала, уткнувшись в его широкую грудь.

— Да нормально будешь жить, успокойся ты. Через неделю и думать забудешь про них. А кроме нас с тобой, никто и не знает про твою беду. И не узнает.

Он привел ее к себе домой, дал иголку с ниткой, чтобы она зашила слишком уж явные прорехи в одежде. Сильно стараться не стоило: родители Ларисы уехали в санаторий, она оставалась с прабабкой, которая была уже совсем старенькая и плохо видела.

После этого вечера Лариса поняла, что влюбилась в восемнадцатилетнего Сережу Артюхина. Она носила в себе свое разгорающееся чувство, тщательно оберегая его от посторонних глаз и греясь в его лучах, которые становились все жарче и жарче.

Лето кончилось, а в ноябре Артюхин должен был идти служить в армию. После того случая они встречались иногда на улице или во дворе, и Лариса робко и нежно улыбалась ему, а он заговорщически подмигивал. Несколько раз Лариса видела его с девушками, и ядовитое жало ревности пронзало ее маленькое сердечко.

Через два года он вернулся, и Лариса поняла, что любит его еще сильнее. Все эти два года она мечтала о нем, мечтала, как он вернется и увидит ее, повзрослевшую, красивую, и непременно влюбится. Но когда вновь увидела его, ей стало плохо в буквальном смысле слова. Закружилась голова, и сердце остановилось. За два года она так распалила себя, что теперь при виде Сергея чуть не теряла сознание. Она умирала от любви. Только слепой мог этого не заметить, а Сергей Артюхин слепым не был.

Через месяц после возвращения он встретил ее в том же сквере, она сидела на той же скамейке, что и два с лишним года назад. Словно прождала его здесь все это время.

— Как дела? — весело спросил он, присаживаясь рядышком.

— Я тебя люблю, — выпалила она, не в силах справиться с собой, и уставилась на него огромными бездонными глазищами.

— Ух ты!

Он достал сигареты, закурил.

— Сколько ж тебе лет? Шестнадцать?

— Пока пятнадцать.

— И уже любишь? — Он насмешливо улыбнулся.

— Не уже, а целых два года!

Она так измучилась за эти два года, что даже не испытывала неловкости. Ей было уже все равно.

Сергей ухмыльнулся и плотоядно оглядел ее округлую и вполне женскую фигурку. В конце концов, она ведь уже не девица...

— Ну, если любишь, тогда пойдем.

Он крепко взял ее за руку и повел куда-то, как оказалось, к приятелю, который уехал и оставил ему ключи от квартиры.

С того дня Лариса Самыкина превратилась в преданную собаку Сергея Артюхина. Он совершенно не воспринимал ее, девятиклассницу, всерьез, мог у нее на глазах крутить романы с другими девицами, приводить их к себе домой и уезжать с ними то в Петербург «на белые ночи», то на море, то еще куда-нибудь «погулять и попить водочки». Она страдала, теряла сон и аппетит, не могла учиться. И по первому зову мчалась к нему, счастливая и сияющая. Она принадлежала ему целиком и без всяких условий.

С возрастом, как ни странно, это не прошло. Сергей не перестал крутить с другими женщинами, но теперь уже делал это не так явно. Лариса стала взрослой, и он ее щадил. Именно щадил, потому что стыдно перед ней ему не было. Иначе разве он признался бы ей, что изнасиловал какую-то деваху?

И не просто признался, а попросил подтвердить алиби...

...Мучитель слушал Ларису внимательно, ни разу не перебил, только иногда задавал вопросы, и в какой-то момент ей показалось, что он ей почти сочувствует. Может, у него была несчастная любовь, подумала она, и он на этой почве свихнулся. Может, если с ним разговаривать по-человечески, он подобреет, смягчится и не станет больше ее бить.

— И не противно тебе любить такого подонка?

Вопрос оказался неожиданным для Ларисы. Почему ее мучитель решил, что Сережа — подонок? Разве она сказала о нем хоть одно худое слово? Разве пожаловалась на него?

— Он не подонок, — возразила она. — Он очень хороший.

— Да он же тебя растлил, какой же он хороший. Тебе пятнадцать лет было, это ж статья уголовная, ты что, не соображаешь?

— Но я его любила, — кинулась Лариса защищать своего возлюбленного. — Я же сама хотела, он меня не растлевал. Не смейте так говорить о нем.

— Любила ты. — Он презрительно скривился. — Да твой Сережа тебя в грош не ставит, а ты говоришь: «Любила». Увидел телку молоденькую, свеженькую, которая умирает от желания, аж мокрая вся сидит, так почему не попользоваться? Плевать он хотел на твою любовь и на твои переживания. Вон приспичило ему — пошел и изнасиловал первую попавшуюся девушку, хотя ты его целыми днями ждешь не дождешься. Да и сама ты ничем не лучше его. Он девушку изнасиловал и избил, а ты его покрываешь, следователя обманываешь. Ты же такая же женщина, как и она. Неужели тебе не жалко ее? Себя-то поставь на ее место.

— Была я на ее месте, — тихо сказала Лариса. — Я же рассказывала.

— Э, нет, то совсем другое. Ты по глупости своей пострадала, сама виновата, что потащилась с незнакомыми парнями в подвал. Музыки тебе захотелось, видишь ли! А она-то чем виновата? Тем, что твоему дружку в штанах приперло? Ты себя с ней не равняй, сучка похотливая. Ты в десять, нет, в сто раз хуже ее. Ты такая же дрянь, как твой хахаль. Он над тобой измывается, а ты терпишь, значит, ты ничем не лучше его. Что заслужила, то и получила.

— Я люблю его, — произнесла она еле слышно. — Я ничего не могу с этим сделать. Я пробовала уйти от него, но поняла, что не могу. Он меня как околдовал.

Она все еще надеялась откровенностью и искренностью вызвать в нем хоть какие-то человеческие чувства. Но ее мучитель распалялся с каждой секундой все больше, глаза засверкали недобрым огнем, губы побелели. Лариса поняла, что просчиталась, что все оборачивается совсем не так.

— Да как его можно любить, этого козла вонючего! — Он уже почти кричал. — Любят головой, а то, что ты делаешь, ты делаешь совсем другим местом. Спасти его хочешь? Морочишь мне голову, что не знаешь, кому звонить и кого просить? Врешь ты все, грязная потаскуха!

Он вскочил и снова затолкал ей в рот тряпку и залепил пластырем. Лариса закрыла глаза. Сейчас он будет ее бить. Господи, как же вынести это...

Первый удар пришелся в промежность, второй — в живот.

— Передком меня купить хотела? Думала — растаю? Не вышло у тебя ничего, сучка, и не выйдет, — приговаривал он, методично нанося несильные, но очень болезненные удары.

Из ее горла вырывались глухие булькающие звуки, из глаз снова покатились слезы. Она лежала на полу связанная, голая, совершенно беспомощная и мечтала только об одном: умереть.

* * *

Настя и Антон проверили уже больше половины фамилий, которые были в списке подавших заявления и которых не оказалось в списке зарегистрировавших браки. В основном это были молодые женщины в возрасте до двадцати трех—двадцати пяти лет. Тех, кто постарше, разыскивали, ездили к ним домой или на работу, спрашивали, почему не состоялась свадьба. Причины были разные: тут тебе и автоавария, из-за которой жених попал в больницу надолго, и измены, предательства, глупые ссоры, вмешательство родителей, корысть. Но ни одна из женщин, во-первых, не была даже отдаленно похожа на ту, чья фотография была сделана в загсе Антоном Шевцовым, а во-вторых, не производила впечатления психически нездоровой.

Они возвращались домой к Насте и снова принимались за списки.

— Яценко и Дубинина.

— Дубинина, 1974 года рождения.

— Нарозников и Острикова.

— Тоже молодая, 1972 года.

— Ливанцев и Аллеко.

— Аллеко?

Антон поднял голову от расстеленных на полу списков.

— Настя, ты все-таки занесла вирус в машину.

— С чего ты взял? Что-нибудь не так?

— Я точно помню, что видел эту пару фамилий в

числе вступивших в брак. Редкая фамилия, я несколько раз на ней спотыкался.

— Может, она за другого вышла замуж. Проверь, пожалуйста.

Антон стал медленно двигаться на коленях вдоль длинных полос бумаги, всматриваясь в мелкие буквы.

— Я точно помню, что видел Ливанцева и Аллеко. Куда же они делись? Ведь были же... А, вот они. Точно, Ливанцев и Аллеко. Зарегистрировали брак в апреле 1993 года.

— Ах ты черт, неужели действительно вирус?

Настя не на шутку расстроилась. Если окажется, что база данных и программа испорчены и компьютер выдает совсем не те фамилии, значит, придется все переделывать сначала. Хуже того, переделывать вручную. Сличать списки вслух и на глазок. Работы на год...

Внезапно ее осенило. Ведь в соответствии с программой компьютер должен был выдать ей те пары фамилий, которые не повторялись дважды, то есть которых не было в обеих базах данных. Они-то исходили из того, что такие фамилии могут появиться только в том случае, если жених и невеста подавали заявление, а брак не регистрировали. Но ведь могло быть и наоборот: они зарегистрировали брак, не подавая заявления. Конечно, не положено, но за взятку чего не сделаешь. И не такое бывает. Надо непременно это проверить. Может быть, никакого вируса в компьютере и нет и можно спокойно работать дальше.

— Антон, ищи быстренько среди подавших заявления эту парочку. Если их там нет, то все в порядке, машина не заражена.

Шевцов снова пополз по полу вдоль разложенных списков.

— Есть, — сказал он, удивленно поднимая голову. — Ливанцев и Аллеко подали заявление в октябре 1992 года.

— Значит, все-таки вирус, — тяжело вздохнула Настя. — Столько работы псу под хвост. Обидно! Ладно, пошли на кухню, сделаем перерыв и начнем все сначала и вручную. Не удалось мне приспособить компьютерную технологию к раскрытию преступлений.

Она заварила свежий чай для Антона, себе налила растворимый кофе. Настроение испортилось, даже хотелось расплакаться от обиды.

— Кстати, а почему у них был такой большой срок? — задумчиво произнес Шевцов, откусывая огромный кусок от сделанного Настей бутерброда.

— Ты о чем? — не поняла она.

— Они же подали заявление в октябре, а регистрировались в апреле. Полгода. Таких сроков не бывает, максимум три месяца.

— Ты, наверное, перепутал, — устало махнула рукой Настя. — Глаза устали, внимание рассеивается, посмотрел не на ту строчку.

— Да нет же, — стал горячиться Антон. — Я совсем не устал. Я не мог перепутать.

— Мог, мог. Еще чаю налить?

— Да не мог же! Ты что, не веришь мне?

— Слушай, чего ты так разволновался? — удивилась Настя его горячности. — Ну подумаешь, месяц перепутал. Главное — фамилии.

— Нет, я не хочу, чтобы ты думала, что я ошибаюсь. Если я невнимателен, то могу и фамилию проглядеть или перепутать. А ты будешь бояться, что я ошибся, и потом за мной все перепроверять. Я так не хочу. Пойдем проверим.

— Да сиди ты, успеем проверить.

— Нет, пойдем, — упрямился он. — Я сам хочу убедиться, что не ошибся.

Настя со вздохом поднялась и поплелась в комнату. Ее забавляло волнение Антона и его почти детское желание реабилитировать себя в ее глазах и доказать, что он такой же неутомимый, как и она сама.

— Вот смотри, Ливанцев и Аллеко, здесь октябрь 1992 года, а здесь — апрель 1993 года. Видишь, я ничего не перепутал. А все-таки такого срока не бывает.

— Ну что ты зациклился на этом сроке, — рассеянно ответила ему Настя, которая уже погрузилась в мысли о том, как починить компьютер и что завтра скажет Лешка, когда вернется из Жуковского и узнает... — Может быть, они просили его перенести, мало ли по каким причинам. Их назначили на январь, а кто-то из них заболел, или умер кто-нибудь из близких, или командировка длительная подвернулась. Главное — поженились в конце концов.

— Настя, — позвал Антон, и голос у него при этом был какой-то странный. — Настя, а это не та Аллеко.

— Какая — не та?

Он по-прежнему стоял на полу на коленях, низко склонившись над списками.

— Ерунда какая-то, — пробормотал он. — Константин Ливанцев в октябре 1992 года подавал заявление на регистрацию брака с Аллеко Светланой Петровной, а через полгода, в апреле 1993 года, зарегистрировал брак с Аллеко Ириной Витальевной. Ничего не понимаю.

Настя вскочила и опустилась на пол рядом с ним.

— Понятно. На Светлане Петровне он почему-то не женился. А заявление с Ириной Витальевной он подавал?

Они вдвоем, распластавшись на полу, стали просматривать списки и довольно скоро нашли запись о подаче ими заявления в январе 1993 года.

Настя выпрямилась и стала растирать пальцами ноющую спину.

— Интересное кино получается, — пробормотала она. — Некий гражданин Ливанцев, тридцати четырех лет от роду, собирается жениться на Светлане Петровне Аллеко, которой в то время уже сорок восемь. Свадьба должна состояться в декабре или январе, однако почему-то срывается. Вместо этого прыткий гражданин Ливанцев в январе подает заявление, а в апреле вступает в брак с Аллеко Ириной Витальевной, двадцати пяти лет. Уж не дочь ли это покинутой Светланы Петровны? И если это так, то...

Она быстро схватила телефонный аппарат и набрала номер Короткова. Его на месте не оказалось, но удалось найти Селуянова.

— Коля, срочно мне найди адреса Аллеко Светланы Петровны и Аллеко-Ливанцевой Ирины Витальевны.

— Зачем?

— Коленька, все потом, потом. Запрашивай адрес, я пока оденусь.

— А ты что, раздетая? — схохмил по обыкновению Селуянов. — Ты стоишь совершенно голая, прижимая телефон к прекрасной обнаженной груди?

— Убью, — пообещала Настя и бросила трубку.

Глава 13

Светлану Петровну Аллеко они дома не застали. Жила она одна, и дверь им никто не открыл. Соседи тоже не могли сказать, где она и когда вернется. В этот дом Светлана Петровна переехала два года назад, ни с кем из жильцов не общалась и образ жизни вела чрезвычайно замкнутый. Никто даже не знал, где и кем она работает.

Зато Ирину Витальевну и ее мужа Константина Ливанцева они застали в разгар семейной ссоры. Супруги не скрывали неудовольствия по поводу того, что к ним пришли из милиции, а когда узнали, зачем пришли, и вовсе скисли.

— Я не понимаю, зачем ворошить эту историю, — заявила Ирина, капризная и уверенная в себе красотка, на лбу которой ярко проступало клеймо «стерва». — Какой тут может быть криминал?

— Чисто семейное дело, — вторил ей муж. — Вы не имеете права вмешиваться. Объясните, в чем дело, тогда будем разговаривать.

— Дело в том, что мы ищем женщину, которая могла оказаться свидетелем тяжкого преступления. У нас есть ее фотография, мы объявили розыск, но никто не откликнулся. И у нас есть основания полагать, что эта неизвестная женщина собиралась когда-то выйти замуж, но не вышла. Поскольку вашу мать Светлану Петровну мы дома не застали, мы решили обратиться к вам, чтобы выяснить, действительно ли она собиралась выходить замуж и почему сорвалась свадьба.

— Но почему вы решили, что эта женщина — именно моя мать?

— Мы так не решили. Мы ищем всех женщин с такой биографией и смотрим, не та ли это, которая была на фотографии.

— Покажите фотографию, — потребовала Ирина. — Да, это она, — растерянно сказала молодая женщина, возвращая Насте фотографию. — А что это за снимок?

— Он был сделан в загсе, где произошло убийство, — объяснила Настя. — И мне бы очень хотелось знать, что ваша мать там делала. Может быть, кто-нибудь из ее знакомых вступал в брак и она была среди приглашенных гостей?

Настя точно знала, что это не так. Все брачующиеся пары были опрошены, и никто эту женщину не знал.

— Может быть, — пожала плечами Ирина.

— Разве вы не в курсе дел своей матери?

— Мы с ней не видимся...

История, которую Насте удалось вытащить из упиравшихся Ирины и ее мужа, поражала своей простотой, цинизмом и жестокостью.

Светлана Петровна много лет прожила во вполне благополучном браке с человеком во всех отношениях достойным и порядочным, но давно и тяжело больным. Он был прекрасным мужем ей и любящим отцом Иринке. Но любовником он был никаким. Уже лет с тридцати пяти Светлана Петровна забыла, что такое супружеская постель. И вдруг в ее жизни появился Константин, моложе ее на четырнадцать лет, и она снова почувствовала себя женщиной, привлекательной и желанной. Ирина была уже взрослой, и вполне можно было бы развестись, но больной муж, который столько лет был возле нее и так любит Светлану, так предан ей...

Она очень мучилась. Ей хотелось жить с Константином. И она боялась бросить мужа. Ирина не скрывала своего презрения к увлечению матери, учитывая разницу в возрасте между ней и Ливанцевым.

— Да ему не за тобой, а за мной впору ухаживать! — цедила она сквозь зубы. — Стыдись!

Дабы слова не расходились с делом, она усиленно строила глазки любовнику матери и с нескрываемым торжеством ловила его ответные улыбки и многозначительные взгляды.

Конец мучениям положил муж Светланы Петровны, который не мог закрывать глаза на происходящее. В один прекрасный день он собрал вещи и переехал к недавно овдовевшему брату.

Развод оформили быстро, и Светлана Петровна стала готовиться к свадьбе с Ливанцевым.

— Не позорься, мама, — зло говорила ей Ирина, когда Светлана Петровна покупала к свадьбе белое платье. Конечно, оно было не такое, как у молодых невест, с длинной пышной юбкой, оборками и кружевами, но тоже очень дорогое и нарядное. — Куда тебе в белом платье в твои-то годы?

— Почему ты такая жестокая? — плакала Светлана Петровна. — В кого ты такая?

— Я не жестокая, — холодно отвечала Ирина. — Я трезвая в отличие от тебя. Ты от своего кобеля совсем голову потеряла.

— Не смей называть его кобелем! — взрывалась мать.

— Да ты посмотри, как у него слюни текут, когда он меня видит, — спокойно возражала ей дочь. — Конечно, кобель.

В день свадьбы Ирина заявила, что поедет вместе с женихом и невестой в загс. Светлана Петровна обрадовалась, расценила это как знак того, что дочь ищет примирения. За пятнадцать минут до выхода из дома оказалось, что на Ирине надето роскошное нарядное белое платье.

— Ирочка, пожалуйста, — взмолилась мать, — надень что-нибудь другое. Белое платье — это для невесты.

— Это тебе следует надеть что-нибудь другое, — отрезала Ирина. — Посмотри на себя, тебе же сорок восемь лет, а ты вырядилась в белое, как невинное дитя. Курам на смех! Если ты переоденешься, я тоже сменю платье.

— Но Ира... — растерялась Светлана Петровна.

— Я сказала: или мы переоденемся обе, или обе будем в белом.

— Господи, ну почему ты такая дрянь! — заплакала мать.

— Потому что ты — престарелая блудница, — насмешливо ответила Ирина.

Они обе поехали в загс в белых платьях, и, надо сказать правду, Ирина выглядела настоящей невестой. Когда они вошли в холл, Ирина посмотрела в огромное, во всю стену, зеркало: рядом с красавцем Ливанцевым она смотрелась очень эффектно. А мать, старая и несчастная, плелась сзади. Глаза их встретились в зеркальном отражении, и Ирина надменно улыбнулась матери.

А спустя несколько минут Светлана Петровна пошла в дамскую комнату привести в порядок прическу и макияж. В курилке, общей для мужчин и женщин, не было никого, кроме страстно целующейся пары. В первую секунду она даже не поняла, кто это. А когда поняла, сначала опешила, потом развернулась и ушла из загса.

На следующий день она нашла маклера и попросила срочно разменять их огромную трехкомнатную квартиру на две, желательно в разных концах города, подальше друг от друга. До совершения обмена и переезда она жила у подруги, с дочерью не разговаривала и ею не интересовалась. О том, что Ирина вышла замуж за Ливанцева, ей, конечно, сообщили. Она молча выслушала известие, не сказала ни слова и положила трубку. Дочери она за все это время ни разу не позвонила.

— Скажите, Ирина, у вас не складывалось впечатления, что Светлана Петровна нездорова? — осторожно спросила Настя.

— Нездорова? — фыркнула Ирина. — Да на ней пахать можно.

— Я имею в виду ее психику.

— Ах, это... Ну, для того, чтобы бросить папу и собраться замуж за Костю, действительно нужно быть ненормальной. Психически здоровая женщина так не поступила бы. А если судить по тому, что она два года со мной не разговаривает, ее на этом прямо заклинило.

— Как вы думаете, где может быть Светлана Петровна сейчас? Дома ее нет, мы заезжали к ней перед тем, как ехать к вам.

— Гуляет, наверное, где ей быть, время-то уже почти десять вечера. Она всегда любила долгие прогулки, особенно по вечерам, когда солнце садится и начинает темнеть. У отца столько седых волос прибавилось из-за этой ее любви к гулянкам. Уйдет, бывало, никому ничего не скажет, а является в час ночи. Мы уж с ним и в окно выглядываем, встречать ее ходим, к каждому шороху прислушиваемся. А она гуляет себе как ни в чем не бывало. Ненормальная какая-то.

Уже уходя и стоя на лестничной площадке, Настя вдруг обернулась к Ирине:

— Скажите, Ирина Витальевна, вам когда-нибудь бывает стыдно?

Та презрительно глянула и громко захлопнула дверь.

* * *

Они снова поехали через весь город к дому, где жила Аллеко-старшая. Светланы Петровны все еще не было, и они решили ждать, когда она появится.

Уже стемнело. Они сидели в машине, не зажигая света, чтобы не пропустить подходящую к дому женщину, фотография которой лежала перед их глазами на приборной доске, и тихонько переговаривались.

— Страшная история, правда? Откуда только берутся такие, как эта Ирина, — вздохнула Настя.

— Вот ты сама и ответила на свой вопрос. Люди с их характерами не с неба падают, их растят и воспитывают. Что Светлана Петровна воспитала, то и вышло. Баловали, наверное, в детстве, капризам потакали, дерзить и хамить взрослым разрешали. Результат, как говорится, налицо.

— Есть хочется ужасно. И пить.

— Посиди, я сбегаю на угол. Я там приметил кафе. Сейчас принесу что-нибудь.

— Спасибо тебе.

— Пока не за что.

Антон принес из кафе горячие гамбургеры на картонных тарелочках и большую двухлитровую бутылку «Спрайта». Гамбургеры были невкусными и слишком переперченными, но Настя не замечала этого. Мысли ее крутились вокруг Светланы Петровны Аллеко, униженной и оскорбленной собственной дочерью и собственным любовником.

— Как ты думаешь, она могла сойти с ума и начать ненавидеть всех невест? — спросил Антон.

— Конечно, могла. Сначала писала им письма. Потом начала их убивать. Причем в том же самом месте, в дамской комнате, где застала жениха и дочь. Я тебе, кажется, не рассказывала, но ее и в другом загсе видели, в том, где совершено второе убийство.

— А где она могла взять оружие?

— Тоже мне проблема. Сейчас не то что пистолет, гранатомет купить можно, были бы деньги.

— Слушай, мы ее не пропустили? Уже первый час ночи.

— Ты же слышал, что Ирина сказала: она любит гулять по вечерам допоздна.

— Пойдем все-таки проверим, а вдруг она пришла?

— Но мы же все время здесь сидели, она не могла пройти мимо нас незамеченной. Гуляет еще, наверное.

— А вдруг она была в гостях у кого-то из соседей, а сейчас уже вернулась? Спустилась с этажа на этаж, нам-то отсюда не видно.

— Тоже верно, — согласилась Настя. — Пойдем.

Они снова поднялись в лифте на пятый этаж, где была квартира Аллеко. На их настойчивые звонки никто не откликнулся. Настя и Антон спустились по лестнице на один пролет, сели на подоконник, закурили.

— Может, это и хорошо, что ее нет дома, — задумчиво сказала Настя. — Входить в квартиру после двадцати трех часов без согласия хозяев — можно нарваться на неприятности. А у меня нет уверенности, что она встретит нас с тобой с распростертыми объятиями. На улице или на лестнице — другое дело. Мы вполне можем подойти к ней, представиться и задать несколько вопросов. Или не представляться и что-нибудь соврать. В любом случае нарушения закона здесь не будет.

— А ты не боишься? У нее же есть пистолет. И потом, похоже, она все-таки сумасшедшая.

— Боюсь, конечно. Но если не делать того, чего боишься, вообще ни одно преступление не раскроешь. Будем с тобой стараться быть аккуратными и осторожными, не провоцировать ее на агрессию, не говорить лишнего. Мы же ищем ее пока только как свидетеля, не более того. И потом, не забывай про кражу из вашей фотолаборатории. Вряд ли это она. Скорее всего у нее есть сообщник. И скорее всего оружие хранится именно у него, так что Светлана

Петровна нам с тобой не особенно опасна, если правильно себя вести.

На верхнем этаже хлопнула дверь квартиры, послышались шаги и легкий царапающий звук: кто-то спускался с собакой. Через несколько секунд на площадке пятого этажа показался средних лет мужчина с крупным черным терьером на поводке.

Внезапно собака остановилась, уселась прямо возле двери Аллеко и завыла.

— Пойдем, Фред, не валяй дурака, — хозяин протянул руку и взял пса за ошейник. — Ты уже утром здесь выл, хватит.

Настя подскочила как ошпаренная и бросилась вверх по лестнице.

— Вы сказали, собака сегодня утром выла, проходя мимо этой двери?

— Ну да. Еле оторвал. Сначала выла, потом шерсть дыбом... Вот, пожалуйста, история повторяется. Пошли, Фред, пошли, поздно уже.

На Фреда было страшно смотреть. Шерсть встала дыбом, пасть оскалена, дрожит мелкой дрожью.

— Как на покойника, ей-богу, — сказал хозяин, безуспешно пытаясь оторвать массивного терьера от пола и заставить его идти вниз по лестнице.

— Боюсь, что на покойника, — пробормотала Настя.

Она достала из сумки служебное удостоверение и показала мужчине.

— Мы можем зайти в вашу квартиру и позвонить? Надо вызвать милицию. Похоже, что со Светланой Петровной беда.

* * *

Услышав лязганье ключа в замке, Лариса вздрогнула. Мучитель вернулся. Хорошо, что он по утрам уходит на работу и терзает ее только вечером, ночью и утром. Она научилась даже дремать, пока его нет. Тело от пребывания в одном положении затекло и онемело, она чувствовала лишь те места, которые болели от побоев. Сколько времени она здесь? Два дня? Три? Кажется, три...

Он вошел в комнату, бледный, как обычно, с горящими злыми глазами.

— Ну, надумала? Имей в виду, мое терпение кончается. Пока что я тебя только бил, а скоро начну истязать и пытать.

Он подошел к ней, нагнулся и вытащил из-под нее судно, которое подкладывал, уходя на целый день. «Как быстро меняется восприятие, — подумала Лариса. — В первый раз с этой «уткой» я умирала от стыда. Прошло два дня, и я уже не обращаю на это внимания, лежу голая, мочусь под себя, как будто так и надо».

Мучитель вернулся к ней и стал отклеивать с лица пластырь, которым он предусмотрительно прикреплял кляп на время своего отсутствия. Он не хотел, чтобы Лариса кричала и звала на помощь. В его присутствии она этого делать не будет, потому что он сразу же начнет ее бить. Но, разумеется, когда бил, рот он ей затыкал.

— Так как? Будем звонить?

— Я не знаю кому, честное слово. Ну почему вы мне не верите?

— Так, понятно.

Он задумчиво осмотрел ее с головы до ног, будто видел впервые.

— Значит, не знаешь. Ну, я думаю, сейчас быстро узнаешь.

Он достал зажигалку и поднес пламя к ее обнаженной груди, к самому соску. Глаза Ларисы расширились от страха. Она сообразила, что прямо сейчас он ей боль не причинит, побоится, что она завизжит непроизвольно, и даже страх побоев ее не удержит. Значит, пока только пугает.

— Чем мне поклясться? — заговорила она, стараясь быть как можно убедительнее. — Ну не могу же я придумать то, чего не знаю.

— Можешь, — усмехнулся он. — Ты все можешь. Сейчас я тебе докажу.

Он снова засунул ей в рот кляп и поднес пламя к груди. Боль была жуткой, Ларисе хотелось потерять сознание, чтобы не чувствовать ее. Все побои, которыми он награждал ее раньше, показались ей в этот момент невинной лаской. Она-то, дурочка, думала, что больнее уже не будет, что она сможет вытерпеть. Оказалось, что это было только начало. ТАКОГО она вытерпеть не сможет.

Он убрал зажигалку и вопросительно посмотрел на нее. Лариса кивнула.

— Ну вот и умница, — весело сказал он. — А говорила, что не можешь. Прямо сейчас и позвоним.

Он снова вытащил кляп и принес ей воды. Она пила из стакана, который он держал в руке, пила жадно, захлебываясь и давясь, и чувствовала себя собакой, которую кормит с руки жестокий хозяин.

— Я не знаю, что говорить, — наконец выдавила она.

— А я тебе все скажу. Ты объяснишь, что речь идет о пятидесяти тысячах долларов, поэтому ни о какой милиции не может быть и речи. Артюхин должен прийти сюда. Только в этом случае деньги можно будет сохранить. Ты поняла? Только в том случае, если он придет в милицию вместе со мной. Если же он придет туда один, выяснится, что он был в бегах, и все деньги тут же пропадут. Тогда и ему, и тебе придется расплачиваться с теми, кто ему эти деньги одолжил.

— А что изменится, если он придет с тобой? Почему деньги не пропадут?

— Потому что только я знаю, как сделать, чтобы они не пропали. Говори номер, я сам наберу.

Лариса продиктовала ему номер телефона человека, на чьей машине Сергей уехал из Москвы.

* * *

Светлана Петровна Аллеко была мертва около двух суток. Выстрелом в рот ей разнесло череп, пистолет «ТТ» калибра 7,62 мм валялся рядом. На столе сотрудники милиции обнаружили записку: «Я больше не могу. Простите меня». Настя увидела те же печатные буквы, что и на письмах, полученных невестами.

— Типичное самоубийство, — хмуро буркнул эксперт Олег Зубов, осматривая вместе с дежурным следователем место происшествия.

С момента приезда опергруппы прошло не меньше трех часов. Была глубокая ночь, вот-вот начнет светать, самое тяжелое время для тех, кто не спит. Тьма сгущается перед рассветом... Час быка.

Она молча сидела в уголке и наблюдала. Аллеко лежала, одетая в черное шелковое платье, на диване. Судя по позе, в момент выстрела она сидела, откинувшись на спинку. Светлая обивка дивана залита кровью, наверное, крови много и на платье, но на черной ткани ее не видно. Вот осматривают труп, и она видит на пятидесятилетней женщине дорогое изысканное белье, похоже, совершенно новое. Даже не прикасаясь руками к ее волосам, можно понять, что они чисто вымыты незадолго до смерти и тщательно уложены в прическу. На руках — маникюр, лак не стерт и не ободран, похоже, его накладывали тоже незадолго до смерти. Решив уйти из жизни, эта женщина сделала все, чтобы и в смерти оставаться женщиной.

Настя оглядела комнату. Идеальный порядок и чистота, которая могла бы быть сверкающей, если бы за время, что прошло после самоубийства, на мебель не лег легкий слой пыли. Следователь раскрыл лежащую на столе кожаную папку-бювар, и Настя увидела знакомые белые конверты. Точно в таких же приходили письма.

Селуянов сантиметр за сантиметром осматривал мебельную стенку, быстрыми ловкими пальцами перебирая одежду, белье, посуду.

— Саша, — окликнул он следователя, — иди сюда, я нашел.

Следователь и эксперт Зубов подошли к нему и осторожно извлекли из-под стопки полотенец завернутый в кусок ткани глушитель и коробку патронов. Понятые — тот мужчина, который выводил гулять терьера Фреда, и его жена — до сих пор не могли справиться с удивлением.

— Подумать только, — прошептала женщина, — такая тихая, незаметная, замкнутая была. Мне всегда казалось, что она не в себе немного. Так и вышло...

Из кухни появился осунувшийся Коротков с воспаленными глазами.

— Ася, иди сюда, помоги мне.

Настя на цыпочках, стараясь не наступить на лежащие на полу приборы, инструменты и реактивы, вышла на кухню.

— Нашел что-нибудь?

— Ничего. Надо мусорное ведро разобрать.

Они вытащили из-под раковины заполненное до середины красное пластмассовое ведро, расстелили на полу полиэтиленовую пленку и выгрузили на нее содержимое.

— Эй, вы, самодеятельность, — послышался у

Насти над ухом ворчливый голос Зубова, — пинцеты возьмите. Хватают руками, понимаешь ли, все подряд, как у себя дома.

Они и не думали обижаться на грубость. Характер Олега был всем известен давно, к нему привыкли и уже не обращали внимания.

— Как раз до шести утра провозимся, — сказал Коротков, усаживаясь на корточки перед кучкой мусора. — А там, глядишь, и метро начнет работать. Я сюда на частнике ехал, всю наличность угробил. Какая здесь ближайшая станция метро?

— Не знаю.

— Как это? А как же ты сюда добиралась?

— На Шевцове. Он меня привез.

— Да? А куда он делся? Я его здесь не видел.

— Отправила домой до вашего приезда, чтоб не мелькал. Тут и так не повернуться, друг другу на пятки наступаем. Да и Сашка, я знаю, терпеть не может посторонних на месте происшествия.

— Как же ты домой поедешь? Далеко ведь. И дождь идет.

— Ничего, не сахарная, не растаю.

Она вытащила из мусора две глянцевые бирки с круглыми дырочками и стала их рассматривать.

— Я угадала, белье на ней новое, прямо из магазина. И стоит кучу денег. Подумать только, как сильно ее травмировала история с дочерью и любовником. Белье, маникюр, прическа — все для того, чтобы после смерти могли сказать: «Какая женщина!»

Они сосредоточенно копались в мусоре, но не нашли ничего, что могло бы представлять для них интерес. Не было ни разорванных писем, ни записок с адресами или телефонами, ни окурков, которые могли бы свидетельствовать, что к Светлане Петровне приходили гости.

За окном рассвело, и на Настю навалилась свинцовая усталость. Ей казалось, что к рукам и ногам подвесили пудовые гири, которые она теперь будет таскать до конца своих дней.

Ей не давала покоя мысль о возможном сообщнике Аллеко. Да, оружие, из которого застрелили девушек-невест, хранилось у нее, но взломать фотолабораторию, чтобы выкрасть негативы, она вряд ли смогла бы. Настя не знала, почему так уверена в этом, но не сомневалась ни минуты. И потом, откуда-то должны были поступать к ней сведения об адресах девушек и женщин, собирающихся вступать в брак.

— Юра, нам придется проверять всех работников загсов, — устало сказала она. — Надо искать женщину, достаточно молодую, занимавшуюся спортом, с тяжелым характером и несложившейся личной жизнью. У Светланы Петровны должна быть помощница. Одна она бы не справилась.

— При чем тут спорт? — удивился Коротков. — Женщина работник загса с тяжелым характером и неудавшейся семейной жизнью — это я могу понять. А спорт с какого боку? Она же в фотолабораторию не по водосточной трубе лезла.

— Характер должен быть соответствующий. Умение собраться, сосредоточиться, четко спланировать каждое движение, действовать в стрессовой ситуации быстро и в соответствии с планом. Ты представь себе бегуна: перед стартом он должен иметь в голове точную программу — как пройти начало дистанции, как пройти середину, в какой момент начать спурт. И все это — для двух-трех десятков секунд, когда на тебя смотрит весь стадион, а по телевизору — еще полмира, когда вокруг свистят и кричат, когда от этих секунд зависит так много. Нужно иметь определенный тип нервной системы, чтобы суметь открыть замок «неродным» ключом, улучив момент, когда тебя никто не видит, быстро найти в незнакомом помещении нужную пленку и уйти незамеченной. Задачка как раз для бывшей спортсменки.

— Ладно, будем искать, — кивнул Коротков, которого объяснения Насти вполне удовлетворили.

Он вышел в прихожую и окликнул эксперта.

— Олег, следы на холодильнике смотрел?

— Тебя не спросил, — хмуро процедил Зубов.

— Можно открывать?

— Валяй. Чего найдешь — не лапай, меня позови.

Юра открыл холодильник и начал осматривать полки с продуктами.

— Что ты хочешь там найти? — спросила Настя, которая даже подумать не могла о том, чтобы встать и делать какие-то движения. Она словно приросла к табуретке и неподвижно сидела, прислонившись к кухонному столу.

— Не знаю, — откликнулся Коротков. — Просто смотрю.

— Ну, перечисляй, что видишь.

— Упаковка сосисок, Черкизовский комбинат, невскрытая. Колбаса сырокопченая, порезанная тонкими ломтиками, в упаковке. Сыр, тоже порезанный на ломтики, в упаковке. Слушай, я такого и не видел никогда, — он выглянул из-за открытой дверцы холодильника, — с огромными дырками.

— «Дамталер», — подсказала Настя, сидевшая с закрытыми глазами, опираясь подбородком на сложенные руки.

— Ты же не видишь...

— Я слышу. У сыра «Дамталер» большие дырки. Давай дальше.

— Банка немецкого майонеза, начатая. Бутылка кетчупа, тоже начатая, примерно треть осталась. Масло сливочное, новозеландское, в серебристой упаковке, полпачки. Так, еще яйца, раз, два, три, четыре... девять штук. Помидоры, три штуки. Четыре огурца. Маленькая салатница с каким-то салатом, по виду похоже на печень трески... Ты чего вскочила?

Настя неловко поднялась, табуретка с грохотом упала на пол.

— Где салат? Покажи.

— Да вот он.

Юра протянул ей небольшую хрустальную салатницу. Ее бело-желтое содержимое было уложено аккуратной горкой и украшено сверху кружочком помидора и веточкой петрушки.

— Что у вас происходит? — раздался голос следователя. — Почему мебель падает?

— Извини, Саня, это я неудачно встала, — смущенно сказала Настя.

Следователь неодобрительно покачал головой и снова вернулся в комнату. Настя подошла к сверкающей белизной плите, на которой не было ничего, кроме красного чайника со свистком, и открыла духовку. На белом противне лежали четыре куска мяса, уже засохшие, но в свое время запеченные с сыром и майонезом. Она медленно выпрямилась.

— Юра, она не застрелилась.

— Что ты сказала? — резко обернулся к ней Коротков.

— Она не застрелилась. Ее убили.

* * *

Телефонный звонок застал ее в тот момент, когда она только успела переступить порог своей квартиры. Звонил насмерть перепуганный Чистяков.

— Господи, Ася, я тебя потерял. Ты что, дома не ночевала? Где тебя носит?

— Прости, Лешик, я не успела тебя предупредить, а потом застряла, закрутилась... Мы нашли ту женщину из загса, которая была на фотографии, помнишь?

— Помню. И что женщина?

— Умерла. Мы всю ночь в ее квартире проторчали.

— Бедная ты моя, — посочувствовал ей Леша. — Ложись спать, я скоро приеду.

Она приняла душ, легла в постель и уснула как убитая. Проснулась далеко за полдень и по доносящимся из кухни звукам поняла, что муж приехал. Выпила кофе и принялась собирать и сворачивать длинные ленты распечаток, которые уже несколько дней устилали пол в ее комнате. Больше они не нужны. Она все-таки нашла эту женщину. К сожалению, слишком поздно...

Леша погрузился в работу, а Настя уселась в кресло возле окна и взяла в руки сделанную в загсе фотографию Светланы Петровны Аллеко. Всматривалась в ее лицо, в потухшие, какие-то отстраненные глаза, в черную строгую блузку. Что-то тревожило ее, что-то казалось неправильным на этой фотографии...

Позвонил Селуянов, который с утра должен был идти в контору, где работала покойная Аллеко, и собирать сведения. Оказалось, что одновременно с адресом Светлана Петровна поменяла и место службы. Видно, на прежней работе слишком многие знали о ее романе с Ливанцевым. На новом месте она ни с кем не сближалась, добросовестно и молча выполняла свои обязанности, приходила ровно в девять и уходила в шесть, никогда не отпрашивалась и не опаздывала. Постоянно ходила в черном, элегантная и неприступная. О ней никто ничего не знал. Почему не стали разыскивать, когда не вышла на работу? Потому что в настоящее время Светлана Петровна находится в очередном отпуске.

На старой работе ее помнили, там у нее осталось множество приятельниц, которые были полностью в курсе ее дел. Да, она должна была выходить замуж, но что-то разладилось в последний момент... На следующий день после несостоявшейся свадьбы Светлану Петровну как подменили. Она явилась утром на работу и подала заявление об уходе. Ее предупредили, что она должна отработать еще две недели, пока ей найдут замену. Она молча кивнула и ушла, а через два часа вернулась, так же молча положила на стол начальнику больничный лист и вышла. Две недели ее никто не видел. Потом она появилась, сухо и деловито передала дела новому сотруднику, сложила в сумку всякие мелочи, скопившиеся в ее рабочем столе за много лет, и ушла, на этот раз окончательно. Даже ни с кем не попрощалась. Ее приятельницы пытались дозвониться до нее, узнали у новых жильцов ее квартиры их прежний номер телефона, но Аллеко разговаривала сухо и просила ее не беспокоить. Они обиделись и новых попыток не предпринимали.

Ближе к вечеру объявился Антон, позвонил, чтобы сказать, что нашел в машине Настину зажигалку.

— А ты до сих пор ее ищешь, наверное?

— Хорошо, что нашлась, — обрадовалась она. — Это подарок мужа.

— Я завезу ее через часок, мне все равно нужно в ваши края по делу...

Голова у Насти разболелась, пришлось принять две таблетки анальгина, но боль не проходила.

— Тебе на воздух нужно, — авторитетно заявил Чистяков, с жалостью глядя на ее бледное лицо с синевой под глазами. — Пойдем, я тебя выгуляю.

— Работай, Лешенька, я одна пойду. Посижу на скамеечке возле дома, подожду Антона, он должен подъехать. Я у него в машине вчера зажигалку оставила, он привезет.

— Сделала из него верного пажа и оруженосца? — усмехнулся Алексей. — Смотри, Анастасия, допрыгаешься.

— До чего?

Она наклонилась, чтобы завязать шнурки на кроссовках.

— Влюбится он в тебя, если уже не влюбился. Что тогда будешь делать?

— Лешик, ты же знаешь, в меня нельзя влюбиться. Меня можно только или любить, или терпеть. Третьего не дано. А любить меня, глупую и некрасивую, умеешь только ты.

— А вдруг и он тоже сумеет?

— Брось. — Она пренебрежительно махнула рукой и ласково обняла его. — Кроме тебя, этого не сумеет никто. Таких уникумов, как ты, на свете больше нет. Все, я пошла.

Она застегнула куртку и открыла дверь.

— Если кто мне позвонит, я буду через час. Если что-то срочное — я внизу, дальше десяти метров от дома отходить не буду.

Спустившись вниз, Настя уселась на скамейку. На свежем воздухе ей и впрямь стало полегче, головная боль немного отступила и сразу же захотелось курить. «Буду терпеть, — сказала себе Настя, засекая время. — Потерплю десять минут, а там посмотрю». Чтобы не думать о сигарете, стала вспоминать историю Вероники Матвеевны Турбиной. Интересно, насколько обоснованными были ее страхи? Жаль, что она слабо разбирается в генетике, надо бы почитать специальную литературу, поднабраться знаний — пригодится в работе. И вообще неплохо бы заняться биологией, в школе она этот предмет изучала кое-как, ровно настолько, чтобы ответить на уроке, если

310

спросят. Уже почти ничего не помнит... И с чего это она вдруг подумала про биологию? Неприятное какое-то чувство.

Десять минут прошли, и она решила потерпеть еще столько же. Наверное, голова разболелась оттого, что она слишком много курила. Надо дать организму возможность сделать перерыв. Так на чем она остановилась? На биологии. Что она изучала в школе? Сначала было природоведение, потом ботаника, зоология, анатомия и общая биология. Надо же, столько предметов, а знаний — ноль. Что она помнит о генетике? Хромосомы... И все, пожалуй. Из целой темы только один термин в памяти отложился. Позорище. А из ботаники? Венчики, пестики, тычинки, плодоножки. Тоже немного. Господи, да почему же мне так неприятно об этом думать? Самолюбие уедает, что ли?

Пожалуй, она потерпит еще минут пять, головная боль ослабела весьма ощутимо, не надо провоцировать, сигаретой можно только все испортить.

Ей удалось дотерпеть до того момента, как рядом остановилась желтая машина Антона.

— Меня встречаешь?

— Воздухом дышу, — осторожно ответила Настя, внезапно вспомнив мрачный юмор Чистякова по поводу чувств Антона. Конечно, никаких признаков, но чем черт не шутит... Не дай бог.

— А о чем думаешь? — спросил он, подавая ей дорогую зажигалку, которую Чистяков подарил Насте в прошлом году на день рождения.

— О генетике.

— О генетике? Ты не больна, случаем?

— Да нет. — Она засмеялась. — Размышляю о наследственности, о том, насколько дети бывают похожи или не похожи на своих родителей. Ты же моего брата видел?

— Александра? Да, помню, он в загсе был.

— У нас с ним общий отец и разные матери, а похожи мы с ним как две капли воды, оба в отца. При этом ни он, ни я не пошли по стопам родителей при выборе профессии. Забавно, правда?

— А у меня наоборот получилось. Я совершенно не похож внешне ни на отца, ни на мать, а профессия досталась по наследству.

— У тебя отец — фотокорреспондент? — удивилась Настя.

— Не отец, а мама. И не фотокорреспондент, а фотохудожница, между прочим, довольно известная. У нее на днях даже выставка-презентация прошла в киноцентре.

— Погоди, твоя мать — Алла Моспанова?

От изумления Настя даже забыла о своем твердом решении воздержаться от курения и полезла в карман за сигаретами.

— Ну вот, выдал семейную тайну, — рассмеялся Шевцов. — Мама у меня классно выглядит, никто не скажет, что у нее такой взрослый балбес-сын.

— А фамилия? Отцовская?

— Конечно. Мама начинала с журналистики, и, когда выходила замуж, ее имя уже было известным, поэтому и менять не стала. Это она мне привила любовь к фотографии, так что я с самого детства шел прямым и хорошо проторенным путем, никуда не сворачивая. А ты?

— А я свернула, — рассеянно ответила она. — Начинала с математики, а потом вдруг шарахнулась в юриспруденцию. Не устояла перед лаврами отчима, он всю жизнь в милиции проработал.

Она взглянула на часы. С того момента, как она вышла из дома, прошло сорок минут.

— Спасибо тебе, Антон, я пойду, обещала через час вернуться. Алексей меня заждался, наверное.

— Счастливо!

Он весело махнул рукой и сел в машину.

* * *

«Мама привила мне любовь к фотографии... Я с самого детства шел прямым и хорошо проторенным путем, никуда не сворачивая...»

«Мой сын тоже хотел идти работать в милицию. Когда у него не получилось с поступлением к вам на службу, для него это была такая трагедия. Он очень переживал...»

«Никуда не сворачивая...»

«Была такая трагедия!..»

Кто-то из них двоих говорит неправду. Или Алла Моспанова, или ее сын. Кто? И зачем?

Как неожиданно все оборачивается в жизни, к каким непредсказуемым последствиям может привести порой совершенно невинный разговор. Например, разговор о генетике. А все потому, что она сидела на лавочке и думала о том, что плохо учила в школе ботанику... Стоп!

Настя снова схватила фотографию Светланы Аллеко. Теперь она точно знала, что здесь режет глаз. Светлана Петровна была сфотографирована на фоне окна, из которого хорошо просматривался дом напротив. На одном из балконов росли цветы. И вот эти цветы Насте категорически не нравились.

Она достала энциклопедию и быстро нашла нужную страницу с цветной иллюстрацией.

...семейство пасленовых. Стебель 40—150 см в высоту. Листья крупные, широкие, эллиптические. Цветки с трубчато-воронковидным спайнолепестным белым

венчиком, состоящим из длинной трубки и крупного воронковидного или звездчатого отгиба, очень ароматные, раскрываются вечером или в пасмурную погоду. Имеются сорта с карминовыми цветками. Ценное растение для балконов северной и северо-западной ориентации. Хорошо цветет и растет в полузатененном месте; для балконов наиболее подходят низкорослые сорта.

Значит, раскрываются вечером или в пасмурную погоду. Очень интересно. Убийство 13 мая произошло в 12 часов дня, и погода стояла ясная, теплая и солнечная. А цветки, которые так хорошо видны на фотографии, полностью раскрыты. Что это? Ошибка природы? Или умышленная ошибка фотографа, подсунувшего в пакет с фотографиями, сделанными сразу после убийства, еще одну, сделанную совсем в другое время?

Да нет, этого не может быть... При чем здесь Антон? Глупость какая-то.

Но в голову полезли обрывки фраз, сказанных Антоном, вспомнилось его настойчивое желание помогать. И ведь это именно он обратил Настино внимание на фамилию Аллеко. А когда она уже готова была списать странно большой срок между подачей заявления и регистрацией брака Ливанцева и Аллеко на какие-то семейные обстоятельства, именно Антон настоял на том, чтобы проверить все еще раз, и обнаружил, что у двух невест Аллеко разные имена. Он очень хотел, чтобы Настя это обнаружила. И очень боялся, что она не заметит. Он старался держать весь процесс поиска одинокой брошенной женщины под контролем.

И у него была возможность выкрасть из фотолаборатории собственные негативы, инсценировав кражу. Зачем? Для того, чтобы пленки не попали в руки милиции. Потому что на отснятых в загсе пленках нет кадра со Светланой Аллеко.

Осталось только выяснить, была ли у него возможность доставать адреса невест.

И еще одно, самое главное: зачем? Зачем он все это делал?

Глава 14

— Антон Шевцов? Конечно, мы все прекрасно его знаем, он постоянно у нас подхалтуривает.

— Антон, фотограф? Да, он часто здесь бывает...

— Шевцов? Знаю такого. Он почти каждую субботу приезжает...

Коля Селуянов объезжал московские загсы, чтобы выяснить, есть ли у Антона Шевцова там знакомые. Знакомых оказалось много. Наконец удалось выяснить, каким образом он узнавал адреса невест.

— Антон периодически просил у меня адреса и телефоны тех, кто в ближайшее время собирается регистрироваться. Конечно, я давала ему эти сведения, никакого секрета тут нет, ведь в заявлении на регистрацию все указано.

— А зачем ему эти сведения, он не говорил?

— Говорил, что хочет предварительно переговорить с ними, предложить свои услуги, и если они соглашаются, договориться о количестве снимков, формате, качестве пленки, цену обговорить. Знаете, когда люди уже в загсе, создается такая суматоха, волнение, что они потом сами не помнят, с кем и о чем договаривались. Бывает, адрес свой забудут оставить или еще что-нибудь. Нет, я его понимаю, он действовал, на мой взгляд, совершенно правильно. Всегда все нужно делать заранее.

Такой же ответ Селуянов получил и в других загсах. Все постепенно становилось на свои места. Антона, как выяснилось, не обыскивали, когда на место убийства приехала опергруппа. Когда имеешь дело с толпой в пятьдесят человек, каждый из которых может оказаться убийцей, никому и в голову не пришло проверить сумки и карманы у человека, помогающего им, да еще по просьбе Каменской. А ведь кофров с камерами у Шевцова было несколько...

* * *

Пока Селуянов собирал сведения в загсах, Юрий Коротков сидел в кабинете ответственного работника медицинского управления, который занял этот пост сравнительно недавно, а до этого много лет возглавлял военно-врачебную комиссию. По запросу Короткова он велел принести ему архивные материалы о прохождении медкомиссии Антоном Шевцовым.

— Да, ему было отказано, — сказал он, перелистывая подшитые в папку документы. — У него ишемическая болезнь сердца и плохо залеченная черепно-мозговая травма.

— Разве это достаточное основание для того, чтобы отказать в приеме на службу в МВД? — удивился Коротков. — Ведь, насколько я знаю, в армию его призвали с теми же самыми болячками.

— Ну что вы сравниваете, — язвительно усмехнулся врач. — В армию возьмут кого угодно, даже олигофренов призывают. Им же надо вал обеспечить, а у нас другой подход, мы сотрудников не на два года, а на двадцать лет отбираем. Военные медкомиссии особо в состояние здоровья не вникают, если у парня жалоб нет, значит, здоров, а врачи ему специально болезни искать не будут. В конце концов, в армии им можно найти применение в стройбате, там большого интеллекта не требуется, лишь бы руки-ноги были целы. В милиции все по-другому, сами знаете, чего я вам тут рассказывать буду.

— А что все-таки с Шевцовым? Почему с последствиями черепно-мозговой травмы нельзя работать в милиции?

— Дело не в самой травме, а в том, что после нее у Шевцова появилась шизофреноподобная симптоматика. На момент обследования он был вполне адекватен, но прогноз был крайне неблагоприятный.

— Ему об этом говорили?

— Нет, разумеется, нет. Мы никогда не говорим таких вещей. Если бы он пришел к врачу-психиатру и предъявил жалобы, врач постарался бы ему помочь и объяснил бы Шевцову, в чем его проблемы. А людям, которые проходят медкомиссию, мы говорим о причине отказа только в том случае, если болезнь поддается лечению и после выздоровления человек допускается на повторную комиссию. Например, мы отказываем в приеме на службу женщинам с эрозией матки, но это элементарно вылечивается в течение месяца, мы говорим им об этом и допускаем на комиссию после излечения. А если речь идет о психопатологии — нет, увольте. А почему вы интересуетесь Шевцовым? Он что-то натворил?

— Натворил. Ваш прогноз, похоже, подтвердился.

— Жаль... — вздохнул врач.

— Почему? Это ведь означает, что вы как специалист оказались правы.

— А вы посмотрите, какие у него показатели интеллектуального развития.

Врач перевернул папку, раскрыв ее на нужном листе.

— Мозги-то у него блестящие, обидно, что такой человеческий материал пропал. Я ведь помню вашего Шевцова, он тогда всей комиссии очень понравился, контактный, дружелюбный, улыбчивый. Такой славный парень! Плохо, что его повело...

* * *

Вопрос о том, есть ли у Шевцова дома оружие, оставался открытым, поэтому его задержание планировалось особенно тщательно, учитывая нездоровую психику и непредсказуемость поступков. Оперативников, приехавших к дому, где жил фотограф, было пятеро. Они осторожно осматривали местность, отмечая про себя возможные пути, которыми Шевцов может скрыться, а также определяя способы, которыми можно проникнуть в его квартиру. Внезапно один из них, лейтенант Корчагин, увидел буквально в десяти метрах от себя знакомое лицо. Это был Сергей Артюхин, которого он лично задерживал две недели назад и которого несколько дней назад объявили в розыск после того, как он скрылся после внесения залога.

Корчагин долго не раздумывал. Во-первых, он считал для себя делом чести поймать этого Артюхина, который так не понравился ему в момент первого задержания. Две недели назад его брали в каком-то поганом притоне, чуть не с девицы сняли, обкуренного травкой и бешено сопротивляющегося. А во-вторых, лейтенант был честолюбив и хотел получить третью звездочку досрочно. Забыв о том, что в данный момент проводит скрытую рекогносцировку под видом праздношатающегося студента, Корчагин выхватил пистолет и в мгновение ока оказался возле Артюхина.

— Руки назад, — прошипел он, упирая ствол ему в спину и доставая наручники.

От неожиданности Артюхин послушно выполнил приказание. В следующий момент лицо его исказилось яростью.

— Заманила, сучка дешевая, — процедил он сквозь зубы фразу, смысл которой до Корчагина не дошел, но вникать он особо не старался.

* * *

По лицу начальника было видно, что Виктор Алексеевич недоволен. Он не расхаживал по кабинету, как бывало, когда ему нужно было обдумать факты и принять решение, а сидел неподвижно в кресле за рабочим столом, нацепив на нос очки и уткнувшись в какие-то бумаги. Насте была видна только часть лица и огромная сияющая лысина.

— Ты не должна была привлекать к работе постороннего человека, не посоветовавшись со мной, — сердито выговаривал он ей некоторое время назад, когда она только пришла в его кабинет. — Ты хоть понимаешь, как рисковала, проводя целые дни в компании убийцы? Где твоя голова? Где твоя знаменитая осторожность?

— Виктор Алексеевич, но я же не знала, — оправдывалась Настя. — Я его не подозревала ни одной минуты. А с того момента, как до меня дошло, я его не видела.

— Дошло до нее, — бурчал полковник. — Да никогда я не поверю, что ты за две недели преступника не разглядела. Ты хоть мне-то баки не заливай. Ты столько с ним общалась и ничего не почувствовала? Ни одного звоночка не прозвенело?

— Нет, честное слово, нет.

— Тогда плохо. Значит, чутья у тебя нет. Видно, я тебя перехвалил в свое время, переоценил. Рано тебя с аналитической работы снимать.

Настя молчала, закусив губу и пытаясь остановить закипающие на глазах слезы.

— Теперь другое, — продолжал Виктор Алексеевич. — Поскольку ты в отпуске, я тебя дергать с этим не стал, но раз уж пришла — скажу. За каким чертом ты полезла к Артюхину с разговорами, когда встретила его на улице с Самыкиной? У тебя что, речевое недержание? Промолчать не смогла?

Ответить было нечего. Она и сама знала, что поступила глупо и непрофессионально. Просто в тот момент она расслабилась, она уже была «в отпуске», а завтра предстояло выходить замуж... Конечно, начальник был прав, тут и сказать нечего. И все упреки и нелицеприятные слова по поводу своей оплошности она себе уже сказала сама и не один раз.

— Тебя извиняет только то, что ничего страшного из-за твоей ошибки не произошло. Артюхин тогда никуда не сбежал и ничего не натворил. Но произойти могло. Могло! — Он упер в Настю толстый крепкий палец. — И в следующий раз обязательно произойдет. Это только дуракам везет. А ты у меня не дурочка.

Полковник выговорился и умолк. С тех пор он так и сидел, не проронив ни слова, отвлекаясь только на телефонные звонки. Группа уехала задерживать Шевцова, и Настя понимала, что, пока все не кончится, ни она, ни Виктор Алексеевич Гордеев отсюда не уйдут.

Дверь распахнулась, на пороге стоял растерянный Коротков. Ни его, ни Селуянова на задержание Шевцова не отпустили, поскольку Антон их обоих знал в лицо и мог заметить из окна еще во время предварительной разведки.

— Виктор Алексеевич, они задержали Артюхина, — проговорил он.

— Ну и слава богу, — оторвался от бумаг полковник. — Чего ж ты не радуешься?

— Они задержали Артюхина рядом с домом Шевцова.

— Что?!

Виктор Алексеевич вскочил с места, а Настя, наоборот, словно приросла к креслу.

— Идиоты! — заорал полковник. — Там же все из окон просматривается! Если Шевцов это видел, он понял, что на улице работники милиции, а не случайные прохожие. Какой болван это сделал?

— Миша Корчагин. Артюхина уже везут сюда.

— Корчагину башку оторву, — грозно пообещал начальник, наливаясь краской, и в этот миг стал внешне полностью соответствовать своему старому прозвищу Колобок, которым его наградили еще в школьные годы за приземистую плотную фигуру и круглую голову.

— Виктор Алексеевич, — тихо сказала Настя. — Успокойтесь. Надо все менять. Я поняла.

— Что ты поняла?

— У Шевцова в квартире Лариса Самыкина.

* * *

Антон Шевцов медленно отошел от окна и лег на диван. Только что на его глазах схватили и затолкали в машину Сергея Артюхина. Он очень не хотел в это верить, поэтому, когда увидел на улице странную сцену, тут же спросил у Ларисы:

— Как выглядит твой придурок?

На Ларису было тяжело смотреть, распухшее от побоев тело было неподвижным, Антон теперь уже бил ее и по лицу, поэтому губы запеклись, а глаза заплыли. Говорила она с трудом.

— Сережа... Он такой невысокий, ниже вас... Шатен, длинные волосы, до плеч, усы...

Описание полностью соответствовало тому типу, которого только что увезли. Шевцов почувствовал, как его захлестнула ярость, которая стала почти неконтролируемой. Артюхин был уже в нескольких метрах от дома, еще пять минут — и он вошел бы в квартиру. И тогда Антон задержал бы его сам. Задержал и привел в милицию. Нет, не просто в милицию, он посадил бы его в машину и повез на Петровку, потребовал бы вызвать Каменскую и сам лично вручил бы ей беглеца. Пусть все знают, и она в том числе, что он, Антон Шевцов, может то, чего не смогли они, все вместе взятые. Артюхина объявили в розыск, его искали сотни людей, а поймал Шевцов. Пусть знают! Пусть! Пусть поймут, как были не правы, когда отвергли его, не взяли к себе на работу, сказали, что болен. Он им докажет!

И вдруг все обернулось совсем не так... Сейчас Артюхина отвезут в милицию, и будет считаться, что это они такие ловкие и умные, они его выследили и поймали. А уж если Каменская подсуетится, то вообще все лавры ей достанутся. Она баба умная, хваткая, ей какую-нибудь хитрую заморочку придумать — раз плюнуть, и выйдет, что поимка Артюхина — целиком и полностью ее заслуга.

Он встал с дивана и подошел к лежащей на полу Ларисе. Ярость выплескивалась через край, туманила мозг, мешала думать и планировать свои действия. Он захлебывался ею.

— Это ты во всем виновата, — медленно сказал он, стараясь не кричать, чтобы не дать оглушающей ярости вырваться наружу. — Это все из-за тебя. Если бы ты позвонила сразу, твой придурок давно уже был бы здесь. И все бы закончилось. А ты, сучка похотливая, дотянула до того, что его уже и милиция выследила. Теперь все деньги пропали, и будешь ты вместе со своим дегенератом всю жизнь на этот долг пахать. Впрочем, нет, пахать будет он один. Потому что тебя я сейчас буду убивать. Ты виновата в том, что у меня ничего не получилось. И за это ты сейчас умрешь...

* * *

— Как она оказалась у Шевцова? Что между ними общего? — спрашивал Колобок-Гордеев, бегая взад-вперед по своему кабинету. Он уже забыл о том, как только недавно распекал Настю, выговаривая ей за ошибки и непрофессиональное поведение. Сейчас она снова была его Стасенькой, его деточкой, надеждой, опорой и помощницей.

— Она ждала меня возле дома, а меня в тот вечер привез на машине Шевцов. Он слышал наш разговор и понял, в чем суть. Он поднялся ко мне, а минут через пятнадцать уехал. Наверное, Лариса еще не ушла к тому времени, и он встретил ее внизу. Виктор Алексеевич, вам не кажется, что нужно найти мать Шевцова? Если у него «крыша поехала», то только с помощью матери мы сможем с ним справиться.

— Ты что же, полагаешь, что для двадцатипятилетнего мужчины мать, которая живет отдельно от него и занимается исключительно своими делами, может быть авторитетом? Деточка, ты становишься идеалисткой, — сердито бросил Гордеев.

Но Настя не обиделась. Она работала у Гордеева много лет, любила его и уважала, а потому прощала ему все, даже то, чего не могла простить никому другому, например мелочное злое хамство и оскорбительные выпады. Но, к чести Виктора Алексеевича, следует признать, что в отношении своей Стасеньки он за последние восемь лет позволил себе вышеуказанные формы поведения всего два или три раза. И во всех случаях его недовольство было безусловно оправданным, а гнев — заслуженным, как сегодня.

— Нет, но я полагаю, что Алла Ивановна может рассказать нам, на почве чего у Антона возникли отклонения, как он рос, чем интересовался, как себя вел. Без этой информации мы ничего не сможем сделать. Поймите, Виктор Алексеевич, он сумасшедший. Он — больной человек, и в его воспаленном мозгу рождаются логические связи, которые мы не можем ни объяснить, ни предугадать. У него в квартире девушка, которую он каким-то образом заставил связаться с Артюхиным. Подумайте сами, если она, его любовница, согласилась составить ему алиби по делу об изнасиловании, то какова же должна быть степень ее преданности Артюхину. Я уверена, что она не стала его искать по первому же требованию Антона. Если она в принципе знает, как это сделать, то почему прибежала ко мне, почему не связалась с ним сама?

— Ну и почему? Ты можешь ответить?

— Я могу только догадаться. Артюхин, конечно, подонок, но не полный идиот, сбегая из-под залога, он прекрасно отдавал себе отчет, что под угрозу поставлены большие деньги, которые ему придется отдавать. Просьба Ларисы вернуться никакого действия не возымела бы. Он вернулся не из-за денег. Он вернулся потому, что Ларисе грозит реальная опасность, и его поставили об этом в известность. Это первое.

— А что второе?

— А второе — то, что Лариса не связалась с ним сразу. Она действительно очень предана ему, поэтому тянула сколько могла. А уж если она все-таки вызвала его, значит, ей совсем плохо. Подозреваю, что

Шевцов ее истязает и пытает. А это — еще одно подтверждение того, что болезнь у него обострилась. Нет, мы не можем рисковать, Виктор Алексеевич, мы должны получить хотя бы приблизительное представление о том, что происходит у него в голове, прежде чем начнем операцию по его задержанию и освобождению Самыкиной.

— Коротков, найди Моспанову, — приказал Гордеев.

Юра Коротков молча выскочил из кабинета.

* * *

У него заболело сердце. Сказалось напряжение последних дней, ведь он спал совсем мало, зато постоянно был сосредоточен и внимателен, проводя многие часы рядом с Каменской, которая у него на глазах раскрывала совершенные им преступления. Он восхищался ее умом и четкостью мышления, ее памятью и безупречной логикой, и чем больше восхищался ею, тем больше гордился собой. Ведь он знал, что по-настоящему убийства никогда не раскроют. Он радовался, глядя, как Каменская шаг за шагом приближается к квартире Аллеко. Дальше она не сдвинется. Все указывало на то, что письма невестам писала Светлана, и убийства в загсах совершила тоже она, а после этого застрелилась. Письма написаны ею, как и предсмертная записка. Один Бог знает, сколько ухищрений, сколько изощренной лжи понадобилось ему, чтобы заставить Светлану написать эти письма и записку. Но он сумел сделать это, он искусно играл на ее помешательстве, ловко внушая все, что ему нужно. На листках с письмами нет ни одного его отпечатка, только Светланины пальцы прикасались к ним. Правда, он не сумел придумать историю, которая заставила бы ее надписывать и конверты с адресами, поэтому письма в неподписанных белых конвертах он развозил и опускал в почтовые ящики сам.

Он был уверен, что Каменская остановится на самоубийстве Аллеко. Все шло так, как он спланировал. Антон радовался, что сумел переиграть такую умницу, как Анастасия, втереться к ней в доверие и не дать себя заподозрить. Он доказал самому себе, что он — лучше и умнее их, тех, которые отвергли его. Он совершил преступление, которое они никогда не раскроют.

И так ему хотелось привести на Петровку Артюхина! Привести собственноручно, поглядеть в глаза этой самоуверенной Каменской и сказать ей: «Вот Артюхин. Помнишь, ты сказала мне, что не знаешь, как его искать. Ты не сумела его найти, и вся ваша хваленая милиция не сумела. А я сделал это. Я смог». И пусть ей станет стыдно. И им всем тоже станет стыдно за то, что они отвергли его, посчитали недостойным, непригодным к тому, чтобы находиться в их рядах.

А Артюхина увели прямо у него из-под носа. Так что же, теперь все будут считать, что слава должна принадлежать тому худенькому неказистому хмыренышу, который надел на него наручники прямо под окнами Шевцова? Сейчас Артюхина привезут к следователю, тот спросит его, что он делал в том районе, где его задержали, а он? Что он ответит? Скажет, что ему передали просьбу Ларисы вернуться в Москву и явиться по такому-то адресу? А вдруг он скажет, что вообще никуда из Москвы не уезжал? Что вышло недоразумение, просто его не смогли найти, а он — вот, пожалуйста, и не думает никуда сбегать. Тогда все не имеет смысла... Все было зря.

Но может быть, он все-таки скажет про Ларису. Тогда в самое ближайшее время сюда примчатся работники милиции, и уж тогда-то он, Антон Шевцов, расскажет им, откроет им глаза на то, благодаря кому беглый преступник Сергей Артюхин вернулся в Москву. Он вырвет, выцарапает у них признание своих заслуг, он швырнет им под ноги эту похотливую сучку, которая и не заслуживает лучшей участи, потому что в свое время не отдала в руки правосудия восьмерых насильников, а недавно пыталась спасти еще одного. Они одобрят его, потому что зло и обман всегда должны быть наказаны. Пожалуй, он пока не будет ее убивать...

*   *   *

— Родителей Шевцова нет в Москве, — сообщил Коротков, заходя спустя некоторое время в кабинет полковника Гордеева. — Они уехали навестить каких-то родственников в деревню. Вернутся только через неделю.

— Ах ты, незадача какая, — покачал круглой головой Колобок. — Придется обходиться своими силами.

— Может, попробовать пригласить того врача из медуправления, который поставил Антону диагноз? — предложила Настя. — Конечно, про его детство он ничего не знает, но общая картина симптомов у него все-таки есть.

Гордеев взглянул на часы.

— Половина восьмого. С работы он уже ушел, надо попробовать застать его дома.

Юрий снова вышел к себе. Но, раз начавшись, невезение обычно длится долго. Через десять минут выяснилось, что дома нужного им человека нет, телефон не отвечал. Скорее всего, учитывая необычно теплую для мая погоду, он уехал на дачу. Адрес дачи удалось раздобыть, Гордеев послал туда машину, но все трое были уверены, что результата это не даст. Почти у каждого оперативника есть эдакое восемнадцатое чувство, которое позволяет ему загодя чуять удачу и точно знать, что сегодня ему ничего удаваться не будет, нечего и браться.

К этому времени задержанного Артюхина уже доставили, и он подтвердил самые худшие их предположения: человек, который по просьбе Ларисы его нашел и просил вернуться в Москву, сказал ему, что голос у девушки был дрожащий и еле живой. «Спасите меня, — говорила она по телефону. — Пусть Сережа вернется, иначе меня убьют».

* * *

Лариса то и дело впадала в забытье. Шевцов равнодушно смотрел на ее обнаженное тело, покрытое синяками и следами ожогов. Ему не было жалко ее. «Маленькая мерзавка, — думал он, — кобели и насильники — самая подходящая для нее компания». С каким удовольствием он убил бы ее, повинную в том, что у него сорвалось с Артюхиным. Но она пока нужна ему живой. Хотя, впрочем...

С момента задержания Артюхина прошел час. Почему же они не едут? Он ведь должен был сказать им про Ларису. Неужели не сказал? Неужели прикинулся овцой и стал рассказывать, что никуда не уезжал из города? Тогда все пропало. Надежды больше нет. Но тогда и Лариса ему больше не нужна.

Он принес большую кружку с холодной водой и вылил девушке на голову. Веки ее дрогнули и приподнялись, но из забитого кляпом рта не донеслось ни звука. Она смотрела на своего мучителя с усталым безразличием. Она желала себе смерти. Вода растеклась по полу, ее голые плечи оказались в холодной луже, но Лариса этого уже не чувствовала.

— Вот что, сучка. Твой придурок, по всему видно, в милиции ничего не сказал про тебя. Деньги свои спасает, стало быть. Делает вид, что не уезжал никуда. А спасать тебя он и не собирается, на хер ты ему нужна, дешевка рваная. Ну а коль так, то мне ты тем более не нужна, с тобой одни хлопоты. Если через пятнадцать минут ничего не произойдет, я тебя буду убивать. Доставлю себе удовольствие...

Он наклонился и вытащил из-под нее судно. В моче было много крови. Похоже, он повредил ей почки.

* * *

План задержания был в целом готов, но рассчитан на темное время суток. Квартира Шевцова оказалась расположенной крайне неудачно, она была угловой, и окна ее выходили на две стороны. При дневном свете подойти к дому незаметно было практически невозможно, обзор из окон не закрывался ничем — ни деревьями, ни рядом стоящими домами. Настя хорошо это помнила, потому что выходила на балкон, когда была у Шевцова. До наступления темноты оставалось не меньше двух часов.

* * *

Пятнадцать минут прошло, больше он ждать не будет. Все очевидно: у него украли победу. Эти мелкие сволочи, эти негодяи, вырядившиеся в белые одежды, с грязными руками и черными душонками, оказались самыми обыкновенными ворами. Они забрали себе то, что с таким трудом выковал для себя Антон Шевцов, забрали походя, спокойно и с улыбкой, как будто так и надо. А эта победа была для него так важна! Конечно, убийства в загсах они не раскроют никогда, тут все продумано до мелочей и выполнено тщательно и аккуратно. Шансов у них нет. Но об этой победе будет знать только он, Антон. Они так и не узнают, что это именно он их переиграл, он, которого они грубо отвергли, выпихнули под зад коленкой. А вот про то, что он сумел поймать Артюхина, они должны были узнать. И понять, что он оказался более достойным, чем они сами. И предложить ему встать в их ряды. Не просто предложить — просить, умолять, в ногах валяться. А он им откажет, холодно, высокомерно и насмешливо. Вот он, желанный миг! Таким видел его Антон в своих мечтах... Но теперь стало ясно, что миг этот не наступит, что радость победы над ними у него украли. Теперь уже все равно.

Он принес острый скальпель, деловито осмотрел избитое тело Ларисы, потом принес клеенку и толстый кусок поролона. Вот так будет хорошо. Кровь будет стекать на поролон и впитываться, а он периодически будет его уносить в ванную и отжимать досуха. Сколько в ней крови? Литров семь, наверное. Этот кусок поролона может впитать в себя около двух литров жидкости. Значит, всего-то раза три-четыре придется его носить в ванную. Чисто, тихо, без брызг. Можно, конечно, сразу положить Ларису в ванную, пусть там истечет кровью, но в ванной ее не к чему приковать. Мало ли на что она способна! Бабы, говорят, живучие, как кошки, ничего их не берет. Нет, здесь, в комнате, безопаснее, здесь она прикована к батарее, и даже если только прикидывается обессилевшей и теряющей сознание, все равно никуда не денется.

Он аккуратно расстелил клеенку, подоткнул поролон и сделал надрез. При виде крови у него закружилась голова, и в следующий момент вспышка ярости вновь ослепила его. Он не выносит вида крови с самого детства, его сразу начинает тошнить, а теперь он вынужден будет терпеть это, пока девка не истечет кровью и не сдохнет. И ему придется ходить с пропитанным кровью поролоном и отжимать его! Какие мучения его ждут! И все из-за кого? Из-за Каменской. Это она во всем виновата. Это она оттолкнула от себя плачущую Ларису и сказала, что не будет искать Артюхина. Это она сама сказала, что не знает, как его искать. Все из-за нее...

Он подскочил к телефону и быстро набрал номер. Подошел ее муж, голос доносился до Шевцова как сквозь вату, он почти терял сознание, но постарался говорить обычным голосом. Муж Каменской сказал, что она на работе. Антон спросил номер телефона, сказал, что очень нужно. Номер он получил.

Значит, на работе, стерва белобрысая. Уже небось Артюхина допрашивает. Как искать его, так она в отпуске, а как славу себе присваивать, так на службу побежала. Он ей покажет славу...

* * *

Они так и сидели в кабинете Гордеева, еще и еще раз проговаривая план задержания, выискивая слабые места, обсуждая возможности возникновения непредвиденных осложнений. На длинном приставном столе была разложена большая карта микрорайона, а также поэтажный план дома и составленный со слов Насти план квартиры Шевцова и расположение мебели в ней. К сожалению, она видела своими глазами только прихожую, одну комнату и балкон. Ни во вторую комнату, ни на кухню она не заходила.

Зашел Миша Доценко, принес всем бутерброды и позавчерашние булочки из буфета.

— Анастасия Павловна, у вас в кабинете телефон разрывается, — сказал он, складывая покупки на край стола.

Доценко был единственным сотрудником отдела по борьбе с тяжкими насильственными преступлениями, который называл Настю по имени и отчеству, хотя работали вместе они уже не один год.

— Сходи, — кивнул Гордеев, делая жест в сторону двери. — Мало ли что.

Ей и самой хотелось уйти к себе: в кабинете начальника курить не разрешалось, а она уже давно мечтала о чашке кофе с сигаретой.

Настя вышла в коридор и сразу услышала треньканье телефона, доносящееся из-за ее запертой двери. «Надо же, как долго, — подумала она с усмешкой. — Приспичило кому-то. Есть же настырные люди». Она быстро отперла дверь и подошла к телефону.

— Ну что, довольна? — услышала она в трубке глуховатый голос, который показался ей смутно знакомым.

— Простите? — вежливо сказала она, держа одной рукой трубку, а другой доставая из стола кружку и кипятильник.

— Не узнаешь? Значит, не нужен я тебе больше? Извозчиком поработал — и хватит? На большее не гожусь?

Она чуть не выронила на пол графин, из которого собралась налить воду в кружку. Она узнала его.

— Что с тобой, Антон? — спросила она, стараясь говорить как можно дружелюбнее. — Чего ты так разозлился?

— Поймала Артюхина и радуешься теперь? — продолжал он. — Звезду новую на погоны хочешь получить за поимку беглого преступника, да? А ты забыла, как говорила мне, что даже не знаешь, как его искать? Забыла?

— Нет, я помню. Артюхина не я задержала, а совсем другой сотрудник. Чего ты так раскипятился, Антон?

Она почувствовала, как дрожат ноги, и села на стул. Надо же было попасть так неудачно! И никого рядом нет, все сидят у Колобка. Можно было бы позвонить начальнику по внутреннему телефону, но, когда имеешь дело с маньяком, рисковать нельзя. Кто знает, что именно может вывести его из равновесия. И кто знает, к каким последствиям это может привести...

— Почему тебя так беспокоит Артюхин? Ты что, знаком с ним?

— Это я его выманил, это я заставил его вернуться в Москву. Это я! Слышишь, ты, стерва, я! А ты забрала его себе и радуешься теперь, какая ты ловкая и умная. Воровка!

Понятно, подумала она, теперь хоть что-то понятно. Хоть бы кто-нибудь из ребят зашел...

— А Лариса где? У тебя?

— Что это ты про Ларису спрашиваешь? Беспокоишься? Что же ты о ней не беспокоилась, когда она прибежала к тебе за помощью? Я ведь видел, как она плакала, как просила тебя, а ты ей отказала. Тебе не было ее жалко, ты бросила ее на произвол судьбы, так чего ж ты сейчас спохватилась? Потому что Артюхина поймала?

— Артюхин тут ни при чем. Лариса находится под следствием, ее вызывал следователь, а она не явилась на допрос. Ее тоже сейчас ищут, потому я и спрашиваю, может, ты знаешь, где она.

Настя осторожно прикрыла ладонью микрофон, сняла трубку внутреннего телефона и набрала номер Гордеева.

— А если и знаю, то что? Хочешь, чтобы я тебе сказал, а потом побежишь к начальству докладывать, мол, какая ты умная, Ларису нашла? Хочешь еще раз на чужом горбу в рай въехать?

— Слушаю, — раздался голос полковника из другой трубки. Настя все еще закрывала микрофон и молила Бога, чтобы Антон еще хотя бы несколько секунд продолжал говорить, не ожидая ответной реплики. Иначе ей придется открыть микрофон, и как назло именно в этот момент Колобок произнесет свое «слушаю» еще раз. А вдруг Антон услышит?

— Хочешь еще одну благодарность в личное дело получить, да? Не скажу я тебе, где Лариса. Ищи сама.

— Да чего искать, — спокойно сказала Настя. — Я же знаю, что она у тебя. Я только не пойму, чего ты от меня-то хочешь? Ты взял ее в качестве заложницы? Тогда говори, какие у тебя требования. Начнем переговоры.

— Требования? Переговоры? — захохотал Антон. — Да мне ничего от тебя не нужно, и от всей вашей легавки сраной ничего мне не нужно.

— Тогда что же, Антон? Позволь мне тебя понять. Объясни мне хоть что-нибудь.

В кабинет ворвались Гордеев и Юра Коротков. Виктор Алексеевич бесцеремонно отстранил Настю, открыл верхний ящик ее стола, вытащил чистый лист бумаги.

«Кто позвонил?» — написал он четким крупным почерком и сунул ей ручку.

«Он сам».

— У меня Лариса, это ты угадала. Только тебе она не достанется. Она теперь моя. Навсегда.

«Самыкина?» — снова написал Колобок.

«У него».

— Почему, Антон? Ты уговорил ее бросить Артюхина? Она теперь твоя девушка?

— Да нужна она мне, сучка похотливая! — снова

мерзко засмеялся Шевцов. — Она умрет. Уже совсем скоро. И я вместе с ней. Уйдем, как говорится, рука об руку. Что, не нравится? Не ожидала такого?

«Он совсем плох», — быстро написала Настя.

— Я хочу знать, почему, — твердо произнесла она. — Ты взрослый человек, ты сам принимаешь решения, и отговаривать тебя я не имею права. Но я хочу хотя бы понять, почему ты их принимаешь.

— Зачем тебе понимать? Знатоком человеческих душ хочешь заделаться? Еще немножко славы прибавить?

— Меня не интересуют человеческие души. Меня интересуешь ты. Ты, Антон Шевцов, человек, рядом с которым я провела несколько дней, который помог мне выполнить трудную работу, который мне нравился и который мне говорил, что мы с ним друзья. А до всех остальных мне дела нет. Я хочу понять именно тебя. Я даю тебе слово, что не буду тебя отговаривать, не буду ни о чем просить, только об одном: объясни мне, дай мне тебя понять. Я не хочу, чтобы ты ушел, а я так и не узнаю, почему.

«Убийство Л.С. и суицид», — снова написала она на листке. Гордеев кивнул и подтолкнул Короткова в сторону двери. Настя поняла, что Юру отправили за средствами связи. Теперь нужно будет поддерживать постоянный контакт с оперативниками, находящимися в микрорайоне, где живет Шевцов. Одно из двух: или держать его у телефона до наступления темноты, или все-таки рискнуть, потому что Антон на глазах превращался в «острого больного», и промедление может привести к тяжким последствиям.

— Значит, ты не сомневаешься, что я уйду и эту сучку с собой прихвачу? — уточнил недоверчиво Шевцов.

— Раз ты решил, значит, так и будет. Ты же мужчина и не станешь менять своих решений. Расскажи мне все, Антон. Для меня это важно. Пожалуйста.

— Не знаю, не знаю. — Он гадко хихикнул в трубку. — Может, я еще передумаю. Решение-то мое, хочу — принимаю, хочу — меняю. Разве не так?

Ей нужно было срочно выбрать линию разговора. Он ее проверяет? Дразнит? Или говорит совершенно открыто все, что думает? Как же вести себя: держаться прежней линии или ухватиться за протянутую соломинку и давить, уговаривая изменить свое страшное решение? Как правильно? Как? Ох, если бы знать о нем больше! Единственный путь — разговаривать с ним и одновременно вспоминать все, что он говорил за то время, которое они провели вместе. Может, хоть из этого сложится какое-то представление о его личности.

— Тебе виднее, — сдержанно ответила она. — Хотя мне лично больше по душе мужчины надежные и постоянные. Сказано — сделано. Но это, конечно, вопрос вкуса.

— Слушай, а ты там одна? — внезапно спросил Антон.

— Одна.

— Почему я должен тебе верить?

— Ты не должен. Ты вообще мне ничего не должен. Или веришь, или нет. Я же тебе верю.

— Чему ты веришь? Тому, что убью девку и застрелюсь? Этому ты веришь?

«Застрелюсь! Не зарежусь, не повешусь, не отравлюсь. Застрелюсь».

«Есть оружие», — черкнула она.

— И этому тоже верю.

— А еще чему?

— Всему. Ты все время говорил мне правду. Только один раз солгал. Но один раз за две недели — это немного. Можно простить.

— И когда же я тебе солгал? Ну-ка, ну-ка?

Внезапно ее осенило. Ведь адреса невест он брал из бланков заявлений. А в бланках есть сведения о месте работы и источнике доходов. Значит, он знал, что невеста по фамилии Каменская работает в уголовном розыске. Знал, но именно ее выбрал для письма. Что это? Глупый риск? Мальчишеский азарт? Небрежность? Или вполне осознанное желание потягаться силами с уголовным розыском? И эти настойчивые разговоры о славе, о том, что именно он выманил Артюхина, а она, Настя, забрала себе всю славу...

— Когда сказал, что с самого детства шел прямым проторенным путем по стопам матери. Ведь это неправда?

— Откуда ты знаешь?

Голос его изменился, из ернически-развязного стал настороженным.

— Ну, это было нетрудно. Ведь ты хотел работать в милиции, и для тебя было большим ударом, когда тебе отказали по состоянию здоровья. Почему ты решил скрыть это от меня, Антон? Здесь нет ничего такого, чего нужно стыдиться. Зачем было врать?

Антон молчал, в трубке слышалось только его прерывистое дыхание. Настя поняла, что у него снова началась одышка. Итак, у нее есть всего несколько секунд для того, чтобы решить, поддерживать ли в нем уверенность в том, что он сумел ее провести, или разочаровать. Сказать ли ему про Аллеко или не нужно? Она задала ему глупый, никчемный вопрос, ответ на который никакого значения для нее не имеет. И теперь Антон на другом конце телефонного провода тоже ломает себе голову над тем, как правильнее ответить. Он тоже не видит смысла в этом вопросе, но пытается разглядеть подводные камни, которые могут оказаться в его ответе. Таким образом, она выторговала себе драгоценные секунды для размышлений.

«Она сама виновата. Не надо было грешить...»

«Она сама виновата. Что воспитала, то и вышло...»

«Да что вы их жалеете? Они сами виноваты...»

Этот постоянный мотив. Поиск виновного. Стремление определить вину и ответственность каждого. Нет полутонов, нет оправдывающих моментов, нет смягчающих вину обстоятельств. Только черное и белое. Только добро и зло.

Он хотел быть на стороне добра. И поэтому пришел поступать на службу в милицию. Ему никто не объяснил, что работа в милиции вся сплошь состоит из лжи, компромиссов, грязи. Он думал, что будет бороться со злом и оставаться при этом девственно-чистым. И никто не взял на себя труд сказать ему, как жестоко он ошибается.

А в милицию его не приняли. «Для него это была настоящая трагедия, он очень переживал». В армию взяли, для армии он был годен. А в милиции — отказали. И он задумывает идеальное преступление, с раскрытием которого милиция не справится. Он не мстит, нет, он доказывает сам себе, что он лучше. Умнее. Более ловкий. Более хитрый. Милиция никогда не узнает, что идеальное преступление задумал и осуществил Антон Шевцов. Но сам Антон будет об этом знать. И будет гордиться собой. И будет считать себя не хуже их, работников уголовного розыска. Да что там «не хуже» — лучше.

Он хотел потешить свое самолюбие, уязвленное тем, что его отвергли. Так как же правильно поступить сейчас: нанести ему удар, дав понять, что его замысел раскрыт и что в милиции работают люди не глупее его, или гладить по шерстке, делая вид, что ему все удалось? Как правильно? Как?

— Почему ты молчишь, Антон? Ты меня слышишь?

* * *

В висках стучало, иногда он даже переставал слышать голос Каменской. Почему она про это спросила? И как узнала?

Он неловко повернулся на диване и посмотрел на Ларису. Та лежала с закрытыми глазами, как мертвая. Наверное, без сознания. Крови уже много натекло, надо бы прекратить эту бессмысленную беседу и пойти отжать поролон. Но что-то мешало ему повесить трубку.

— Подожди минуту, мне нужно отойти, — сказал он, втайне радуясь, что нашел способ не отвечать на вопрос.

— Хорошо.

Он с трудом поднялся с дивана и склонился над Ларисой. Сразу же закружилась голова, в глазах потемнело, но он сумел справиться со слабостью. Аккуратно вытащил поролон и отнес его в ванную, прополоскал под сильной струей воды, стараясь не смотреть на стекающую кровь и преодолевая дурноту. Волоча ноги, вернулся обратно.

— Ну? — выдохнул он, тяжело садясь и взяв трубку. — Что еще скажешь?

* * *

«Сказал, что отошел», — написала она Гордееву. Тот понимающе кивнул. Все равно разговаривать нельзя. Как знать, может быть, он проверяет, не обманула ли его Каменская, когда сказала, что находится в кабинете одна. Сказал, что отошел, а сам сидит, прижав трубку к уху, и слушает, не начнет ли она с кем-нибудь переговариваться.

Настя провела рукой по лбу и удивилась. Оказывается, она вся в испарине. Только сейчас она почувствовала, что блузка прилипла к телу, а по спине и груди скатываются капли пота. Ей захотелось раздеться, чтобы стало чуть прохладнее и свежее, но делать этого было нельзя. Она достала сигарету, уже четвертую с того момента, как позвонил Антон.

Он думает, что перехитрил ее, что идеальное преступление ему удалось. И говорит, что собирается умереть. Почему, если у него все получилось? Ведь тюрьма ему не грозит. Почему же? Потому, что нет больше смысла в его существовании? Потому что он выполнил свою миссию, решил свою задачу, доказал сам себе то, что хотел доказать. И больше ему ничего не нужно. Больше ему ничего не интересно. Как сказала его мать? «Хорошо, что он не пошел работать в милицию. Он бы не смог». Чего не смог? Жить во лжи, грязи и компромиссах? Привыкший с детства делить весь мир на белое и черное, на добро и зло, он не может жить в той жизни, которая существует в реальной действительности. Эта жизнь для него невыносима. Поэтому он хочет уйти.

А если сказать ему, что ничего у него не вышло? Задача не решена, цель не достигнута. Он ничего сам себе не доказал. Тогда как он поступит? Одно из двух: или все-таки уйдет, отчаявшись, или предпримет новую попытку. Шансы пятьдесят на пятьдесят. Значит, надо пробовать. В любом случае для первого варианта он решение уже принял, тут уж деваться некуда. При втором варианте есть пятидесятипроцентная вероятность сохранить ему жизнь. И потом, есть еще Лариса...

В трубке послышалось тяжелое дыхание.

— Ну? Что еще скажешь?

— Ты не подумал о цветах.

— О каких цветах? Что ты мелешь? Зубы заговариваешь?

— О цветах, которые растут на балконе в доме напротив загса.

— Ты о чем? Какие цветы?

— Они попали в кадр со Светланой Петровной. Это такие особенные цветы, которые распускаются только после захода солнца или в пасмурную погоду. В тот день, когда я выходила замуж, было тепло и солнечно, а бутоны на фотографии с Аллеко оказались раскрытыми. Ты делал этот снимок вечером? Или в тот день была плохая погода?

* * *

С начала разговора прошел час. Гордеев привел из дежурной части девушку-телетайпистку с мокрым полотенцем и вышел ненадолго из кабинета. Девушка, не говоря ни слова, ловко расстегнула на Насте блузку и обтерла ее мокрым полотенцем. В знак благодарности Настя легко сжала ее руку и сделала знак, чтобы та уходила. Снова вернулся Колобок, действуя совершенно бесшумно, поставил перед ней огромную чашку крепкого горячего кофе и положил на стол очередную записку.

«Где у него телефон?»

«На стене над диваном».

«Шнур?»

«Нет. Висит».

Он на цыпочках вышел, через мгновение вернулся и снова замер возле стола, не сводя с Насти пристального взгляда. Она почти ничего не говорила теперь, только слушала и иногда задавала вопросы, если что-то было непонятно.

Он все равно уйдет, он мужчина и не меняет своих решений. Поэтому он рассказывал ей все. Он только сейчас понял, как хотелось ему рассказать об этом. Тайна душила его, грызла изнутри, отравляла кровь.

Он рассказывал, как встретил однажды в загсе странную женщину в черном с отстраненным лицом и потухшими глазами. В первый раз он заметил ее, но не обратил внимания. Через неделю он встретил ее снова, но уже в другом загсе. Тогда и познакомился с ней. Втерся в доверие, узнал ее историю. Она ходила в загсы каждую неделю, смотрела на невест и упивалась своим горем и своей ненавистью. На большее она была не способна.

Он сблизился с Аллеко и стал обдумывать свой план, стараясь, чтобы все в нем вытекало из ее истории. Невесты, дамская комната... Хитростью и обманом заставил ее написать тридцать одинаковых писем, держал их у себя и время от времени разносил по почтовым ящикам, а на другой день приезжал в соответствующие загсы и примеривался. Ему долго не везло. Целых шесть месяцев он искал свой счастливый случай. И судьба улыбнулась ему, вознаградила за терпение и осторожность, подарила возможность совершить два убийства в один день. Конечно, он планировал только одно. Разве можно рассчитывать на то, что повезет дважды? Но ему повезло.

Он приручал Светлану Петровну, как приручают дикое животное. Смотрел на нее ласково, нежно гладил по руке, говорил теплые и такие нужные женщине слова. Он хорошо знал, как это делается. Это тоже было частью его плана. Когда пришло время, дал ей понять, что придет в гости не просто так. Он любит ее. Он сумел заставить ее забыть про свой возраст и про то, что ему только двадцать пять.

Она поверила. Он сразу понял это, как только переступил порог ее квартиры. Она была красиво причесана, со свежим маникюром, в новом платье, правда, черном, потому что ничего другого она не носила, но очень элегантном. Оказаться рядом с ней на диване было совсем нетрудно. И сделать так, чтобы она закрыла глаза. И заставить ее приоткрыть губы. Когда вместо губ молодого любовника она ощутила на языке металлический привкус пистолетного ствола, она даже не успела удивиться, потому что он тут же нажал спусковой крючок. Положил в бювар конверты, запихнул под стопку белья завернутый в тряпочку глушитель.

Как сделать все остальное, он продумал заранее. В свое время он приобрел множество книг по криминалистике и тщательно их изучил, ведь он так хотел работать в милиции... Он был уверен, что со следами у него проколов нет.

— Где я ошибся? — спросил он Каменскую. Ему было любопытно, чего же он недоучел. — Есть еще что-нибудь, кроме этих злосчастных цветов?

В этот момент этажом выше начали двигать мебель. Какие-то мужики громко переговаривались.

— Куда? Сюда? Или дальше?

— Давай еще правее, да правее же, тебе говорят! Смотри, как мало места, он здесь не пройдет. Хозяин! Хозяин! Иди, гляди, где крепить будем. Так пойдет?

Над головой начали чем-то стучать, видно, отмечая места крепления. Из-за шума Антон не расслышал, что ему ответила Каменская.

— Повтори, — попросил он. — Плохо слышно.

— Я сказала, что ты плохо знаешь женскую психологию. Это твоя главная ошибка.

— Почему?

— Потому что женщина, которая решила покончить с собой, не станет готовить ужин на двоих. Ведь ты не выходил на кухню, правда?

— Правда. Что мне было там делать? Я уничтожал свои следы только там, где был.

— Ну вот видишь...

Сверху, над самой головой Антона заработала электродрель, и голос Каменской снова потонул в визжащем шуме.

— Что ты сказала? Я не расслышал.

— Я говорю, если бы ты вышел на кухню, ты бы увидел то, что увидела я. Ужин на двоих. Я поняла, что Светлана Петровна ждала кого-то в гости. Судя по количеству продуктов, гость должен был быть один. А судя по их набору — мужчина. Стандартный набор закусок под легкое спиртное, никаких тортов и пирожных, которые покупают, когда ждут в гости приятельницу. И еще одно...

— Что еще?

Дрель снова завизжала, Антону показалось, что сверло впивается ему прямо в затылок и пронзает голову насквозь. Сердце болело все сильнее, ему становилось трудно сосредоточиться на разговоре, внимание рассеивалось.

— Подожди минуту, я закрою окно. Кому-то сверху приспичило заняться ремонтом, такой шум, я тебя совсем не слышу.

— Конечно, я подожду, — ответила ему Настя.

* * *

Оперативник, наблюдающий за окнами Шевцова из соседнего дома, поднес рацию к губам.

— Порядок. Он закрыл окно.

Человек, руководящий задержанием, дал команду:

— Можно. Давайте, мальчики.

Антон закрыл обе рамы, ему показалось, что в комнате стало заметно тише. Он поглядел на истекающую кровью Ларису. Надо бы еще раз сходить в ванную с поролоном, он уже весь пропитался кровью, но его одолела невероятная слабость. Он двигался с трудом. Сердце колотилось где-то в горле, казалось, еще минута — и оно выскочит наружу. Нет, пожалуй, он не сможет. Теперь уже все равно. Он еще поговорит немного с Каменской и уйдет.

Он достал из сумки пистолет, дрожащими от слабости пальцами проверил магазин. Чтобы дослать патрон в патронник, ему потребовалось чудовищное усилие, он обливался потом, но сделал это. Взвел курок и снова прилег на диван. В одной руке телефонная трубка, в другой — готовый к выстрелу пистолет.

— Да. Так что ты говорила?

— Светлана Петровна выглядела как женщина, которая решила уйти из жизни добровольно и при этом хотела выглядеть как можно лучше. Понимаешь, ей было не безразлично, какой ее увидят те, кто ее найдет. А женщина, которой это не безразлично, никогда не будет стрелять себе в рот.

И снова заработала дрель. У Антона появилась красная пелена перед глазами. Если бы у него были силы, он бы закричал.

* * *

Оконное стекло на кухне выдавилось легко и беззвучно. Оперативники, спустившиеся по наружной стене из квартиры верхнего этажа, быстро спрыгнули на пол. После того как Шевцов закрыл окно, можно было не бояться, что он услышит, как они спускаются сверху и колдуют над стеклом.

Они остановились и прислушались. Из верхней квартиры доносились звуки работающей дрели. В комнате, где находился вооруженный преступник, было тихо. Ступая на цыпочках, они сделали несколько шагов, держа наготове короткоствольные автоматы.

* * *

— Антон, ты плохо себя чувствуешь? Что с тобой, ответь мне, Антон, — окликала его Настя.

Перед ее глазами появился листок со словами: *«Они уже там»*.

Антон не отвечал, она не слышала даже его дыхания. Только отвратительный, рвущий нервы звук электродрели доносился из трубки.

Неужели он что-то услышал и отошел от телефона? Затаился возле двери и ждет, когда можно будет выстрелить в ребят, проникших в квартиру. Их двое, он один, но у него положение более выгодное...

— Антон! Антон, ответь мне. Что с тобой, Антон? — продолжала звать Настя, мысленно представляя себе его комнату и дверь, ведущую в прихожую. Ей казалось, она видит, как он стоит за этой дверью, а с противоположной стороны приближаются оперативники, и весь вопрос только в том, кому удастся выстрелить раньше и более метко.

— Антон! Антон!

— Алло! — ответил ей незнакомый голос. — Каменская?

— Да.

— Капитан Стрыгин.

— Витя? Ну что там?

— Все.

346

— Что — все?

— Он умер.

— Господи! Ты уверен? Может, потерял сознание?

— Пульса нет, и зрачок на свет не реагирует. Даже если клиническая, все равно не довезут.

— А Лариса?

— Кажется, еще жива. Кровищи здесь...

— Витя...

— Да?

— Как он... Он застрелился?

— Нет. Но готовился. Пистолет держит в руке. Сердце не выдержало, наверное. Ты передай, пусть дадут команду, чтобы дрель выключили. Тут с ума можно сойти, и у здорового нервы сдадут, не то что...

Настя медленно положила трубку на рычаг. Она сжимала ее в руке почти два часа, странно, что пластмасса не приросла к ладони.

— Ну вот и все, — тихонько выдохнула она, откидываясь на спинку стула, прислоняясь затылком к стене и закрывая глаза. — Вот и все.

Стоящий напротив нее Гордеев взял стул и уселся на него верхом.

— Я тебя знаю, Стасенька, поэтому предупреждаю заранее — не вздумай казниться. Ты сделала все, что могла, и даже больше. Никто, кроме тебя, не сумел бы держать его на телефоне столько времени. Он же все-таки не застрелился, если бы не больное сердце, ребята взяли бы его. Ты умница, деточка, ты все сделала так, как надо. Что ж поделать, не судьба.

— Не судьба, — эхом откликнулась Настя.

* * *

Она вернулась домой и сразу же залезла в постель. Леша пытался о чем-то спросить ее, но разговаривать не было ни сил, ни желания.

— Завтра, Лешик, завтра, — бормотала она, отворачиваясь к стене и сворачиваясь калачиком. — Мне нужно помолчать.

Назавтра она, едва проснувшись, первым делом позвонила на работу и спросила про Ларису. К сожалению, девушку спасти не удалось, она потеряла слишком много крови.

Вместо эпилога

В июле синоптики обещали сорокаградусную жару, и было похоже, что прогноз оправдается. В квартире и без того было нечем дышать из-за стойкого запаха болезни, поселяющегося там, где живут парализованные.

Прошло полтора месяца с тех пор, как резко изменилась жизнь Валерия Турбина. Врач не обманула, он действительно начал привыкать к своему новому существованию. Выносил судно и бегал по аптекам в поисках лекарств, стирал испачканные простыни и готовил для матери каши и протертые супы, которые было легко глотать. По ночам занимался диссертацией, потому что мать постоянно стонала, и в гнетущей тишине ночи, когда все вокруг замирает, эти стоны были особенно громкими и мешали ему спать. Зато засыпал он теперь во второй половине дня, после четырех часов, когда звуки кипящей вокруг, и на улице, и в соседних квартирах, жизни создавали тот привычный фон, на котором стоны парализованной матери были почти не слышны.

Иногда он звонил Кате Головановой. Катя на прошлой неделе сказала ему, что Эля выходит замуж за Марата и они всей семьей через два месяца уезжают в США. Турбин удивился, что ему от этого совсем не больно. Теперь он так далек от всего этого...

Он развешивал выстиранные простыни, когда раздался звонок в дверь. На пороге возник отвратительного вида испитой мужик, давно потерявший и человеческий облик, и половину зубов.

— Вам кого? — спросил Турбин, типично женским жестом отирая мокрые руки о фартук.

— Здравствуй, сынок, — произнесло редкозубое существо, обдавая его тошнотворным запахом перегара и нездорового желудка.

— Что вы хотите?

— Мне бы тыщ двадцать, а? Родному-то отцу...

— Пошел вон, — холодно сказал Валерий и захлопнул дверь.

Звонки в дверь начались снова, но он и не думал открывать. После рассказа матери он все время был готов к тому, что это произойдет. Вот и произошло. И он был уверен, что далеко не в последний раз.

Литературно-художественное издание

Маринина Александра Борисовна
СМЕРТЬ И НЕМНОГО ЛЮБВИ

Книга опубликована в авторской редакции
Художественный редактор *С. Курбатов*
Художник *В. Крупинин*
Технические редакторы
Е. Барабанова, В. Фирстов
Корректор *В. Назарова*

Подписано в печать с готовых монтажей 26.01.2004.
Формат 70x90^1/$_{32}$. Гарнитура «Таймс».
Печать офсетная. Усл. печ. л. 15,21. Уч.-изд л. 14,24.
Доп. тираж 7000 экз. Заказ № 3316.

ООО «Издательство «Эксмо»
127299, Москва, ул. Клары Цеткин, д. 18, корп. 5.
Тел.: 411-68-86, 956-39-21. **Интернет/Home page — www.eksmo.ru**
Электронная почта (E-mail) — **info@ eksmo.ru**

Оптовая торговля:
109472, Москва, ул. Академика Скрябина, д. 21, этаж 2.
Тел./факс: (095) 378-84-74, 378-82-61, 745-89-16.
Многоканальный тел. 411-50-74. E-mail: **reception@eksmo-sale.ru**

Мелкооптовая торговля:
117192, Москва, Мичуринский пр-т, д. 12/1. Тел./факс: (095) 932-74-71.

1 марта 2004 года открывается новый мелкооптовый филиал ТД «Эксмо»:
127254, Москва, ул. Добролюбова, д. 2. Тел. (095) 780-58-34

Книжные магазины издательства «Эксмо»:
Супермаркет «Книжная страна». Страстной бульвар, д. 8а. Тел. 783-47-96.
Москва, ул. Маршала Бирюзова, 17 (рядом с м. «Октябрьское Поле»).
Тел. 194-97-86.
Москва, Пролетарский пр-т, 20 (м. «Кантемировская»). Тел. 325-47-29.
Москва, Комсомольский пр-т, 28 (в здании МДМ, м. «Фрунзенская»).
Тел. 782-88-26.
Москва, ул. Сходненская, д. 52 (м. «Сходненская»). Тел. 492-97-85.
Москва, ул. Митинская, д. 48 (м. «Тушинская»). Тел. 751-70-54.

ООО Дистрибьюторский центр «ЭКСМО-УКРАИНА». Киев, ул. Луговая, д. 9.

Северо-Западная компания представляет весь ассортимент книг
издательства «Эксмо».
Санкт-Петербург, пр-т Обуховской Обороны, д. 84Е.
Тел. отдела рекламы (812) 265-44-80/81/82.

Сеть книжных магазинов «БУКВОЕД». Крупнейшие магазины сети
«Книжный супермаркет» на Загородном, д. 35. Тел. (812) 312-67-34
и Магазин на Невском, д. 13. Тел. (812) 310-22-44.

ОАО «Тверской полиграфический комбинат»
170024, г. Тверь, пр-т Ленина, 5.